지하철을 탄 개미

# 지하철을 탄 개미

**초판 1쇄 펴낸날** 2011년 1월 24일

**지은이** 김곰치
**펴낸이** 강수걸
**펴낸곳** 산지니
**등록** 2005년 2월 7일 제14-49호
**주소** 부산광역시 연제구 거제1동 1493-2 효정빌딩 601호
**전화** 051-504-7070 | **팩스** 051-507-7543
sanzini@sanzinibook.com
www.sanzinibook.com

ⓒ김곰치, 2011
ISBN 978-89-6545-135-8 03810

* 이 도서의 국립중앙도서관 출판시도서목록(CIP)은
  e-CIP 홈페이지(http://www.nl.go.kr/cip.php)에서
  이용하실 수 있습니다.(CIP 제어번호 : CIP 2011000129)

# 지하철을 탄 개미

김곰치 르포·산문집

산지니

# 직접적이고 진실하고 겸손한

두 번째 르포 · 산문집을 낸다. 『발바닥, 내 발바닥』 이후 약 6
년 만이다.

소설이란 본업이 따로 있다고 하여도 필자 이놈의 게으름을
어찌 용서할까 싶다. 6년 동안 쓴 르포 원고를 취합했는데 책 한
권 분량이 되지 않는다. 하여 이번 책의 종자도 르포집이 아니라
르포 · 산문집이 되었다. 나의 게으름은 피의 악습이 아니라 거
의 죄라는 생각이 든다. 언젠가 대가를 치르게 되리라.

그래도 내 자식들임을 어쩌랴! 사랑의 마음이 일어난다. 이번
책의 알짜는 김형율 이야기가 될 것이다. 2부에 두 편의 르포를
연속해 실었다. 고(故) 김형율의 이야기가 없었더라면, 책을 내
지 않았을지도 모른다. 그의 안타까운 삶과 죽음을 다루는 데 적
합한 글쓰기로 르포 글쓰기 외 다른 방식의 글쓰기를 상상할 수
없다.

가장 직접적이고 진실하고 또 가장 겸손한 어떤 것을 르포 글쓰기가 잘 담아낼 수 있다고 본다.

한국의 문학판과 책동네 주민들이 르포의 가치를 재발견하는 날이 오기를 바란다. 소설만큼 광범해지기를. 그럴 때에 나의 오롯한 르포집도 나오게 되지 않을까. 르포·산문집이라는 책 종자가 나름의 징검다릿돌 역할을 했음을 대견하게 돌아보는 날이 오기를.

대가 없이 글이 되어준 사람들을 기억한다. 사랑과 싸움의 르포 곳곳에 그분들이 산재해 있다. 안녕을 빈다.

2011년 벽두에
김곰치

# 차례

# 산
# 문

첫 번째 이야기

# 한 사람

    사람만이 희망이다, 사람이 꽃보다 아름답다, 하는 말이 있다. 나는 공감해본 적이 없다. 심지어 불쾌한 말이라고 생각했다.(여러 복잡한 이유가 있다.) 그런데 최근 그 말들에 대한 나의 부정적인 생각을 일거에 흔드는 순간과 만났다. 그렇다, 그것은 정말 '순간'의 일이었다.

    얼마 전이다. 나는 집 근처 도로에서 버스를 기다리고 있었다. 엠피쓰리의 이어폰을 귀에 꼈는데, 누가 말을 걸어왔다. 내 앞에 세 명의 사내가 서 있었다. 사내들은 공사장 인부처럼 보였고, 40대 초반, 중반, 후반으로 잘 나뉘어 있었다. 그중 키가 큰 40대 초반의 사내가 내게 묻는 것이다. 나는 이어폰을 귀에서 뽑았다. 사내는 부산역으로 어떻게 가는지를 묻는 것이다.

쭉 뻗은 이 도로를 계속 가면 망미역이 나오는데, 거기서 좌로 가면 수영, 해운대, 우로 가면 서면 쪽이라고 나는 말했다. 서면 쪽으로 가야 한다고, 또 서면에서 지하철이든 버스든 갈아타야 한다고 나는 말했다. 사내는 알겠다는 듯이 고개를 끄덕이더니 일행과 함께 버스 정류장을 떠나 내가 가리킨 방향으로 가기 시작하였다.(그러는 새, 문제의 '순간'은 지나갔다.) 설마 망미역까지 걸어갈 작정인가? 꽤 먼데. 조금 있다가 기다리던 버스가 왔고, 나는 탔다. 그런데 다음 정류장에서 사내들이 표지판을 올려다보며 서 있는 것을 보았다. 걸어가다가 버스를 타기로 했구나. 서면에서 부산역까지 가는, 아니 앞서 망미역까지 가는 버스의 번호도 그들에게 일러주지 못하였는데. 저기서 다른 사람들에게 묻겠거니, 했다.

그 후 며칠이 지났다. 이상하게 그날의 순간이 자꾸 생각났다. 사내들과 대면하고 섰던 시간, 나는 내가 매우 놀라운 감정 상태에 빠졌던 것을 기억한다. 어쩌면 한 번도 경험해본 적 없는 감정이었다. 좀 더 분명히 그때의 느낌을 알기 위해 며칠을 두고 생각했다. 그리고 갈수록 나의 특수한 감정 상태에 대한 분명한 이해가 생겨났다.

내가 집중적으로 새겨본 것은 세 사내 중 가장 나이가 많아 보인 한 사람이다. 길을 묻는 사람 말고, 나머지 두 사내는 길 묻는 이의 옆과 뒤에 서 있었다. 나는 뒤에 있던 40대 후반 사내의 온

몸에서 뿜어나오던 '어떤 느낌'을 잊지 못한다. 키가 제일 작았는데, 색깔이 도드라지지 않는 잠바와 바지를 입고 있었고, 베로 만든 싸구려 가방을 어깨에 메고 있었다. 다시 말하지만, 그들은 공사판 일을 하기 위해 1만 원짜리 중국산 운동화를 신고 전국의 이곳저곳을 다니는 사내들, 마치 황석영의 소설 「객지」나 「삼포 가는 길」에서 방금 튀어나온 인간들 같았다.

부산의 어느 길거리, 그들이 왜 한낮에 부산역까지 가는 초행의 길에 있게 되었는지를 나는 알지 못한다. 그러나 막내야, 니가 물어봐라, 했던 듯이 셋을 '대표하여' 가장 젊은 축의 사내가 나선 것이고, 길을 묻는 일에 '대표'가 필요했구나, 하고 나는 직각(直覺)했다. 그때 버스 정류장에는 대여섯 명의 다른 사람들이 있었지만, 고맙게도 이어폰을 꽂고 있던 내게 길을 물어주었다!

묻고 답하던 짧은 시간, 나이 많은 사내는 시선을 비낀 채 다른 곳을 보고 있었다. 그곳에는 별다른 사물이 없었다. 땅바닥의 보도블록이 있을 뿐이다. '막내'가 길을 묻는 동안, 그는 그저 기다리는 사람이었다. 그는 관심 없는 듯이 서 있었다. 생전 처음 도시란 곳에 나왔고 도시의 모든 것에 수줍어하는 시골 소년의 모습이 아닌가.

내가 온몸으로 느꼈던 그의 온몸의 느낌, 그것을 어떻게 설명할 수 있을까. 나이 오십이 되어가는데, 험한 세상에서 많은 경험을 하였고 또 같은 고생을 하였을 것인데, 어쩜 저리 순수해 보일까! 그렇다, 이런 느낌이었음이 분명하다. 사내는 어쩜 저리 맑고 환하고 착한 것들로만 이루어져 있는 것일까! 표정, 헤어스타일, 잠바, 바지, 운동화, 가방, 서 있는 모습, 이 모두가 사내의 온 생애를 통해 이루어져 있는 어떤 지극한 것들을 잘 표현하고 있었다.

우리가, 아니 젊은 남자가, 텔레비전이나 스크린으로만 보던 빛나는 미인을 실물로 보게 될 때, 어째서 이 여성이 예쁜지를 말로 설명할 수 없지만, 한순간 눈과 마음을 빼앗기며 예쁜 그이에게 거의 경악하게 되는 것처럼, 꼭 그와 같은 명백함과 강력함으로, 사내와 대화를 할 필요없이, 사내가 어떤 상황에서 무슨 희생적이고 감동적인 행동을 하고 내가 그것을 보았다는 식의 특별한 사건도 없이, 사내는 그저 도시의 보도 위에 말없이 서 있을 뿐인데, 나는 그가 어떤 사람인지, 흠잡을 데가 하나도 없는 그의 맑은 인생 전체를 본 것만 같았다.

나는 생각하고 또 생각하다가 진심으로 탄식했다. 계속 이렇게 살아도 되는지 나 자신에게 겁이 났다. 내 속에는 얼마나 많은 뒤죽박죽이 있는가. 욕망의 고착과 파열이 있으며, 감동과 미움이 있고, 생활의 나쁜 버릇이 있고, 게으름이 있고, 시기와 질투가 있다. 사내는 몸으로만 살아야 했던 참으로 힘든 인생이었을 텐데, 조금의 공격성도 없고 이기성도 없고, 내가 사랑하는

14

아름다운 젊은 여성도 아니고 나의 눈물겨운 어머니도 아닌데, 저런 '하빠리' 노동자 인생에서 참 눈부신 빛 같은 게 터져 나오고 있었던 것이다. 눈앞의 한 사람을 잠깐 보기만 했는데도 나는 희망이랄까 작은 구원을 만난 것 같았다. 사람이란 존재가 이런 느낌을 줄 수 있구나, 하고 나는 정말 놀랐다.

어떤 이에게 이런 이야기를 들려주니까 "당신 안에 그런 맑고 착한 게 있어서 알아본 것이겠죠"라고 했다. 말은 고마웠지만, 내가 맑지 못하여 맑음에 대한 심대한 갈망이 있어 그런 것이라고 정확하게 대꾸해주었다. 사내처럼, 누가 나를 보기만 해도 작은 구원, 희망이 될 수 있도록 인생을 정말 잘 살아야 하지 않을까? 나는 세상을 처음 대하는 소년처럼 순수한 의욕을 느꼈다. 사내는 자의식 없는 부처고 예수가 아니었을까, 이것이 나의 소망이다.

한 사람에 대한 주관적인 찬탄은 그만두고, 이제 새삼 생각해본다. 팔을 벌리고 서서 하늘에 순종하고 사는 나무 한 그루는 사내와 같은 맑음 착함 순수함 자체인데, 왜 나는 나무를 보고는 사내의 경우와 같은 충격과 감동을 받지 못할까. 자연사물을 보고 놀라워하는 깨끗한 감성과 마음의 바탕을 가진 이는 얼마나 인생을 열심히 살까. 그에게는 온 천지에서 예수와 부처가 순수한 생명! 순수한 생명! 하고 쉴 새 없이 쾅쾅 노래하고 있지 않겠는가. 이 땅이 천사들의 나라가 아니겠는가.

사람만이 희망이다, 사람이 꽃보다 아름답다, 이 말들을 한 번이라도 깨끗이 받아들이고 싶지만, '보다' 라는 비교와 '만이' 라는 단호함이 인간중심적인 오만한 세계관의 표현이라서 나는 여전히 싫다. 그럼에도 홀연히 내 앞에 나타났던 사내는 나무와 꽃 못지않은 사람의 아름다움으로 나를 놀라게 하였다. 정말 구원 같은 인연이 아닌가. 잘 살아야겠다. 열심히 살아야겠다.

〈경향잡지〉 2007년 4월호

# 숨 쉬고 싶다

　　도시의 거리 어디에서나 볼 수 있다. 길을 덮은 시멘트와 블록 틈새에 줄기와 잎을 내고 있는 잡초들. 저 생명력을 보라! 하고 누구나 감탄한 적이 있을 것이다.

　　기후온난화를 경고하는 책을 처음 읽었을 때, 산맥의 울창한 수림뿐 아니라 길바닥의 저 작은 풀들도 이산화탄소를 들이켜고 산소를 뿜는구나, 수고 많다, 하고 격려하는 어린 마음이 되기도 했다. 그런데… 마음의 감동에도 한계효용 체감의 법칙이 작용하는 법이다. 갈수록 무심해지는 것이었다. 너희는 원래 시멘트 틈으로 잎과 줄기를 내는 억척스런 놈들이잖아.

　　나이 서른일곱의 올봄. 이번에 나는 사뭇 다른 느낌을 경험했다. 그간의 무심이 새 경험으로 일신이 되는 것이었다. 나는 집 근처에서 산책을 하다가 문득 걸음을 멈추었는데, 내 오른편에는 콘크리트로 된 높직한 축대가 있었다. 그것과 직각으로 꺾여서 누워 있는 보도에 나는 서 있었다. 보도 옆은 아스팔트가 깔린 6차선 도로였고, 차들이 맹렬하게 질주하고 있었다. 도로 너머를 보았다. 수많은 집들과 아파트가 펼쳐져 있다. 흙이라고는 어디에도 없다. 아니다, 있다. 내 발 옆 보도블록과 축대 사이 1cm도 되지 않는 틈으로 흙이 노출되어 있었다. 폭 1cm의 긴 흙의 줄.

이것도 생명의 흙이라고 하여야 하나? 그 긴 띠 같은 곳에 뿌리를 박고 풀이 드문드문 자라나고 있었다. 그것을 보다가 새삼 나는 놀랐던 것이다. 시멘트가 갈라진 곳에 흙이 노출되어 있는데, 그러니까… 그 밑에는 커다란 땅이 있을 것이다!

풀의 생명력이 아니었다. 나는 문득 땅이 놀라웠다. 바람에 날리는 풀씨를 붙든 것은 땅이고, 품에 안고 씨의 껍질을 벗기고 뿌리를 내게 하여 하나의 생명체로 키워올리는 (풀의 생명력이 아니라) 나는 땅의 악착을 보았다. 들과 산이 살아 있는 줄은 누구나 안다. 그런데 블록과 아스팔트, 집과 아파트로 된 거대한 돌덩어리를 이고 있는 그 아래에, 공기와의 접촉이 전혀 없이 햇빛 한 번 보지 못한 채 숨통이 막혀 있는데도 땅은 풀씨를 키우며 살아 있는 것이었다.

땅이 숨 쉰다는 것은 어떤 것일까. 바람이 불고, 습기 찬 바람과 직접 접촉하는 것만이 땅의 숨 쉼은 아니다. 비가 내려 물기에 푹 젖는다고 땅의 숨 쉼도 아니다. 무엇보다 땅은 풀과 나무를 이용하여 숨 쉰다. 잎들이 기공을 통해 숨 쉬고, 숨 쉰 그것이 줄기의 관을 따라 뿌리로 간다. 뿌리는 내려받은 그것들을 땅속에서 끊임없이 내보낸다. 그리고 또 무엇인가를 끊임없이 땅으로부터 받아들인다. 공기와 접촉하는 잎과 마찬가지로 땅과의 어떤 교환이 뿌리에서 이루어진다. 이 전체의 과정이 땅의 숨 쉼이고 땅의 생명유지법이다.

시멘트로 발려진 땅은 몇십 년째 그 같은 숨 쉼을 차단당한 채였다. 어째서 죽지 않았을까. 20년, 30년 이런 상태였으면 지금쯤 죽어야 하지 않을까. 아무리 땅이라고 해도 지금쯤은 죽어도 되지 않을까. 수십 년 숨도 못 쉬게 해놓고 땅이 죽어버렸다고 누가 땅을 탓하겠는가. 그러나 죽지 않았으니까 아직도 풀 생명을 틔워 올리고 있다. 그 띠 같은 틈으로.

사람 몸의 한 부위를 시멘트로 발라놓는다면 얼마의 시간만 지나도 피부가 꺼멓게 될 것이고 썩을 것이고 계속 방치하면 온몸으로 병증이 번질 것이다. 백 년도 못 사는 사람의 생명력을 땅에 비할 바 아니다. 그럼에도 무지한 돌무더기에 깔려 있으면서 틈이 있는 곳마다 풀싹을 내는 땅이 나는 놀랍다.

기후온난화에 대한 UN 보고서의 경고가 언론 지면마다 요란했던 봄이었다. 시멘트로 입이 봉해진 땅은 풀을 키워내며 끈질

기게 살아 있다. 그러니 안심해도 될까? 지구환경의 여러 경고
음에도 좀 느긋하게 마음을 먹어볼까.

잡초를 보고 도시의 살아 있는 땅에 전율하다가 나는 다시금
전율하고 말았다. 얼마나 답답했으면 저 실오라기 같은 틈에 의
지하여 저러고 있는 것일까. 나도 숨 쉬고 싶다! 땅은 시멘트 밑
에서 외치고 있었다. 숨을 쉬려고 하는 땅의 처절한 노력이 거리
의 잡초가 아닌가.

어느 해 봄, 블록의 갈라진 틈으로 풀싹 하나 보이지 않을 때,
우리는 공포를 어찌 감당하려나. 걸음을 멈춘 발밑, 애타는 생
명력으로 지상을 받치고 있는 땅, 그 위에서 나는 등골이 서늘
해졌다.

〈맑고 향기롭게〉 2007년 4월호

# 지하철을 탄 개미

집 근처 벤치에 앉아 하루살이류의 군무(群舞)를 보았
다. 뒤의 건물에 어둑한 그늘이 드리워 있었다. 그늘이 백스크린
역할을 했다. 날파리들이 스크린을 이탈하는 순간, 사라지는 것
이다. 갑자기 사라졌을 리는 없다. 내 눈에 보이지 않는 것뿐이
다. 산란 때문이다. 그들의 날갯짓이 빛의 산란을 증폭시키고 있
음이 분명하다. 빛이 몸을 감아버리는 것이다. 그늘만이 그들의
윤곽을 드러내주었다. 햇빛을 입기만 하면 그것들은 보이지 않
았다. 그만큼 몸이 작은 것들이다.

날파리들은 수백, 수십, 그리고 5마리로 군(群)이 잘 나누어져
있었다.(녀석들만의 허공의 운동장이 3개라고 할까.) 벤치에서
가까웠던 5마리 쪽에 나는 주로 시선을 주었다. 이유를 알 수 없

는 날파리들의 격렬한 댄스. 짝짓기인가. 놀이인가. 노동인가. 어쨌거나 생명력의 표현이었다.

생태계의 별 볼품없는 '그림자 나라'에 사는 것들이 아니었다. 그들은 한껏 빛을 즐기고 있었다. 맑은 물이 아니면 알을 낳지 않고, 날개를 펴서 성충이 된 후 무엇보다도 빛을 좋아하는 것들이다. 그러니까 밤에 가로등이나 백열구에 새까맣게 몰린다. 저 빛나는 것들을 잡아먹는 것은 주로 잠자리이다.

나는 하잘것없는 그것들의 군무에 홀리며 하루살이라는 것을 처음으로 느끼고 있었다. 느끼고 나면, 그것들은 함부로 할 수 없는 존재가 된다. 엄연한 한 존재가 되는 것이다. 느끼고 나면, 다 그렇게 된다.

나는 모기를 느껴본 적이 있다. 몇 년 전 도서관의 어느 책을 보다가 "알면 알수록 방 안의 모기 한 마리도 잡지 못하게 된다, 너무 놀라운 존재라서"라는 모기 연구자의 말에 공감했다. 물론 책을 들여다볼 때의 공감일 뿐이고, 현실에서는 그러지 못했다. 밤중에 일하는 책상으로 오는 모기를 발작하듯이 잡았다. 짝! 할 때마다 한 마리씩 가차없이. 그러다 놀랐다. 여인의 얼굴을 쓰다듬을 수도 있는 사랑의 손이 모기한테는 얼마나 무시무시한 것인가. 짝! 짝! 하느라 후끈해진 손바닥을 내려다보며 한숨을 쉬었다. 그것이 모기를 느껴본 느낌이었달까, 후 하는 한숨….

개미를 느껴본 적이 있다. 뙤약볕 아래에서 총검술을 익히느라 논산훈련소의 운동장에 엎드려 구르고 기다가 조교의 호각소리에 맞춰 일제히 움직임을 멈췄다. 갑자기 주위가 조용해지며 거친 숨소리만이 들렸다. 그때, 개미 몇 마리가 얼굴을 붙이고 누운 내 앞의 흙바닥으로 부지런히 가고 있는 것을 보았다. 너무 가까워 뽕알뽕알 소리가 들리는 것 같았다. 한가로운 듯하고 바쁜 듯도 한 개미의 자유를 보았다. 훈련병 신분에서는 개미에게도 '자유'라는 거대한 단어가 어울리는 것이었다.

그리고 지난 저녁이다. 지하철에서 나는 또 개미를 느꼈다. 남포동에서 사람을 만나 소주 몇 잔 마신 뒤 귀가하는 중이었다. 경로석이 텅 비어 앉았는데, 눈을 잡아끈 것이 개미였다. 지하철 바닥을 개미 한 마리가 부지런히 가고 있는 것이다. 어떻게 이 깊은 땅속에 있는 것일까? 수백 개의 계단을 혼자 타고 내려왔다고는 도무지 믿을 수 없다. 플랫폼과 객차 사이의 허공을 건너기가 개미한테는 너무 심대한 일이다. 등산객의 바짓단이나 배낭에 붙었다가 이 깊은 바닥에 떨어진 것이 틀림없다. 이제 개미는 어떻게 집으로 갈 수 있을까? 계속 이 지하철 속에서 살아야 하나? 먹을 것이나 있을까? 이 어처구니없는 장소에서 완전히 길 잃은 개미를 보고 있자니 '느낌'이 강렬히 발생하는 것이었다.

우리 인간의 삶이 저 개미의 불안한 꼬락서니가 아닐까. 천지도 모르고 눈앞의 일에만 개미처럼 성실하고 개미처럼 열심인….

다음 역에 지하철이 정차하고 사람들이 새로 탔다. 모기한테 사람의 손이 무시무시한 것처럼 개미한테 발이 그렇다. 밟혔는지 어디로 잘 숨었는지 내가 앉은 자리에서 더는 보이지 않았다.

몸을 일으켜 그 한 마리를 찾아내 손 안에 담아 땅 위로 보내주고 싶었다. 그러나 실제로 그렇게 행할 만큼 순정한 마음이 내게 없었다. 다른 이들의 이목이 두렵지 않은 순수한 행동을 행할 용기가 없었다. 이럴 때는 개미를 느끼는 것이 교활한 알리바이 같다. '느낌'을 스스로 합리화하는 데만 사용되고 마는 것 같다. 잠자리가 날파리를 먹고, 무엇이 지하철을 탄 개미를 먹는가. 세상이 이미 어질러진 탓이라고 하는 어리석은 합리화가 먹는다.

한 마리의 운명을 집에 돌아와서야 마음껏 생각한다.

〈맑고 향기롭게〉 2007년 6월호

# 을숙도에서

'정숙' 이란 말이 벽에 붙은 도서관 열람실이 떠올랐다. 낙동강 하구 을숙도(乙淑島). 너른 하늘, 너른 들이 잔잔했다. 새들이 갈대숲 안에서 숙(淑)하고 있는 곳. "원색 옷을 피하고 자연과 비슷한 색의 옷을 입는다." "방문객들은 큰 소리를 내거나 뛰어다니지 않는다." 시민단체 '습지와새들의친구' 가 을숙도 탐방 안내 팸플릿에 적어 놓은 까닭이다.

망원경으로 왜가리와 쇠제비갈매기를 보았다. 왜가리와 쇠제비갈매기라고 '습지와새들' 의 오랜 친구 박중록 선생이 가르쳐 줘서 알았다. 열애 중인 참게 암수를 보았다. 또 백조를 보았다. 산비둘기를 보았다.

탐조(探鳥, Bird watching)도 낚시와 사냥만큼 스릴이 있었다.

육안으로 새의 위치를 확인하고도 렌즈에 눈을 대고 한참 다시 찾아야 한다. 새에 성공적으로 접안한 뒤, 초점을 맞춘다. 이 순간이 가장 설렌다. 흐릿한 새의 자태가 고성능 망원경 안에서 선명해질 때, 저도 모르게 탄성이 나온다. 과학기술의 도움으로 새들에게 최대한 예의를 차리면서도 눈으로 핥는 듯한 감각의 만족이 있었다. 계기만 있다면 담배처럼 딱 끊을 수 있다는 낚시와 사냥은 애초에 이 예바른 탐조에 비할 바가 아니었다.

한눈에 낙동강 하구를 볼 수 있는 다대성당의 전망대보다 내게 더 인상적이었던 곳은 명지갯벌이다. "을숙도의 풍치에 반했다가 이곳에 와보고 전혀 다른 분위기, 고즈넉함에 깜짝 놀랐습니다." 박 선생이 10여 년 전의 감동을 회고했다.

물은 날씨만큼 흐려 있다. 경계를 지어 말하면, 태백산에서부터 흘러내려온 물이다. '샴푸 하나 바꿨을 뿐인데' 하는 광고 카피를 변용할 수 있다. '흐르기만 했을 뿐인데!' 그렇다, 낙동강이란 이름으로 불리며 강은 부지런히 흐르기만 했을 뿐인데, 저도 모르게 온갖 조화를 부렸다. 한 가지의 나쁜 짓과 1만 가지의 선한 일을 하고 바다에 이르렀다. 강은 완전히 빨려들어가 다른 강이 되고 다른 바다가 되고 있었다. 강은 최후의 자리에서도 배고픈 새들을 먹이고 있었다. 조금도 소란스럽지 않고 어찌 이리 고요할까. 하나의 물이 또 하나의 물이 되는 일, 밤이 아침 되듯이 하구에서는 고요하고도 완전한 혁명이 일어나고 있었다.

몇 년 전 영화 〈위대한 비상〉을 보면서 나는 눈물을 흘렸다. 새가 너무 아름다워서, 새를 사냥하는 인간의 총소리가 너무 커서, 이 아름다운 것을 그날 오직 나 혼자 보고 있어서. 지구라는 구슬을 소행성이라는 구슬로 맞혀버리려다가 변함없이 날고 있는 죄 없는 새들이 눈에 밟혀 재앙의 하느님이 손가락을 몇 번이나 거두었다고 생각하기도 했다.

새들의 평화로운 보금자리를 횡단하려는 을숙도대교는 정말 필요한 다리일까. 밤낮없이 소음과 불빛과 독가스를 뿜으며 자동차를 신나게 타고 다닐 권리를 누가 인간에게 허락했을까. 나는 것 자체가 기도하는 동작인 존재들, 아기처럼 순수한 새들이다.

람사르협약(지구적으로 중요한 습지 보전을 위한 다국간 협약) 사무국의 피터 브리지워터 사무총장이 얼마 전 을숙도를 찾았다. 2008년 람사르총회 개최 문제를 협의하려고 한국에 왔다가 낙동강 하구부터 들른 것이다. 그는 을숙도 인근이 람사르협약이 주목할 만큼 빼어나고 훌륭하다고 연방 찬탄했다고 한다. 낙동강 하구를 지키려는 세계인들의 의지를 기대해보고 싶다. 새들이 평화롭게 깃을 칠 때, 을숙도에 와서 인간이 고요를 배울 때, 신은 인간을 언제나 용서한다.

〈동아일보〉 2006년 8월 9일

# 인사동에서 울다

서울에 볼일이 있어 갔다가 시간이 났다. 물이 흐르는 청계천을 걸어보았다. 인사동 골목길도 걸어보았다.

"정전사고가 나면 물이 끊긴다"는 말을 들었고 그래서 청계천을 '누워 있는 분수'라고 하지만, 걷는 기분이 나쁘지 않았다. 마음이 상쾌해졌다. 왜일까. 걸음을 멈추고 생각했다. 그것은 물소리 때문이었다. 청계천 복원에 여러 비판을 할 수 있지만, 소리가 너무 좋아 그 순간만큼은 잊어버렸다.

왜 물소리가 청량하게 들려왔을까. 수도관을 통과해왔더라도 흐르는 물은 흐른다는 것 자체로 살아 있다고 하지 않을 수 없었다. '살아 있다'라는 것은 마음이 있다는 것, 흐르는 물은 기쁨에 겨워 있었다. 나 또한 '살아 있는' 사람이라 물의 기쁨을 알

수 있었다.

청계천 물은 왜 기뻐하며 흐르고 있었을까. 그 답은 수도관에 있었다. 한강에서 퍼올린 물이 대형 수도관을 통과하고 청계천의 4개 지점(청계광장, 삼각동, 동대문, 성북천 하류)에서 밖으로 터져 나온다. 빛 하나 들지 않는 캄캄함, 공기가 전혀 없는 숨막힘, 서로를 빠개버릴 것 같은 물과 쇠의 압박이 수도관이다. 그러니까 기쁘다. 11km의 관로에서 고통 받던 물이 마침내 해방되는 것이다. 암흑의 공포에서 풀려난 물이라 즐거운 소리를 낼 수밖에 없는 것이다.

인사동 골목길을 걸었던 것은 지난밤 술자리에 놓고 나온 목도리를 찾으러 가면서다. 목도리는 술집에 있지 않았다. 어디서 흘렸을까. 지율 스님과 관련된 목도리라서 꼭 찾고 싶었는데, 포기할 수밖에 없었다. 나는 전날의 숙취가 몸과 마음에 남은 상태에서 인사동 길을 터덜터덜 걸었다.

청년 시절, 이 인사동에서 꽤 자주 술을 마셨던 것 같다. 그때에 비해 인사동은 좋아졌다. 보도의 돌이 어숫비슷하게 섬세하게 놓여 있어 발바닥으로 돌 밟는 맛이 나쁘지 않았다. 주말에는 자동차도 다니지 않는다고 들었다. 내가 운전자라면 평일에도 인사동 골목길로는 차를 밀어 넣지 않을 테다. 다행히 차들은 서행을 하고 있다. '언젠가는 운전자들이 스스로 깨달아 1년 내내 차 없는 거리가 될 거야' 하고 자위했다.

그런데 한순간. 나도 모르게 앞이 핑 했다. 눈물이 나오려고 하는 것이다. 나는 진심으로 인사동 골목길이 슬퍼졌다. 아, 이 길 어디에도 개울이 없구나…. 후미진 곳을 찾아가 펑펑 울고 싶어졌고, 이 글을 쓰는 지금 순간에도 울고 싶어진다.

서울시의 강북 뉴타운 사업으로 사라질 위기에 처한 한양주택 마을을 나는 사랑하지 않는다. 서울이라는 도시 자체를 사랑하지 않는다. 그러나 그 마을을 진심으로 사랑하고 훼손에 상심해하는 사람들을 나는 사랑하지 않을 수 없다. 인사동 골목길을 진심으로 사랑할 사람이 있겠기에 개울이 없는 인사동이 마냥 슬프다.

복원이란 말보다 회복이라는 말을 쓰고 싶다. 누구나 공감할 가장 감동적인 회복은 '건강의 회복'이다. 아픈 이가 병석을 털고 일어나는 것처럼 서울 곳곳에서 회복의 사건이 일어나기를 소망한다. 근현대사를 정신없이 통과하면서 잃어버린, 만물을 향한 사랑의 생명 감성을 회복하기를 소망한다. 우리 모두는 병들어 있다. 그러나 절대 불치병이 아니라고 믿는다.

〈동아일보〉 2006년 4월 7일

# 옛날 옛날에

"옛날 옛날에 말야, 깊은 산중에 우물이 하나 있었단다. 바위가 떡 벌어져 일 년 내내 물이 솟고 흐르는 데야. 나무판대기로 지붕만 살짝 얹어놓은 우물이야. 새벽이면 물 길러 오는 사람이 있지. 가까이에 절이 있었거든. 늙은 비구니 스님이 여느 날처럼 왔어. 이른 새벽이라 앞이 잘 보이지 않아. 할머니 스님은 시력도 좋지 않았어. 줄이 짧은 두레박을 내려 동이에 물을 채우고 공양간으로 돌아왔지. 뭣보다 더운 물이 필요해. 스님들이 세수하고 설거지를 해야 하거든. 솥에 물을 붓고 불을 키웠지. 그리고 노스님은 아궁이 앞에 앉아 잠깐 졸았어. 근데 관세음보살님이 꿈에 나오셨는데, 그 인자한 분이 화를 버럭 내시는 거야. 네 이년, 다시는 네 얼굴 안 본다! 잠에서 깨어나서 참, 괴

이하구나 하고는 솥뚜껑을 열어보았어. 할머니 스님은 깜짝 놀라 소리쳤어. 애들아, 이것 좀 봐라! 우짤꼬! 내가 이리 살생을 많이 했다! 솥 안에는 허여멀건한 것이 익어가고 있었어. 도롱뇽의 알이었어. 두레박에 딸려 동이에 들어왔던 거야. 기겁을 하고 탄식하는 노스님을 옆에서 지켜본, 맑은 눈을 가진 젊은 비구니가 하나 있었어. 지금 이 이야기를 내게 해주신 분이야. 그 비구니는 지율 스님이었어."

"옛날 옛날에"라고 했지만, 20년 정도 된 이야기일 것이다. 김해평야의 넓은 들에서 자란 나는 도롱뇽을 본 적이 없었다. 사진 속의 도롱뇽을 처음 보았을 때, 도마뱀같이 징그러워 보였다. 천성산에 14km 굴을 뚫지 말아달라는 '도롱뇽 소송'을 열렬히 지지했지만, 아직도 도롱뇽은 친근하게 다가오지 않는다.

지율 스님은 내게 말하였다. "지금처럼 정보가 요란하고 물자가 흔하지 않던 시절에는 겨울에서 봄이 될 때 사람들이 민감해지거든요. 나무에 작은 새싹이 하나 나와도 눈에 확 띄는 거예요. 개구리보다 먼저 봄을 알리는 게 우리 어릴 때는 도롱뇽이었어요. 아, 봄이다! 아, 도롱뇽이다! 이게 같은 말이었어요. 지금 연세 있으신 분들한테 도롱뇽은 참 반가운 느낌으로 많이 기억날 거예요."

도롱뇽 소송의 주심판사를 맡은 김영란 대법관에게 도롱뇽은 어떤 유년시절의 기억으로 있을까. 그녀가 쓴 판결문 전문을 아무리 뒤져 읽어도 그런 이야기는 나와 있지 않았다. 조금이라도 불편한 질문이 따르는 것을 피하기 위해 개념어라고 할 견고한 단어만 쓰고 있었고, 논란이 그치지 않았던 천성산 환경공동조사의 새로운 '팩트'는 판결문에 존재조차 하지 않았다. 인간의 말을 쓰는 법관을 보고 싶다. 최초의 여성 대법관이라고 하지만, 그녀의 글쓰기는 최악의 남성 노동에 해당하는 것이었다. 왜 여성이 이런 폭력적인 일을 하며 살아야 할까.

사람들은 도롱뇽 소송이 끝났다고 한다. 그러나 '제1차 자연의 권리 소송'이 끝났을 뿐이다. 생명권이 인권과 대등해질 때까지 질문과 이야기는 계속될 것이다.

〈교육희망〉 2006년 7월 1일

# 새만금갯벌은 죽지 않는다, 다시 산다

대학에서 토목공학을 전공한 친구 녀석이 있다. 몇 년 전, 새만금간척사업을 취재할 때, 도움을 청한 적이 있었다. 친구가 다니는 건설회사가 새만금 방조제의 한 공구를 맡고 있기도 했다.

알찬 내부자료를 달라고 했는데, 약속 장소에 들고 온 것은 흔해빠진 대외용 문건이었다. 야, 이러기냐, 하고 나는 한참 툴툴거렸다. 그러자 친구도 툴툴거렸다. 넌 왜 되지도 않을 일에 힘을 쓰고 사냐.

우리는 불쾌하지 않을 정도로 논쟁을 벌였다. 친구가 말했다. 대학 졸업반 때 시화 방조제에 견학을 갔다, 난 전율했다, 망망대해에 들어앉은 거대한 방조제, 우리나라 토목기술과 노동자와 기술자들의 피땀 어린 노력에 감동했다.

우리는 고향 마을에서 같이 뛰놀며 자랐다. 언제부턴가 생각이 달라져갔다고 해도, 같은 것을 보고 이리 다르게 느끼다니!

그놈의 놀라운 방조제 때문에 시화호가 썩어버리지 않았냐고 따져 묻지 않을 수 없었다. 기술자들은 잘못이 없다, 안산공단 쪽과 관할 공무원들이 오폐수 대책을 제대로 세우지 않아 그렇게 된 거다, 토목공학자들은 맡은 바 최선을 다했을 뿐이다. 친구의 얄미운 대답이었다.

## 다른 이유로 새만금에 전율한 두 사람

세월이 지나 친구의 여러 말 중 가장 기억에 남는 것은 역시 전율 운운이다. 언젠가 새만금 전시관의 한 모퉁이에서 바다와 방조제를 바라보고 섰는데, 관광버스를 타고 온 사람들이 나누는 대화를 듣고도 비슷한 당혹감을 느꼈다. 방조제의 규모에 하나같이 놀라면서 "저렇게 큰 게 이미 들어앉았는데, 어떻게 공사를 중단하냐"는 것이었다.

이상한 일이다. 새만금갯벌에 처음 갔을 때, 나도 놀라자빠졌던 것이다. 그런데 방조제가 아니라, 방조제 완공 후 안쪽의 엄청난 갯벌을 어떻게 흙으로 덮고 논으로 만든다는 말이냐, 하고 갯벌의 방대한 넓이에 전율했던 것이다.

이런 감각적 인식의 차이는 어디서 온 것일까. 친구 녀석과 나의 경우, 둘 다 시골 출신이고 논과 강과 들을 보며 자랐지만 사회에서 맡은 바 일이 달라지며 차이가 벌어졌던 것 같다. 아니 어쩌면 나는 '새만금간척사업을 반대하는 글을 쓸 거야' 작정하고 부안에 갔기 때문에 갯벌만이 눈에 들어왔는지도 모르겠다.

시화호에 갔을 때 대학 졸업반이었던 친구 녀석은 현실의 토목공학자가 되기 일보 직전이었다. 이제 곧 자신도 선배들이 성취한 것과 같은 과업에 뛰어들어야 하는 처지였다. 눈앞의 방조제는 토목공학의 놀라운 상징이자 자기한테는 손에 잡힐 듯한 가능성의 현실이었을 것이다. 인문학과 문학의 자리에 있는 내게 방조제는 직접 경험할 일이 없는 다른 세계의 기술과 노동이었다.

친구와의 우정은 지금도 계속되고 있다. 그는 2~3년 전 건설회사에 사표를 냈다. 다른 작은 업체로 옮겼다. 거대 조직에서는 일의 보람을 느끼기 힘들고, 또 애써 일해봤자 현장 인근 주민들한테 좋은 소리를 한 번도 들어보지 못했다는 것이다. 나는 친구의 전공 분야를 부정하고 싶지 않다. 도래할 생태사회에도 토목인의 역할이 있다고 믿는다. 복원을 위해서도 그들이 팔을 걷고 나서야 하니까.

그러나 지금은 현격한 감각의 차이가 있고, 친구와 보다 깊이 통하는 일이 쉽지 않다. 감각 자체가 달라져야 한다. 그러기 위해 생활이 달라져야 하고 인생이 달라져야 한다. 생활과 인생이 달라지려면 뜻있는 인연과 사건을 경험하고 스스로 의식을 바꾸려는 노력이 있어야 한다. 무엇보다 사회와 세상이 달라져야 한다. 얼마나 난망한 일인가.


## 대법관들이 조금만 미래를 밝게 내다봤더라면!

세상이 달라지는 일은 그러나 의외로 쉽게 올 수 있지 않을까. 동시대인들이 집단적으로 충격을 받는 대규모의 환경재앙이 발생할 때다. 그러나 그것은 누구도 원하지 않고, 피할 수 있다면 피해야 한다. 환경재앙은(말 그대로 충격적인 환경재앙이라면) 상당한 인명 피해도 수반하기 마련인 때문이다.

다른 이들도 그랬겠지만, 새만금간척사업에 대한 대법원의 최종 판결에 집착한 것도 그래서였다. 대법관 13명이, 말이 대법관이지 어쨌거나 한 사람 한 사람, 즉 '사람 13명'이 조금만 미래를 밝게 내다보며 뜻을 모은다면!

나는 정부가 나서는 것보다 대법원이 '사고를 치는 것'이 훨씬 쉬운 일이라고 보았다. 정부의 의사결정은 방향 전환의 초기부터 밖에 알려질 것이다. 수많은 보수언론과 관련 업계에서 가

만히 있지 않을 것이다. 반면 재판은 한순간 판결문을 내놓고 그 순간 끝이 나는 것이다. 한순간의 판결문 낭독 전에는 누구도 결과가 어떨지 알 수 없다. 대법원이 가진 상징이 있고, 그들이 새만금간척사업의 어리석음을 백일하에 드러낸다면, 사회적인 충격과 여파는 엄청날 것이었다.

대통령과 국회가 통과시킨 행정수도 특별법을 위헌이라고 판시한 헌법재판소의 기개(?)를 이미 나는 보았다. 아무리 기득권세력의 행위를 거의 언제나 추인하는 보수적인 대법원이라 하더라도, 늙은 그들도 손자 손녀가 있을 테고 그 아이들이 한국 땅에서 먹고 자라고 살아야 하니, 최소한의 건강한 상식만 가지고도 옳은 판결을 내놓을 것이라고 기대했다.

판결문이 낭독된 2006년 3월 16일 오후 2시를 잊지 못한다. 재판 날이 다가올수록, 13명의 대법관은 내 마음속에서 거인이 되어갔다. 그들은 나의 주관적인 희망 속에 새만금갯벌보다 더 거대해졌다. 그런데 재판결과가 알려진 순간, 내 마음속의 거인들은 일시에 주먹만 한 크기의 못난이 늙은 인형이 되어버렸다. 점점 더 작아지더니 곧 먼지 열세 톨이 되어 휙 어디론가 날아갔다. 그들이 남긴 종이 한 장, 나는 불태워버렸다.

나는 주먹을 쥐고 허공에 흔들었다. 대법관 누구라도 내 앞에 한 시간만 앉혀놓아라! 논리와 판단력을 박살내겠다! 그러나 세상의 누가 그들 중 한 명을 무명작가 앞에 앉힐 수 있으랴.

새만금간척사업에 반대를 한 대법관도 있었지만, 별로 마음에
안 든다. 나라면, 선고일에 칭병을 해서라도 참석하지 않았을 것
이다. 거대한 생명에게 사형선고를 내리는데, 어떻게 배석 추인
을 할 수 있단 말인가.


## 새만금 주민들의 활약을 그렇게 바랐건만

13명의 늙은 인형들은 이제 다 잊어버렸다. 나는 다시 현실 앞
에 서야 한다. 바다가 있고 새만금갯벌이 있다. 내가 사랑하는
진정한 거인들이다.

방조제가 막혀가는 동안, 물이 이상해졌어, 갈수록 힘이 떨어
져 가네, 그래도 오늘 하루, 우리 할 일을 합시다, 갯벌 생명붙이
들의 변함없는 움직임이 보이고 속삭임이 들려오는 것 같다.

다시 한 번, 나는 믿을 수 없다. 종이 몇 장에 쓰인 단어 몇 개
가 갯벌과 생명붙이들을 결정적으로 몰살시킨다는 사실이. 그
종이를 엄숙한 얼굴로 읽는 일은 사람들을 끝없이 어리석게 만
드는, 잘 고안된 퍼포먼스일 뿐이지 않을까.

갯벌 지근거리의 민중은 그러나 이제라도 어리석지 않으려고
하는 것 같다. 대법원 판결이 나온 날, 방조제로 배를 타고 달려
간 행동이 그것이다. 가장 똑똑하고 또 의미 있는 행동이다. 바

다가 막힌다, 갯벌이 죽는다, 십여 년 동안 들어왔지만, 정말 그럴 줄이야, 정말 막히는 것을 눈으로 보게 될 줄이야, 하고 깜짝 놀라는 것이다. 집안 어른의 임종을 예상하고 기다리기조차 하지만, 마침내 임종이 실현되자 격렬한 울음이 터져 나오는 자식들과 같다. 최후에 임박할수록 명확하게 깨닫게 되는 진실이 있는 것이다.

나는 혼자 생각하곤 했다. 부안 읍내가 분노의 불바다가 되었던 방사성 폐기물 처리장 반대 시위만큼 대규모적인 것은 아닐지라도 갯벌과 바다를 누구보다 잘 알고 방조제가 길어질수록 그 앎이 더 넓어지고 깊어진, 또 앎에 이어 갯벌에 대한 절절한 사랑의 감정이 생긴 어민들이, 사람 숫자를 넘어서서, 격렬한 저항을 할 것이 틀림없다고. 그 저항을 누가 말릴 수 있으랴. 어민들보다 갯벌에 더 절실하고 더 아픈 사랑을 가진 이가 말릴 수 있겠지만, 그런 이는 한국에 없다. 어민들의 저항에서 우리 모두는 적잖은 충격을 받을 것이라고. 그 저항이 새만금간척사업을 포기하게 하는 데까지 현실을 바꿀 수 있을까.

생각은 많이 틀렸다. 지역 민심은 추가보상 문제로 돌아섰다는 전언이었다. 그리고 오늘, 새만금갯벌에는 마지막 물막이 공사가 단행됐다.

# 새만금갯벌은 죽지 않는다

나는 방금 한 석간신문의 만평을 보았다. 손문상 화백의 그림이다. 저 멀리서 "끝났다!" 하고 사람들이 외치고 있는, 새만금갯벌의 마지막 물막이 현장을 도요새 한 마리가 무연한 듯이 보고 있었다. 말 없는 도요는 마지막 물막이라는 오늘 사태의 의미를 아직 잘 모르는 것 같다. 도요 한 마리만 보면 그저 평온한 분위기다. 먹을거리가 이 시각, 눈앞에 있기 때문인지 모른다. 벗은 새 한 마리도 하느님이 내일 걱정 없도록 먹인다고 했는데, 그 말대로라면, 도요는 머잖아 다른 데 먹이를 찾아 떠나면 그만이다. 그리고 저 멀리 마지막 물막이가 단행되고 있어도 오늘 눈앞의 갯벌에는 아직 먹을거리가 있어 도요는 아름다운 자태로 서 있을 수 있다. 정확한 리얼리티에 나는 마음이 아팠다.

물막이는 끝났지만, 실의에 빠지지 않고, 보다 멀리 내다보는 일이 중요할 것이다. 진실의 승리를 믿는 것이 무엇보다 중요하다. 또 서두에 말한 것처럼, 나의 경우, 토목공학을 전공하고 지금도 설계를 하는 친구와 진심 어린 악수를 하는 일이 간절하다. 가능할까.

모든 일은 다 때가 있는 거라고 말할 수밖에 없을 것 같다. 한국사회가 새만금갯벌의 의미를 깨우칠 날이 오겠지만, 지금은 아닌 것이다. 새만금갯벌의 의미는 결국 새만금갯벌이 우리에게 보일 것이다.

나는 확신한다. 강물이 오염돼 있어 새만금 담수호는 썩을 수밖에 없다고들 한다. 아니다, 지금과는 비교할 수 없을 정도로 강물이 맑았을 고려 시대에 하늘에서 33km짜리 자(尺)가 하구에 떨어져 거대한 담수호가 만들어졌다고 하자. 그 호수라고 견뎌낼 수 있을까? 강 하구의 갯벌은 산, 들을 지나 흙과 바위를 씻어온 영양물질이 많은 물을 정화하는 거대한 필터다. 물의 정화에 하구 갯벌은 필연적으로 존재해야만 했다. 그런 갯벌이 통째로 사라진다. 영산호, 시화호가 썩었고, 새만금호도 썩을 수밖에 없다!

선연히 보인다. 담수호가 혼탁해지더라도 물론 공단 측은 모니터링의 수치를 보수적으로 해석하거나 참상 자체를 숨기려들 것이다. 그러나 드러내지 않을 수 없는 순간이 오고, 결국 방조제는 완공되었어도 내부 개발을 중단하지 않을 도리가 없을 것이다. 워낙 방대한 규모의 갯벌이라 내부 간척사업을 완료하지도 못하고 다시 방조제를 트는 날이 올 것이다. 방조제가 바닷물을 확실히 차단하고 있어야 내부에서 방조제를 더 잘 틀 수 있기에 그 일은 어려운 일도 아니다.

그래서 세계 간척사에 유례없는 이 어리석은 사태를 한국 국민이 계속 지켜보고 적시에 알아채는 것이 중요하다고 생각한다. 뜻있는 사람들의 변함없는 관심과 노력이 필요하다.

내부 간척사업의 진척보다 이 나라 국민의 환경의식의 성숙이 더 빠른 속도로 진행될 것이라고 나는 낙관하고 싶다. 남은 일은 새만금갯벌 생태계 복원 공사. 그때 토목공학자 집단 일부에서나마 회심이 일어나겠지. 청계천 복원은 서울 사람들만의 축제였지만, 새만금갯벌 복원사업은 온 국민의 축제가 될 것이다. 나는 고향 친구에게 회심이 일어나길 소망한다. 그때 우리는 진심 어린 악수를 할 수 있지 않을까.

　　새만금갯벌은 죽지 않는다. 다시 산다.

〈프레시안〉 2006년 4월 21일

# 잘 자라, 아이들아

　　　　　노인 둘과 늙은 총각이 살고 있는 집에 큰 변화가 생겼
다. 서울로 시집간 딸들이 방학을 맞아 아이들을 데리고 온 것이
다. '딸'은 나의 누이들이 되고 '아이'는 조카들이 된다. 집안이
난장판이 되었다.

　먼저 강아지. 평소 자기를 이 집의 어엿한 자식이라고 믿고 있
었나 보다. 갑자기 나타난 제 몸만 한 아이들이 눈엣가시다. 소
리가 들리거나 앞에 어른거리면 물어뜯을 듯이 성을 낸다. 조카
들이 온 뒤로 목줄에 감겨 있는데, 며칠이 지나도 분위기 파악을
못 하고 거실을 향해 쉴 새 없이 짖는다. 그 짖음만 해도 혼이 빠
질 지경이다.

　방 두 개를 쓰던 나는 하나를 조카들에게 빼앗겼다. 그 방은

늘 어질러진 상태인데, 이제 평소보다 열 배는 더 어질러져 있다. 내 방에 저런 물건이 있었나, 구석구석 찾아 끄집어내 놓았다. 조카들은 큰애가 열한 살, 작은 애가 일곱 살, 제일 작은 애가 두 살. 두 살배기는 이제 겨우 걷는다. 입에 올리는 말도 단어 열 개 정도다. 자주 뱉는 말은 물이다. "물!" 하고 외칠 때, 확실히 귀여워 보인다.

언니가 노래를 하면, 두 살배기는 발음도 되지 않으면서 따라 하려고 기를 쓴다. 큰언니가 뒤에서 계속 둘을 부추긴다. 1분 정도 합창을 듣고 있노라면 나는 귀가 다 멍멍해지는데, 노인들은 그렇지 않다. 춤 춰봐라, 노래 해봐라, 이것 좀 먹어봐라, 손주들한테 눈과 손을 거두지 못한다. 노인들은 완전히 반해버린 것 같다. 나는 처음 짠, 하고 나타날 때 잠깐 반갑지만, 한나절만 지나도 '얘네들, 언제 가려나?' 싶을 뿐이다. 누이를 꼭 닮은 조카들이 신기하고 좋지만, 아, 성가시다.

그런데 밤 11시쯤이 되면, 갑자기 적막강산이다. 아기가 잠들면 온 나라가 조용하다는 옛말 그대로다. 누이들과 아이들이 한 방, 부모님이 한 방, 그리고 지금 잠들지 않고 있는 내가 한 방 차지다.

아이들의 가녀린 숨소리를 생각한다. 아이의 존재가 어머니 아버지에게 삶의 가장 중요한 동력이자 에너지임을 모르지 않는다. 누구를, 무엇을 위해 사느냐 하면, 우리는 아이들을 위해 사는 것 아니겠느냐 싶어진다. 다른 거룩한 명분이나 이념은 거짓 같다. 사람을 가장 어리석게 하는 것이 자식이지만, 가장 놀랍게 하는 것도 자식이다. 특히 자기 몸으로 새 몸을 내어놓는 어머니들은 정녕 놀라운 존재다. 무서운 존재이기도 하다.

"한 어머니가 부모 잃은 친척 아이를 거둬 키우게 되었다. 온 마음으로 보살피겠노라고, 아니 내 자식보다 더 사랑하겠다고 그 아이만 안고 잠을 잘 정도였다. 그런데 이상한 일이, 잠이 들면 어미 몸에서 허연 김이 나왔다. 김은 친척 아이를 건너가서 제 아이를 한없이 어루만지더란다."

언젠가 어머니한테서 들은 이야기다. 어미와 자식은 각각 독립적인 몸으로 존재하지만, 어찌할 수 없는 한 몸의 관계다. 니가 아프면 내가 아프다는 동체대비의 가장 명확한 체험을 자식한테서 할 수 있다. 아이에 대한 사랑은 자비의 깨달음, 그 시작이 되는지 모른다.

어미와 자식이라는 이 위대하고 확고한 깨달음의 관계가 태고적부터 있어왔는데, 왜 아직도 세상은 슬픔과 어리석음과 부정의와 고통이 넘쳐나는 것일까? 한 몸 관계에서 동체대비의 큰 지혜가 가능하지만, 역사상 수많은 현실의 어버이들은 동체소비에 머물렀기 때문일까? 인생의 고귀한 생명에너지를 동체적 관계에서 발생하는 이기적인 일회일비로 허무하게 소모해버렸기 때문일까? 제 자식이 한없이 예뻐 보이는 기적과 같은 마음의 체험이 왜 세상사와 만물을 향한 사랑으로 확장되지 못하는 것일까?

어리석음이 없다면 깨달음도 없으니 어리석음도 소중하다. 우리의 어리석음은 다른 여러 이유와 함께 그날그날을 뜨겁게 살아가는 출발이 된다. 귀가 멍멍해지도록 시끄러운 조카들이 서울로 돌아가면, 나는 떨어뜨리고 간 머리카락과 괴발개발 그림을 그리다 만 종잇조각을 주워들고 뼈가 시큰하도록 그리워하겠지. 꿀에 독이 있는 것이 아이다. 어른들은 아이의 독까지 너끈히 소화시켜 사랑하라! 잘 자라, 이 밤, 세상의 아이들아.

〈맑고 향기롭게〉 2007년 3월호

# 2

# 르포

첫 번째 이야기

# "글마를 생각하면 지금도 가슴이 너무 아파요"

— 김형율의 삶과 죽음 1

제2차대전 시기 미국의 원자폭탄 투하는 역사책에나 나오는 오래전의 일이다. 그러나 강정수 노인한테는 아직 세월 저편의 일이 아니다. 한국원폭피해자협회 부산지부 사무실에서 강노인의 이야기를 들었다.

"핵무기라 카면 우리는 지금도 자다가 잠이 깨이고 이가 갈리는데. 근데 내가 부끄러워서 지금까지 얘기를 못 한 게 있어. 실은 나도 원폭 병을 가진 사람이라. 당시 내가 스물여덟이었고, 이제 하나만 더하면 구십이야. 원폭을 맞고 61년 동안 내 혼자만 이 병을 알아요. 다들 내가 참 건강한 사람이라고 하는데, 건강하긴 건강해요. 근데 일본 병원에 가서 물어보니까 이것저것 조사하더니, 이게 그야말로 원자병이다, 고칠 수 없다, 그래요. 이제야 공개를 하는데, 내 할마이, 우리 아이들 외에는 아무도 몰라. 여기 지부장도 몰라."

노인은 말이 유창할뿐더러 자세도 아주 똑바르다. 히로시마 참사 현장에 있었기 때문에 원폭수첩(피폭자건강수첩)을 수령했고 한국원폭피해자협회 부산지부 부지부장 직을 맡고 있지만, 노인을 직접 본다면 누구나 특별한 피폭 후유증이 있지 않은 '건강한 원폭 1세'라고 생각할 것이다.

"어떤 병이냐 하면, 지금 이렇게 원폭에 대한 얘기를 하다가 집에 가면 오늘 또 증세가 나올란가 모르겠어. 어찌 시기가 일치하면, 밤중에 그게 머리에 떠오르는가 봐. 뭔가 연관이 되면 뇌에 영향을 주는가 싶어. 자다가 죽을 지경으로 괌(고함)을 지르고 일어나는데, 등에는 땀이 바짝 흐르고, 무서워서 날이 밝도록 잠을 못 자요. 우리 할마이가 등을 한참 두드려주고, 나는 '꿈이라서 참 다행이다…' 그러지. 매일은 아니고 몸이 피곤하고 고될 때, 요즘도 1년에 열 번쯤은 그래. 누가 들으면 정신이상이 있다 하겠지. 아들딸 낳기는 일곱을 낳았는데 중간에 둘이 죽고 다섯을 출가시킬 때 혹 지장이 있을까 봐 지금껏 입을 봉하고 살았지."

전형적인 '외상 후 스트레스장애'가 아닌가. 삼풍백화점 붕괴, 대구 지하철 화재에서 살아난 사람들에게도 비슷한 증세가 있을 것이다. 규모와 성격은 다르지만 이 세상에 결코 존재해서는 안 되는 지옥에서 살아났다는 점은 같다. 그런데 강 노인의 경우 원폭 참사 후 61년이 흘렀지만 아직도 장애가 치유되지 않고 있다는 것이 놀랍다. 지금은 꽤 정정해 보이지만, 더 연로해지면 피곤함에 늘 시달리는 전신 쇠약의 시기가 온다. 임종의 시간, 그는 아름다운 고향 풍경이 아니라 원폭 참사의 섬뜩한 장면에 휩싸이게 될지도 모르겠다.

최근 서울, 대구, 부산에서 한국원폭피해자협회의 반핵집회가 연이어 열렸다. 강 노인은 집회에 대한 사람들의 무관심과 핵불감증을 개탄했다.

"한 번 떨어져봐야 아이고, 정말 겁나는 거구나, 알 건데…. 위력이 얼만큼 대단한지, 우리는 살아났지만, 난 내가 살아 있다는 게 지금도 신기해요. 원폭이 떨어진 데서 우째 그리 사방 사십 리가 다 그을려뿟냐 이거야. 땅에 떨어진 것도 아이라. 어떤 놈은 300m 상공이라 하고 어떤 놈은 200m, 또 700m라 카는데, 누가 재봤나? 떨어지고 난 뒤에 하는 얘기지. 내가 듣기는 500m 위에서 터졌다 캐. 히로시마에 7층 건물이라고는 하나밖에 없었어. 지상 6층, 지하 1층 백화점이라. 근데 위의 층 두 개가 껍데기만 있고 녹아버렸어. 백화점을 직접 때린 것도 아이라. 상공의 열(熱)하고 풍(風)이 그래 한 거야. 또 상생교라고 있었어. 전차가 댕기던 무지하게 큰 다린데, 다리 복판이 기어 올라갔어. 전차 선로가 엿가락처럼 녹아서 올라가버린 거야. 한꺼번에 얼마나 열이 많이 났으면 철이 그래 됐겠어. 지금 한국 사람들, 핵무기에 대해 실감을 못 가진 사람이 전부 다야. 우리 지부장도 히로시마에 있었지만, 그때 나이가 어려서 나보다는 실감이 적을 것이야."

3만 도 이상의 열이었다. 히로시마에 있던 건물 9만 채 중 6만 채가 파괴되었고, 7만여 명이 즉사했다.

폭발 이후, 넉 달이 지나는 사이 또 7만 명이 방사능 피폭증으로 따라 죽었다. 60여 년 세월이 지난 후에도 인간이 지상에 만들어놓은 무참한 지옥에서 살아남은 사람들은 아직도 해야 할 이야기가 많을 것이다.

다른 일을 보면서 강 노인이 하는 말을 듣고 있었던 허만정 지부장은 최근 일본에 다녀왔다. 그는 일본 정부에 할 말이 많았다.

"96세 된 할머니 한 분이 나가사키 원폭 피해자예요. 2년 전에 자녀들과 원폭수첩을 받으러 일본에 가기로 했는데, 갑자기 몸이 안 좋아갖고 못 가게 됐어요. 자녀들은 갔지만 할머니 것은 확인증만 받아왔어요. 수첩을 받으면 월 이십몇만 원의 수당을 받지만 확인증은 아무런 도움이 안 돼요. 근데 다른 환자 한 분이 할머니하고 같은 문제로 히로시마 법원에 소송을 걸었는데, 패소했어요. 일본 원호법에는 본인이 직접 와야 한다고 돼 있거든요. 그래서 일본 시민단체에서 우리한테 부탁을 해요. 무리하더라도 올 수 있으면 나보고 모시고 오라고. 10월 7일에 할머니를 모시고 따님 한 분과 제가 일본에 갔어요. 공항에 내리니까 카메라맨들하고 많이 왔더라고. 나가사키 현청에 가서 기자회견을 했어요. 저보고 하고 싶은 말 하래요. 왜 이렇게 연로한 분이 일본에 와야만 수첩을 준단 말이냐, 일본 정부가 하는 짓이 납득이 안 간다. 인도적인 차원에서라도 일본 공무원들이 한국에 와서 심사하고 수첩을 내줄 수 있는데, 우리 세 사람이 일본에 온 비용 가지고 한 사람이 와서 해도 되지 않느냐. 왜 이렇게 사람을 괴롭히느냐. 부산에는 일본 영사관도 있는데 그곳에서 수첩을 발급할 수도 있다. 지금도 합천에는 코에 호스를 끼워 인공호흡을 하는 할머니 한 분이 확인증만 가지고 있는데, 그 할머니가 죽어도 좋으니까 수첩 받으러 가겠다 하면, 우리가 다섯 아니 열 사람이라도 붙어서 모셔오겠다. 근데 만일 도중에 사망할 경우, 일본은 세계적으로 비인도적인 행위를 했다고 비난을 받을 것이다. 지금도 한국에는 확인증만 받은 열서너 사람의 원폭 피해자가 있다. 그분들은 무조건 일본 사람들이 와서 발급해주라, 그랬어요. 그러니까 일본 기자들도 굉장히 자기 나라를 비난하더라고요."

'확인증'이 발급되면 해당자의 원폭수첩도 자동적으로 같이 나온다고 한다. 일본법에는 '본인 직접수령'이라고 돼 있다지만, 수령의 장소를 따지는 것은 국가 기구의 편의주의 내지 알량한 자존심일 뿐이라는 생각이다. 허 지부장은 일본의 행태를 비판하면서도 한국 정부의 무관심은 훨씬 더 심하다고 말했다. 1965년 한일협정 때부터 지금까지 한국 정부는 단 한 차례의 실태조사 외에 원폭 피해자를 위한 어떠한 노력도 하지 않았다는 것이다. 노태우 정부 때는 양국이 원폭 피해자 원호기금을 내기로 합의한 일이 있었는데, 한국은 결국 약속을 지키지 않고 한 푼도 내지 않았다.

일본이 알아서 할 일이라고 한국 국민 전체가 무관심했다. 그런 중에 원폭 피해자를 두고 대중적인 관심을 불러일으킨 것은 무엇보다 고 김형율(1970~2005) 씨의 삶과 죽음이 아니었을까. 먼 옛날의 이야기로 넘기고 있었던 것이, 비교적 젊은 청년이 원폭 병의 대물림으로 병고에 시달리고 있다는 사실이 많은 사람들에게 안타깝고도 늦으나마 다행스러운 앎의 기회를 준 것이다. 날 때부터 선천성 면역 글로불린 결핍증을 앓았고, 그것이 어머니에게서 물려받은 원폭 피해의 연장임을 알고 김형율은 세상의 온갖 장소에서 '나는 아프다!' 라고 외치기 시작했다. 열정적으로 발언하고 활동하던 형율 씨는 지난해 5월, 35세의 나이로 세상을 떠났다. 한 인터넷 언론은 갑자기 세상에 나타났다가 또 갑자기 사라진 형율 씨의 삶을 일러 "3년 동안 불꽃같은 삶을 살다 갔다"고 했다. 적실한 표현이었다.

부산 침례병원에서 형율 씨의 부모를 만났다. 나가사키 대학병원에서 원폭 전문치료 의사 12명을 한국에 파견하여 4박 5일간 원폭 피해자 건강진단 및 상담을 하고 있었고, 형율 씨의 모친 이곡지 씨가 내과의사 쓰카시키 구니히로 씨의 상담을 받고 있었다. 침례병원 지하 2층에 임시로 마련된 진료소마다 통역자가 배치되어 있는데, 원폭 피해자 지원사업을 주관하는 대한적십자사의 직원 백옥숙 씨가 "피해 생존자 중 일본인은 40%가 살아 있는데, 한국인 피폭자의 경우 현재 생존자가 1%가 되지 않는다"고 했다. 광복 후 한국으로 어렵게 돌아오는 과정에서, 또 연이어 닥친 6·25전쟁 기간에 많이 사망한 탓도 있겠지만, 그 이후에도 오랜 시간 우리 정부가 자국의 원폭 피해자들을 완전히 방치했기 때문이다.

죽은 아들의 뜻을 늙은 아버지가 잇고 있었다. 백옥숙 씨가 김봉대 노인을 보고, 요즘 그의 왕성한 활동보다 건강 걱정부터 하자 "난 딴 거 없어요. 내가 살아 있는 한 우리 형율이 이름 석 자 남기는 게 목표요"라고 말했다. 너무 솔직한 말이라 아들에 대한 아버지의 마음이 더 진하게 다가왔다. 진단과 상담을 마친 김 노인 부부와 함께 지하철을 탔다. 이곡지 씨가 말했다. "엄마, 아버지가 이렇게 있어서 (형율이가 계속) 목소리를 낼 수 있었지, 엄마, 아버지가 병들고 죽어뿌면 아무것도 아니에요. (카메라를 든 박정훈 씨를 가리키며) 우리가 살아 있어 여러분도 이렇게 찾아올 수 있고요. 어디 전화 한 통이라도 오면 너무 반갑고, 남인데 이렇게 찾아주니까 너무 감사하고요."

전철 소음 속에서도 아들에 대한 이곡지 씨의 말이 계속되었다. "낳고 2주일 지나서부터 형율이는 병원생활을 했어요. 늦게나마 지가 몸이 아프면서도 세상에 알리겠다고, 니는 틀림없이 유전된 원폭 2세다, 이걸 일본에 알리고 세상에도 알리고 또 자기도 진실을 더 깊이 알리려고 하고, 근데 원체 건강이 안 좋은데다가 너무 열심히, 서울을 한 달에 몇 번을 다니고 일본도 다니고, 너무 무리를 해갖고…. 살아온 경험이 있는 어른 같으면, 알리는 것을 지속적으로 하기 위해서라도 늘 조심을 할 텐데, 집안에 묻어만 있다가 지 사연을 세상 사람들이 알아주니까, 여러분들도 모르다가 김형율 사연을 이리 알게 되고 하니까, 너무 좋아가지고, 형율이가 너무 자기 몸을 생각 못 했는 기라."

부산진역에 내려 근처 식당에 들어가 우리는 점심을 먹었다. 거기서 형율 씨가 죽기 전 며칠간의 깊숙한 이야기를 김봉대 노인한테서 들을 수 있었다. 형율 씨는 원폭 피해자 관련 행사가 있어 일본에 갔다가 같이 간 한국의 원폭 관련 단체의 한 간부로부터 '극언'을 들었다. 말의 비수를 맞고 형율 씨는 귀국했고, 집에 와서도 나흘 동안 거의 잠을 못 잤고 또 식사도 제대로 하지 못했다. 당연히 혈압이 높은 상태가 되었고 32kg의 극도로 약한 몸이 견디지를 못했다. 식도 쪽의 동맥 혈관이 터진 것 같다고 한다. '피를 토하고 숨졌다' 는 형율 씨의 죽음은 후유증이 거의 없는 '건강한 원폭 1세' 가 천형처럼 병을 안고 태어났고 어느 날 자기 존재의 비밀을 히로시마 원폭에서 찾아낸 후 세상으로 나온 가녀린 원폭 2세를 말 몇 마디로 쓰러뜨린 사건이었다. '니는 일본 사람한테 구걸하러 왔나' 라는 식의 '극언' 쯤이야 형율 씨가 흘려 넘길 수도 있지 않았을까. 그 정도 극언은 어쩌면 세상 곳곳에 비일비재한 것들이 아닐까. 그러나 병으로 폐 기능의 70%를 잃고 늘 생사의 갈림길에 서 있었던 병약자의 절박함, 사회생활을 거의 하지 못하고 어쩌면 누구보다 때가 묻지 않았던 영혼의 순수함이 몇 마디 극언을 흘려듣기에는 아무래도 힘들었던 것 같다.

점심을 먹고 김 노인 부부가 사는 낡은 아파트로 갔다. 형율 씨가 썼던 컴퓨터와 책들이 방에 그대로 있다. 책장의 책들에서 세상을 향한 그의 진지한 열정을 느낀다. 아들이 죽고 매일 새벽 책상 앞에 꿇어앉아 지장경을 1시간 이상 읽어주었고, 요즘은 금강경을 읽어주고 있다는 아버지. 처음에는 석 달가량 집 안에만 있었지만 아들이 남긴 수많은 자료를 보고 '내가 이래서는 안 된다' 하고 세상에 나가 아들이 못다 한 말을 열정적으로 하고 있는 일흔이 넘은 아버지. 아내가 잠깐 자리를 비우자 김 노인이 고백했다.

"형율이 일은… 아직도 가슴이 너무 아파요. 부모로서 자식 키우는 것은 다 마찬가진데, 일마(이 녀석)는 달라요. 왜냐하면 생후 2주일부터 아팠어요. 원래 쌍태였어요. 형율이가 쌍둥이로 태어났어요. 지 동생은 1년 6개월 만에 메리놀병원에서 급성폐렴으로 죽어버렸고 일마 혼자 살았는데, 어쨌든 생후 2주일부터 맨날 열나고 아프고 병원생활을 했어요. 자식을 다섯 키워보니까 저마다 부모 속을 태우는 게 있지만, 사실 형율이 엄마는 (형율이한테) 나만치 깊은 마음은 없습니다. 왜냐하면 집 생활은 형율이 엄마가 했고, 나는 병원엘 가나 어딜 가나 입원이나 뭐나, 36년 동안 형율이의 모든 것을 처리했어요. 그 때문에 내게는 너무나 소중한 아들이었고, 내가 이리 못살아도, 글마가 원하는 것은 전부 다 해줬습니다. 세미나 같은 데 가면 녹음을 해야 하는데, 이 큰 것, 이 작은 것, 그다음에 엠피스리 이것, 이 녹음기들도 전부 사줬습니다. 오 남매 키우면서 딴 넘들은 유치원에 안 보냈습니다. 글마는 유치원이고 보이스카우트고 전부 다 보냈습니다. 글마가 해달라는 것은 다 해줬어요. 그래서 글마가 떠난 이후부터 지금도 가슴을 도려내는 것이 너무 많고, 여기 전자수첩이고 여권이고 장애수첩이고 전부 지가 쓰던 것이거든요. 유품으로 보관하고 있는데, 이런 걸 봐도 가슴이 찢어지는 심정이고, 아무튼 나는 딴 건 필요 없고, 특별법이 통과되도록 내가 할 수 있는 일은 다 한다, 그런 심정으로 쫓아다니고 있어요."

원폭 2세와 관련된 한국의 단체는 두 개가 있다. 애초 이름이

'원폭 2세'로 돼 있었으나 '원폭 2세 환우'가 따로 떨어져 나갔다. 형율 씨가 환우회의 초대회장이었다. 움직임이 불편한 원폭 환우들 대신 더 열심히 뛰어야 할 사람들이 (후유증이 이번 세대에 발현되지 않은) '건강한 원폭 2세'일 듯싶다. 요즘 사람들의 핵불감증에 경각심을 줄 실천도 1세들의 고통을 가까이서 지켜본 '건강한 2세'들의 몫이 아닐까. 그러나 자기 몸에 병이 있고 없음, 그 절박감의 차이가 너무 큰 모양이다. 절박감의 차이는 관심과 실천의 열도에서 차이를 낳게 된다. 형율 씨는 원폭 피해자 문제에 모든 것을 던졌다. 피폭 후유증이 발현된 원폭 2세 환우들에 비해 '건강한 2세'들의 움직임은 상대적으로 지지부진해 보인다. 조직이 둘로 나뉜 까닭도 이 차이에 있다.

일본 정부는 아직 공식적으로 원폭 피해의 2세 대물림은 증거가 없다고 한다. 그러나 임상과 현실의 많은 사례를 통해 사람들은 이미 알고 있다. 1945년 8월에 전쟁은 끝났지만, 몸에 원폭 병을 가지고 힘겹게 살아가는 사람들에게 전쟁은 아직도 계속되고 있는 중이라 할 수 있다. 병들고 힘없는 사람들의 뜻깊으나 미약한 움직임보다 무엇보다 미국, 일본, 한국 이 3국 정부가 아무 죄 없이 당한 한국인들의 원폭 피해 문제에 전향적으로 나서야 하지 않을까. 특히 미국은 전쟁행위를 넘어선 무차별 대량학살이었던 원폭 투하를 뼈아프게 돌아봐야 한다. 김봉대 씨가 말한 '특별법'은 고 김형율 씨가 법 제정에 그렇게 애를 썼던 '원폭 피해자지원특별법'을 말한다. 특별법의 국회 통과는 한국사회가 늦게나마 원폭 피해 문제 해결에 주체적으로 다가서는 유의미한 첫걸음이 될 것이다.

〈인권〉 2006년 12월호

# "나는 아프다!"

― 김형율의 삶과 죽음 2

한국원폭피해자협회 부산지부 사무실 앞에서 만난 노인 이야기부터 해야겠다. 키가 작고 왜소했던 노인의 이름은 밝힐 수 없다. 어느 지면에서든 당신의 이름을 공개하지 말라고 신신당부하였기 때문이다. 올해 일흔다섯 살인 노인은 일본 사람들의 눈치를 살피는 처지였다.

11월 중순 어느 날. 우리는 원폭협회 부산지부의 사무실 문이 열리기를 우연히 같이 기다리게 되었다. 불시의 방문자가 있을 것을 대비해 핸드폰 전화번호를 적은 표찰이 문 손잡이에 걸려 있었다. 전화를 하자 지부장이 받았다. 사무실에는 지부장과 총무, 이 두 사람은 거의 늘 나오는데, 어제 총무가 안전사고로 병원에 입원했고, 수술 상황을 살피려 지금 병원에 와 있다는 것이다. 점심 무렵에는 사무실로 갈 것이라고 지부장이 말하였다.

시민단체라고 하기도 그렇고 관변단체라 할 수도 없고, 이익단체라고 해야 하나. 뭐라 성격을 규정하기 힘든 '한국원폭피해자협회' 라는 이름을 가진 사단법인체의 한 지부. 한국의 두 번째 대도시에 위치한 전국조직 지부의 사무실이 허름하기 짝이 없었다. 원래는 복덕방이었다. 'SK 부동산' 이란 상호가 유리창에 남아 있다. 들여다보니 실내가 골목 분식집만 한 넓이다. 히로시마와 나가사키에서 미군의 원자폭탄을 맞고 용케 살아났지만 한국으로 돌아와 오랜 세월 힘들게 살아온 이들의 안간힘을 보는 것 같았다. 사무실 앞의 도로로 자동차들이 계속 질주했다. 노인은 옅은 쥐색 양복을 입은 채 손에 과일주스 박스를 들고 있었다. 이름은 밝힐 수 없어도 그의 이야기는 전할 수 있다.

"일본에서 빨리 일처리가 안 되는 모양이에요. 원폭 당시에 (같이 있었던) 보증인을 세워 서류를 꾸며서 보냈는데, 일본에서 한 번 전화가 왔어요. '사실이 이렇냐' 고 해서 '그렇다' 고 짧은 응답을 했는데, 근데 그러고 나서' 원폭수첩 받으러 일본에 오라고 할 때까지 무한정 기다려야 하는 일이네요."

## 노인의 비굴

1945년 8월, 노인은 히로시마에 있었다. 왜 이제야 피폭자건 강수첩 발급 신청을 하는 것일까. 굉장히 늦은 케이스다.

"이런 협회가 있다는 것을 몇 년 전에 알았어요. 근데 그때는 직장이 있어서 일하러 다닌다고 신경을 못 썼어요. 계속 미루고 있다가 몸이 아파가지고 병원에 누웠다가 신청을 한 거예요. 결핵이었어요. 부산의료원에 1개월 있었고 조금 나았는데 음식을 잘못 먹고 재발해서 구덕병원이라고 있는데, 거기 또 4개월 입원해 있었어요."

결핵 이전까지는 별다른 병증이 없었다고 한다. 일흔다섯 살 늙은이의 노화로 인한 발병인지 피폭 후유증인지 알기 힘든 면이 있다. 그러나 원폭수첩은 원폭 투하 시 현지에 있었다는 증거만 제시해도 발급이 된다. 매월 이십몇만 원의 수당이 나오고, 일본에 건너가 무상으로 치료를 받을 수 있다. 노인은 혹시 그새 무슨 연락이 있었는가 싶어 오늘처럼 가끔 사무실에 들러본다고 한다. 노인이 기억하는 히로시마 이야기를 잠깐 들었다.

"엉망이었죠. 비이십구가 날라와가지고 반짝반짝 하더니만 빵 하고 완전히 먹구름…. 그때 히로시마에 전차가 댕겼는데, 전차 안의 사람들이 그대로 타 죽어뿌고. 나는 국민학생이었기 때문에 학교 갈라꼬 나왔다가 위험해서 다시 집으로 갔어요. 터지는 걸 직접 목격은 못 했고, 들어서 아는 거죠."

당시 조선인들은 도시 변두리 빈민촌에 주로 살았고 폭심으로부터 떨어져 있어 굳이 비교하면 사망자 수나 비율을 따져 일본인에 비해 화를 적게 입었다고 할 것이다. 그럼에도 사망한 조선인이 두 도시에서 4만여 명. 폭격 당일의 사망은 피했더라도 며칠간 바람의 방향이나 사람들의 개별적인 움직임이 변화무쌍하기에 생존자들의 개인 방사능 피폭량은 거주지와 큰 상관이 없을지 모른다.

원폭 참사는 어쨌거나 61년 전의 일이다. 피폭 후유증으로 이렇게 오랜 시간 까다로운 문젯거리가 될 줄은 당시에는 몰랐을 것이다. 그러나 원자폭탄을 성공적으로 제조하고 사람들이 사는 일상의 삶터에 떨어뜨렸던 장본인들도 그 폐해를 전혀 몰랐을까? 미국은 2, 3세까지 치명적인 영향을 미치는 원자폭탄을 실전에 사용해야만 했을까?

"당시에는 일본이 강했어요. 어떤 식으로 강했냐 하면, 비행기 한 대에 사람 하나 타가지고 항공모함에 내리때리뿌면 여러 천 배 손해가 나잖아요. 그래서 미국 쪽에서도 부득이 핵을 쓴 모양이지요." 노인의 교과서적인 설명이었다.

지부장이 언제 사무실에 올지 문득 알 수 없었고, 아무래도 점심을 먹어둬야겠다 싶어 혼자 따로 사무실 앞을 떠나려고 할 때, 노인의 얼굴이 갑자기 변했다. 오늘 자신이 한 이야기를 어느 지면에서든 자신이 했다고 밝히지 말라는 것이다. 그러겠다고 했다. 건성으로 들렸나 보다. 꼭 부탁드립니다, 꼭, 하고 노인의 청이 반복되었다. 알겠습니다, 예, 나도 반복해 답했다. 그러나 노인의 표정은 풀리지 않는다.

'이 사람이 무슨 글을 쓸지 몰라' 하고 노인은 불안해하고 있었다. 내가 무슨 글을 쓸지 나도 모르는데? '당신이 무슨 글을 쓰든 내 이름은 무조건 안 된다' 라는 것이 노인의 요청이었다. 그리고 왜 안 되는지를 말한다. '지금 일본 정부의 결정을 기다리고 있는데, 일본을 비판하는 글에 내 이름이 들어가면 곤란하지 않느냐' 는 것이다. 노인이 일본에 비판적인 말을 했었나. 늦은 행정처리에 대한 하소연이었을 뿐, 특별히 그러지 않았다. 그러나 이 세상에서 겪은 일흔다섯 해 동안의 모든 사회적 · 역사적 경험들이 한꺼번에 노인을 내리눌렀고, 자신의 지금 인생에 최종적으로 남은 경험적 지혜와 판단을 바탕으로 그는 나를 불신하고 있었다. 노인이 비굴해 보였다. 매월 이십몇만 원을 받겠다고 한국 사람의 자존심을 버립니까? 이런 못된 생각이 머리를 쳐들었다. 나는 얼른 잘라버렸다. 어르신의 잘못이 아니다! 우리 모두의 잘못이다! 나는 손까지 잡아드리며 "조금도 걱정 마세요" 진심으로 말했다.

사무실의 문이 열린 후, 지부장과 부지부장, 그리고 병원까지 찾아가 수술이 무사히 끝난 총무와 나눴던 이야기는 생략한다.

지부장과 부지부장은 히로시마 현장에 있었던 사람이고, 총무
는 원폭과는 아무 상관없이 개인적인 인연으로 피해자들을 돕게
된 사람인데, 소위 '진보'와 '보수'라는 상투적인 잣대로 그들
을 잴 수 없었다. 원폭 참사 현장에서도 어쨌든 죽지 않았고, 살
아남은 자신들과 동료 회원들의 몸에 들러붙은 방사능 피폭증의
계속적인 진행과 늘 부족한 보상·원호 문제가 그들에게 무엇보
다 중요했다. '일본인 피폭자와 똑같은 대접을 하라'고 재판을
걸고, 승소와 패소를 오가며 한국인 원폭 피해자 원호사업을 끈
질기게 해오고 있었다. 내가 만난 이들은 정직한 사람들이었지
만, 제 코가 석 자인 분들이었다.


## 김형율의 삶과 죽음


그래서 더욱 힘주어 내가 이야기하고 싶은 것이 김형율의 삶
과 죽음이다. 원폭 1세가 아니라 원폭 2세 이야기다. 무엇보다
2005년 5월 말, 그의 갑작스러운 죽음에 대한 이야기다. 이 글은
김형율 씨의 비극적이고 또 의미심장했던 죽음에 대한 1차 진상
보고서가 될 것이다. 뒤늦은 추모의 글이기도 하다.

히로시마 원폭 피해자였던 어머니에게서 태어나 35살의 나이
로 세상을 떠난 김형율 씨를 어떻게 소개해야 할까. 이 글쓰기가

누군가를 비판하는 것이라면, 비판은 나 자신에게 먼저 향해야 한다. 나는 김형율의 존재를 최근까지 전혀 알지 못했다. 북한이 함경북도의 어느 땅밑에 핵폭탄을 터뜨리고, 세계 언론이 쓰나미 같은 보도를 낼 때, 나는 한 석간신문에서 사진 한 장을 보았다. 원폭피해자협회 주최로 반핵집회가 열렸다는 것이고, 수십 명의 노인들이 길바닥에 주저앉아 있는 것이었다. 한반도를 둘러싼 세계정치의 복잡한 사정을 감안하여 북한의 처지를 이해해주려고 해도 끝내 핵폭탄 실험까지 하게 된 것은 우리 민족사의 비극이다. 원폭을 직접 경험한 적이 있는 저 노인들은 얼마나 참담한 심정일까? 이렇게 시작된 관심이 여러 언론의 기사자료부터 찾게 했고, 나는 면역 글로불린 결핍증을 앓았던 한 청년이 공개적으로 자신이 '원폭 2세'라고, '나는 아프다'고 세상에 처음 진실을 알렸던 2002년 봄의 사건을 비로소 접하게 되었다. 폐렴을 반복적으로 앓은 탓에 정상인에 비해 폐 기능이 2~30%에 머물렀고, 여름에도 두꺼운 옷을 입어야 했고, 늘 식수를 보온병에 담아 가져다녔고, 몸무게는 32Kg에 불과했던 김형율. 그는 '나는 아프다!'라는 진실의 고백 이후 열정적인 반핵·인권·평화운동가가 되어버렸다. 그는 온갖 장소에 나타났다. 불가사의할 정도로 열렬하였던 실천의 에너지에 많은 사람이 놀랐고, 또 주목하였다. 그러다 3년간의 불꽃같은 삶을 살고는 2005년 5월 어느 날, 자택에서 피를 토하고 쓰러졌고 급히 병원에 옮겼으나 숨졌다. 부산지부 사무실 앞에서 본 노인의 비굴은, 나 하나만 놓고 보면, 한국인 원폭 피해자 문제나 김형율 씨의 삶과 죽음 이야기를 전혀 알지 못했던 무관심부터 잘못이다. 왜 철없는 연예인들의 이름은 수백 명 알면서 김형율, 이 석 자는 모를 수 있었을까. 자책할 일만은 아니다. 김형율과 또 그와 비슷한 처지의 사람들을 지금도 죽음의 벼랑으로 몰고 있는 변함없는 현실을 바로 아는 일을 이제라도 시작해야 한다.

원폭 피해자 문제를 붙들고 있는 사람들은 저마다 형율 씨를 다르게 기억하고 있었다. 일본 나가사키 대학병원 의사들이 해마다 한국에 와서 원폭 피해자 무료상담을 하는 행사가 있는데, 부산 침례병원 임시진료소에서 만난 백옥숙 씨는 한일 원폭피해 협상문제에 관한 한 손꼽히는 실무자라고 할 수 있다. 대한적십자사의 간부이기도 한 그녀는 형율 씨의 열정적인 활동을 떠받쳤던 객관적인 근거 자체를 허물 수 있는 말부터 한다.

"원폭병이 2세까지 대물림된다고 쉽게 말하기 어려운 것 같아요. 동물 실험을 했지만, 유의미한 결과가 나오지 않았다는 거예요. 지금도 2세에 대한 연구는 일본에서 이뤄지고 있고, 조만간 생활습관병과의 관련을 따져 발표가 있을 거라 해요. 제 개인적으로는 영향이 없다는 결과가 나왔으면 좋겠어요. 병이 있어도 차라리 다른 이유였으면 싶지 원폭병의 대물림이 아니길 바래요. 너무 끔찍한 일이잖아요. 기도하는 심정으로 그래요."

형율 씨가 원폭 2세 환우의 실상을 처음 고백했을 때도 수많은 '건강한 원폭 2세'들의 항의가 있었다. 우리는 별탈없이 잘 살고 있는데 왜 불안하게 만드냐. 원폭 1세들은 자녀들의 결혼 문제나 여러 사회적 금기에 눌려 견딜 만한 병증은 숨기고 살기도 했다. '나는 아픈데, 아프다고 말하지도 못하는가!' 형율 씨는 곤란한 처지에 빠졌다. 언제부턴가 '나는 아프다!'라고 숨김없이 말하는 것이 현실에 대한 하나의 저항이 될 정도였다.

"김형율 씨 같은 사람 보면, 어떤 게 맞는 걸까, 궁금증이 들죠. 근데 (적십자사나 다른 봉사단체에서 일하는) 사회복지사들이 빠질 수 있는 가장 위험한 부분이, 자기에게 떨어진 업무에 충실하다 보니까 스스로 함정에 빠진다고 할까요? 내가 이 일을 해결하지 못하면 어떤 다른 사람도 해낼 수 없어! 하는… 김형율 씨는 약간 그런 함정에 빠졌던 부분이 있어요. 물론 김형율 선생이 열심히 했기 때문에 원폭 2세 문제를 많은 사람이 알게 됐고 나름의 성과도 있었지만, 본인의 건강마저 팽개치는 부분이 염려스러웠어요. 정부가 (자기한테) 관심을 기울이고 지원해야 되는데, 그걸 하지 않는다, 이런 식으로 너무 열심이니까, 제가 원폭 피해자 원호 업무를 실무적으로 하는 팀장임에도 형율 씨랑 심도 있게 이야기를 해본 적이 없어요. 저한테 공격적인 자세로 많이 대하셨어요. 워커(worker)들이 그렇잖아요, 일을 하려면 클라이언트들하고 고민을 같이 해야 뭔가 나오는데, 그런 기회를 안 주고 성향은 계속 공격적이 되는데, 운동을 하다가 얼마나 안 되면 저러나, 싶기도 했어요. 저희들이야 항상 중립적이예요. 그게 뭔지, 정말 '참' 이 뭔지, 이런 것들을 먼저 파악해야 정부나 다른 누구한테 요구를 할 수 있거든요. (김형율 씨가 죽고 뒤를 이어) 2세 환우회 회장을 맡고 있는 분도 저하고 처음 만난 자리에서 하도 공격성향을 보여서 '선생님, 우리 대화 좀 합시다, 대화 가지고 해결이 안 되는 부분이 없어요, 일을 하려면 우리 모두 같이 하는 거니까 어떤 문제에 집중적으로 뭐가 필요한지 조언을 하고 각각 할 수 있는 부분을 잘 나눠서 하면 얻어낼 수 있는 결과가 훨씬 많습니다' 이렇게 말했어요."

백씨의 말에는 활동가 내지 운동가 김형율 씨에 대한 부정적인 평가가 담겨 있다. 전적으로 동의하는 것은 아니지만, 형율 씨를 쓰러뜨린 한국사회의 현실이 어떠했는가를 밝히는 데 나름의 배경지식은 된다.


## 김형율을 쓰러뜨린 세 마디

김형율 씨의 죽음은 작년 5월의 일이다. 숨지기 며칠 전, 일본에 갔었던 형율 씨는 그곳의 어느 자리에서 한국원폭피해자 관련단체 한 간부에게서 극언을 들었다. 형율 씨는 한국에 돌아와 밤잠을 못 잤고 식사도 거의 못 했다. 오래전부터 혈관, 혈압이 정상이 아니었고 분에 못 이겨 하다가 마침내 피를 흘리며 죽었다. 어쩌면 한 사람의 몇 마디 말이 형율 씨를 쓰러뜨렸다고 할 수 있다. 원폭 피해자 문제를 고민하는 사람들 사이에서는 어느 정도 입소문이 난 이야기다. 잔인한 몇 마디 극언을 미워하고 저주하는 것이 아니라 그런 말의 출현을 어떻게 이해할 것이냐가 나의 관심이다.

'원폭 2세' 단체는 '원폭 2세회'와 '원폭 2세 환우회'가 따로 있다. 형율 씨는 환우회의 초대회장이다. 피폭증이 발현되지 않은 '건강한' 원폭 2세회의 부산 지부장인 이태재 씨의 이야기도 형율 씨를 쓰러뜨린 현실을 이해하는 데 도움이 된다.

"(형율 씨가) 환우회를 따로 만들기 전에는 저하고 굉장히 자주 접했어요. 형율 씨 집에 방문도 하고, 제가 근무하는 고등학교에 와서 같이 이야기도 나누고, 한일교류회가 있어 일본에 같이 가기도 했어요. 근데 형율 씨는 (생사 간에) 초를 다투는 심각한 상황에 있었고, 제 입장에서는… 아버지가 일본 정부에 소송을 제기한 상태였고, 피폭 1세들한테도 해결되지 못한 많은 일들이 있었어요. 김형율 씨의 경우는 가슴 아프지만, 전체적인 입장에서 보면 아직은 2세 문제를 제기할 수 있는 상황이 못 된다는 것이었고, 또 2세에 대한 관심은… 사실 일본 정부도 굉장히 미약하거든요."

'우선순위'라는 게 있고 그것은 지금도 마찬가지라는 것이다. 이씨는 '1세 어르신'들의 곡절 많은 인생을 지켜본 '2세'로서의 책임감을 강하게 의식하고 있었다.

"7월에 돌아가신 아버지도 일본에서 나서 일본 사람처럼 교육을 받고 일본 사람들과 같이 생활을 했는데, 원폭이 투하되고 일본이 패전하면서 그때부터 조선인이라고 마구 차별이었답니다. 원폭으로 재산 다 잃고 생활도 어렵고 해방이 되고 귀국을 해야 할 거 아닙니까. 심각한 사람들은 히로시마 현장에서 또 귀국하는 도중에 거의 죽었을 거고, 그나마 목숨을 부지한 사람들은 한국에 와서 제일 불편한 게, 한국말 안 되지, 원폭 후유증으로 몸 불편하지, 주위에서 병신이란 소리 들으며 소외될 거 아닙니까. 지금까지도 피폭자들 중에 신체적으로 힘든 사람들은 아주 어렵게 살아요. 몸이 불편하니까 노동력이 없고, 노동력이 없으니까 경제력이 없고, 경제력이 없으니까 자손들 교육을 못 시킵니다. 일본 사람들이 오면, 부산의 초량이라든가 영주동, 대신동으로 가정방문을 해요. 자손이 없어 할아버지 혼자 할머니를 수발한다든가, 자식이 있어도 교육을 못 시켜 하루 벌어 하루 먹고 사는 집이 많아요. 그러니 61년이 지난 일이지만 지금이라도 한국 정부 차원에서 한국인 피폭자들에 대한 정확한 실태조사를 하고, 한일협정 때 보상이 끝났다 하더라도 지금 나라 경제가 어느 정도는 되었으니까 배려 차원에서라도 시급히 도와야 해요."

같이 이태재 씨의 말을 듣고 있었던 여든아홉의 노인 한 분이 말을 보탰다.

"남의 집에 사는 사람들이 한둘이 아니에요. 병신이 되어 꼼짝 못하고 방에 똥을 싸고 있으면 남의 집에도 못 있어요. 그런 사람들이라도 한군데에 모여서 지낼 수 있도록 복지원이라든가 그런 걸 세웠으면 좋겠어요."

'원폭 2세 환우'의 상징과 같았던 김형율 씨의 '독고다이' 적인 실천이 주위에 끼친 '불편'을 이제 좀 더 직접적으로 들여다보도록 하자.

"작년 여름 일은… 저도 들어 알지만, 당시 형율 씨가 몸이 안 좋은데 무리를 해서 일본에 갔고, 거기서 어떤 말에 충격을 받은 모양인데, 근데 그 어르신 입장에서 보면 다분히 그러실 수 있을 것 같아요. 제가 왜 이런 말을 하냐 하면… 이치바 준코라는 분이 있는데, 이분의 원폭 관련 책이 한국어로 번역이 되어 서울에서 출판기념회를 한 적이 있었어요. 그때 제가 갔고, 김형율 씨도 왔고, 2세회 서울 회장, 대구 지부장들도 왔어요. 출판기념회 같으면 그야말로 관심을 가져줘서 고맙다는 마음으로 출판을 축하하는 자린데, 김형율 씨가 일어나서 (자기 할 말을 적은) A4

열몇 장을 낭독을 하는 거예요. 사회 보는 사람이 시간문제도 있고 또 분위기도 그렇고, 줄여달라, 좀 자제해달라, (김형율 씨 쪽으로) 쪽지를 계속 넣었어요. 근데 완전 무시하고 끝까지 하는데, 그 자리가 어떻게 됐겠습니까. 참석하기 힘든 분들이 정말 어렵게 오신 자린데, 내가 보기에 부끄럽더라구요. 자리가 끝나고 김형율 씨한테 이야기를 했어요. 당신 지금 본인 기자회견으로 착각하고 있느냐, 그렇게 상황 판단력이 떨어져가지고 어떡하느냐….

그런 일이 있고 그날 저녁에 형율 씨하고 시민연대 사람들이 따로 자리를 마련해서 '이야기 좀 하자'고 해서 갔어요. 백혈병 환자도 있고 보건의료 쪽 여러 단체의 사람들이 있는데, 이제는 제가 듣는 입장이지요, 형율 씨 쪽 사람들이니까. 근데 '왜 당신은 2세 환우에 관심을 가져주지 않으냐, 2세들이 그런 식으로 해서 되겠느냐' 질타를 해요. 제가 말했어요. 내 입장에서는 김형율 씨보다 더 심각한 문제가 있다, 내 아버지가 피폭 1세다, 재판 중에 있다, 기동도 못 하는 더 어려운 피폭 1세 분들도 많다, 그런 부분에 관심을 갖는 게 우선이다, 2세 문제는 지금 협회나 지부에서 가시적으로 이야기를 할 형편이 못 된다, 그리고 오늘 보다시피, 형율 씨가 이렇게 하니까 지탄을 받는 거다, 이랬죠. 자기는 지금 생사를 다투고 있는데, 오죽 급하면 그랬겠느냐, 형율 씨가 그래요. 물론 이해는 되지요. 그러나 그때그때 상황을 보고 호소할 때는 호소하고 도움을 청할 때 청해야지, 오늘은 지나쳤다…. 아마 내 생각에 일본 동경에서도 형율 씨가 그랬을 것 같아요. 그러니까 어르신도 화가 났을 테고."

작년 5월 말, 과거청산을 위한 국제연대협의회 주최로 동경에서 열렸던 심포지엄 어느 자리에서 도대체 무슨 일이 있었고 어떤 말들이 오간 것일까? 이제 김형율의 죽음을 다 지켜보았던 그의 아버지 김봉대 씨의 말에 귀 기울일 차례다. 부산 수정동의 한 허름한 빌라아파트에서 그의 이야기를 들었다.


## '원폭 1·2세'가 아니라 '원폭 1·2세 환우'

김 노인이 말했다.

"해마다 있는 행사인데, 2005년도는 일본 교과서 문제로 세미나가 있었고, 거기 또 형율이가 초청을 받아 원폭에 대한 문제, 일본 한국 각국의 문제 등을 종합적으로 발제를 하게 된 거예요. 자료를 엄청 만들어 갔습니다. 그때가 형율이가 서울대학병원에 입원해 있을 땐데, 내가 자료 복사를 다 했어요. 근데 여성단체 쪽에서 만든 〈그날 그 이후〉라는 제목의 사진 자료집이 있었어요. 그걸 일본에 가져간 거예요. 그리고 쭉 회람을 시킨 겁니다. 형율이가 사진을 돌린 거예요. 한국인 원폭피해 참상을 찍은 사진입니다. 근데 그걸 보고 다음날 식사 자리에서, K씨가 먼저 밥을 먹고 형율이는 뒤에 가서 밥을 먹는데, K씨가 자리에서 나가면서 '김 군, 그러면 안 돼. 왜 일본까지 돈 구걸하러 왔어. 그러면 안 돼' 요 세 마디를 하고 나갔단 말입니다. 형율이 가슴에 비수를 찌른 거예요. 그리고 한국에 돌아와 나흘 뒤 5월 29일날 아침에 죽어뿟는데…"

김 노인 옆에 앉은 어머니 이곡지 씨가 말했다.

"우리 형율이는 정정당당하게, 참되게 하고 있는데, 눈꼽만치도 거짓이 없이 진실 그대로 하는데, 협회장이란 사람이 그런 말을 한 거야. 돈 구걸 하러 왔어? 돈 구걸 하러 오기는, 일본 세미나에 당당히 초청받아 간 건데! 형율이가 집에 와서 '억울해서 못 산다, 억울해서 못 산다' 고…"

수십 년에 걸친 한국원폭피해자 원호사업에 하나의 상징인물과도 같았던 한 원로인사의 입에서 왜 그런 말이 나왔을까. 그 정도의 말이 형율 씨에게 그렇게나 심대한 타격이 되었다는 것도 약간 의문스럽지만, "태어나 이 주일 지나고부터 병원생활 했고 맨날 열나고 아프고 해서 늘 애태웠지만, 누가 뭐래도 우리한테는 너무나도 소중했던 아들"을 잃은 노부부는 그런 말이 나올 수 있는 연유에 대한 사적 감정 가득 찬 짐작을 내놓았다.

"자기는 집에 2세 3세가 있어도 다 건강하니까, 그런 거 퍼뜨리지 말라, 설치지 마라, 요는 그거라." 이곡지 씨의 말이고 "자기는 안 아프니까, 자기 자식들은 아무도 안 아프니까, 1세로 끝내자…." 김봉대 씨의 말이었다. 그렇다고 해도 왜 그것을 '구걸' 운운하는 식으로 말했을까? 누구보다 원폭 피해자의 심정을 잘 아는 사람이 아닌가. 김봉대 노인의 의심은 무서웠다. "그래서 나는 그 사람이 (실제로는) 원폭 피해자가 아니라고 보거든. 아니면 친일파거나."

모순적인 표현 같지만, '건강한 원폭 1세'도 있다. 히로시마, 나가사키 현장에 있었지만, 살아남았고, 피폭 후유증이 경미하거나 발현되지 않았거나 방사능 장애가 자연 치유된 경우에 해당한다. 원폭 2세의 경우, 압도적으로 많은 숫자가 '건강한' 원폭 2세이다.

'원폭 2세'와 '원폭 2세 환우'는 생각과 감정에서 하늘과 땅 차이를 가지고 있다. 아니 '원폭 1세'라고 해도 '건강한 원폭 1세' 역시 거의 마찬가지다. 역사에 대한, 생명에 대한, 전쟁과 평화에 대한 인식의 차, 무엇보다 절박감의 차이. 김형율 씨는 중요한 것은 '원폭 1세, 2세'가 아니라 '1세 환우, 2세 환우'여야 한다고 언제나 고집했었다. 제아무리 원폭 1세 원로라고 해도 건강한 사람이라면 아픈 사람의 심정을 모른다.

"계단 같은 데는 형율이가 못 올라갑니다. 내가 짐을 위에다 먼저 갖다놓고 형율이를 업습니다. 열차를 탈 때면 부산역에서 휠체어가 나옵니다. 플랫폼까지 휠체어 태워가서 형율이를 안고…" 이런 식으로 온갖 곳을 같이 다녔던 김봉대 씨는 아들이 3년 가까이 공개적으로 활동할 때 거의 모든 시간을 함께했다. 밤잠을 못 자고 분해하다가 혈관이 터져 피를 토하고 죽는 아들의 모습도 지켜보았다. 늙은 아버지는 "아직 아들의 원수를 못 갚았다"고 벼른다. 초상을 치른 후 '조지러 간다'고 서울에 갔지만, "때려죽이려고 했는데, 하도 사람들이 말려가지고…. 나중에 범어사에서 49재 지낼 때 K씨가 사과하러 온다고 했어요. 근데 결국 안 오는 거야. 서울 교보문고 앞에서 형율이 추모제가 있을 때는 나타났어요. 누가 귀띔을 해줘서 내가 가니까 그새 도망가고 없어요. 초상 때는… 뭐라 적은 큰 화분 있잖아요, 그런 게 왔어요. 내가 집어던져 버렸어요. 국회 보건위에 원폭피해자지원특별법 접수시킬 때도 왔어요. 쥑일라꼬 달겨드는데, 하도 옆에서들…. 암튼 아직 사과를 안 하고 있어요. 특별법만 통과되면, 내가 그 사람 또 잡으러 갈 겁니다."

'그 사람'은 원폭 피해자가 아니다, 일본군에 복무했었고 친일파다, 하는 극단적인 의심의 말을 듣고 있으면, 머리가 어지러워지며 아무것도 모르겠다는 심정이 된다. 누가 맞고 누가 틀리고, 누가 진짜이고 누가 가짜일까. 혹시 모두 진짜였을까. 임말의 진실을 붙들 뿐이지만 저마다 온전한 진실을 알고 있다는 주관적 신념으로 어쨌든 최선을 다할 따름인가. 복잡한 질문과 답이 쉴 새 없이 이어지지만, 생각하면 생각할수록 알 수 없는 분노가 치민다…. 나는 내 분노를 속일 수 없다.

일본 정부가 '원폭병의 대물림은 증거가 없다' 라고 하면, 형
율 씨는 몇 년 동안 주관적 착각에 빠졌을 뿐이 되는 것일까. 그
의 말년 3년은 해프닝이 되는가. 진실은 언제라도 오리무중이
될 수 있고, 권력이 선언하는 순간, 선언된 권력의 진실만이 남
게 되는가.

'저 새끼는 아직 확실한 증거도 없잖아' 하고 생전의 나어린
김형율을 두고 속으로 많이들 생각했던 것일까. 왜 일본까지 돈
구걸하러 왔어, 김형율 씨는 조금도 그런 것이 아니었는데, 다른
누구도 아닌 같은 한국 사람, 그것도 원폭 1세 원로의 입에서 그
런 말이 나와 충격을 받은 것일까. 조금도 그렇지 않음에도 일본
에 와서 하는 자신의 어떠한 진실된 행위도 결국 '구걸하는 것'
이 되고 마는 현실을 한순간 깨달아버린 때문일까. '한국 정부
가 나서서 지원하라는 특별법을 니가 국회에 낸다고 했으니, 넌
한국에서 뜯어먹어라' 라는 더 추악한 의미의 말로 들었던 것일
까? 인정할 수 없는, 너무 겁이 나는, 마침내는 피할 수 없는 현
실의 추잡한 벽과 만나 형율 씨는 참을 수 없는 분노에 휩싸였던
것일까.

1945년 8월 원자폭탄은 터졌고, 사람들은 죽었고, 또 사람들
은 살아남았고, 원폭 병은 들었고, 살아남고도 후유증이 거진 없
는 건강한 원폭 1세들도 많고, 그런데 일본 정부에서 돈은 계속

들어오고, 아픈 사람 아프지 않은 사람 다 합쳐 원폭수첩을 받고 이왕 들어오는 눈먼 돈은 적당히 나눠 받고 나눠 쓰고, 그렇게 세월은 흘러왔고, 또 흘러갈 것이고, 이제는 원폭 관련 단체끼리 비행기를 타고 다니며 한일 교류나 하고 서로 위로하며 지내다가 적당한 때 원폭과 관련된 모든 것을 역사의 어둠에 묻어버리면 되는 것이지, 돈을 내놓는 일본 정부도 조금도 원치 않는데, 이제 와 진상규명이 무엇이며 골치 아픈 진실이 또 무엇이며, 2세, 나아가 3세 유전병의 조사는 또 무엇이며, 그깟 무력한 진실 따위가 대체 뭐 중요한 것이냐고, 생각하면, 현실은 언제나 현실, 약자를 농락하는 현실, 농락당하는 약자가 불쌍해 보이다가도 바보스럽고 또 지겹기 짝이 없고, 또 생각해보면, 왜놈들 주머니에서 나오는 더러운 돈 받아 연명하고 치료받고 사는 것도 하늘과 땅에 침 뱉고 싶은 서러운 일인데, 수십 년 전의 부끄러운 사진들을 이렇게 까발려야 하냐고, 내 민족적 자존심이 다 상한다고, 현실을 알고 인생을 살 만큼 산 '어르신'은 "일본까지 돈 구걸하러 왔냐"고 물정 모르는 형율 씨에게 특별히 한 수 가르쳐주신 것일까.

일본 사람들이 받는 원폭피해 원호 혜택을 아무 죄없이 일본에 끌려가 같은 꼴을 당했던 우리도 똑같이 받아야 한다는 '재판투쟁'의 논리가 설득력이 없지 않지만, 어떤 눈으로 보면, 어느 한순간의 신경질적인 마음이 되어보면, 그 모든 것이 '구걸

행위'에 불과할 수도 있다. 1965년 한일협정 때 일본으로부터 일괄 배상을 받고 원폭 문제를 종결했다지만, 최초의 재원으로 해결이 되지 않았다면, 그만큼 상상을 초월하는 악독한 원자폭탄이란 것이므로, 있을 수도 없고 앞으로 더는 절대 있어서도 안 되는 악독하고도 악독한 것이므로, 세월이 더 많이 지나며 그것을 더욱 뼈저리게 알게 되었으므로, 미처 몰라서 미해결된 부분은 일본 탓 미국 탓 할 것 없이 이제라도 "한국 정부가 우리 돈으로 지금까지 고생하고 있는 원폭 피해자에게 지원을 해야 가장 바르고 이상적"(백옥숙)임은 틀림없다. "그게 되지 않으니까 피폭자들이 일본 정부에 요구를 하는 거고, 피폭자 본인 스스로가 (개별적으로) 자꾸 그러고 있으니 얼마나 힘들고 서글픈 현실이에요"라고 백씨가 덧붙여 말했듯, 즉 그것이 서글픈 구걸이라고 한다면 다른 누구도 아닌 한국 정부가 그들이 그렇게 구걸할 수밖에 없도록 방치하고 있었기 때문이다.

그러나 아무리 그렇다고 해도, 즉 원폭 1세 원로의 말을 민족 자존심의 순간 뒤틀린 표출이라고 최대한 잘 봐주려고 해도 그 강심장의 원로인사는 형율 씨한테 그럴 게 아니라 이 나라 정부 관리들의 멱살을 붙들고 '우리를 이리 비참하게 할 거냐'고 했어야 옳다. 천 번 만 번 이래야 옳다. 피맺힌 역사의 한을 품고 수없이 멱살을 틀어잡아야 했고, 수없이 멱살 잡힌 한국 정부가 정신을 차렸더라면 일본에 추가 보상을 요청할 일이고, 더 나아가 한일 간의 과거사가 제대로 청산되었다면 두 나라 정부가 전쟁 행위를 넘어선 대량학살 행위를 한 미국 정부에 따져야 했을 일이다. 형율 씨의 죽음을 놓고 보면, 원폭 투하 후 61년 세월이 헛되이 흘러간 것이고 지금도 방향을 잡지 못하고 왜곡된 채 흐르고 있는 것이다. 청산해야 할 것을 청산하지 못하고, 알아야 할 것을 알지 못하고, 깨달아야 할 것을 깨닫지 못했다. 이것이 형율 씨를 쓰러뜨린 현실의 배후가 아닐까.

## 어리석은 세상에서 고귀한 사람은…

인류 역사상 원폭의 출현과 그 참상이 의미하는 바를 지난 세월에서 배우지 못하고 또 애써 무시해왔던 왜곡과 어리석음이 다른 한편에서 또 하나의 절정에 이르러 있는데, 지금 한반도 땅한쪽에서 황당무계한 구호로 외쳐지고 있는 것이다. 평양 역전에 내걸린 '핵보유국이 된 5천 년 민족사의 자부심을 길이 빛내자', 평양 광복거리에 내걸린 '핵보유국의 자긍심으로 제국주의 압제 책동 분쇄하자' … 그런 구호들.

지금 이 순간 살아만 있다면, '나는 아프다'라고 한치의 과장됨 없이 지극한 인간적 진실을 외쳤던 가녀린 몸피의 김형율 씨를 그 거대한 간판 밑에 세워놓고 사진 한 장 꼭 찍어두고 싶다.

수천 기의 핵무기를 가지고 있고 또 세계에서 유일하게 핵무기를 실전에 사용한 군사대국 미국의 반성할 줄 모르는 선제 핵공격 운운도 왜곡과 타락의 절정이다.

1970년에 태어나 25살이 넘도록 자신의 병을 실존적인 운명으로 받아들이고 골방에서 지내다가 병원 진료카드를 우연히 보고 모계를 통한 유전병임을 알게 되었고, 그 후 혼자 공부를 해나가다가 자신의 고통스런 삶이 히로시마 원폭에서 비롯되었다는 확신에 이르렀을 때, 형율 씨는 그 순간 빛을 본 것이라고 나는 믿는다. '천벌, 천형'이라는 죄의 사슬에서 풀려난 순간이기 때문이다. 이상하고도 신비로운 희망의 빛, 그의 열렬한 실천의 에너지는 희망의 빛으로 나온 것이었다. 결코 나 하나의 문제가 아니다! 골방에 갇힌 작고 불쌍한 짐승처럼 창 밖의 큰 하늘을 올려다보며 많은 시간을 보내고 있었던 형율 씨는 거대한 세상과 연결되어 있었다. 모든 삶에는 뜻이 있고, 그 뜻의 깊음에 전율할 때, 그의 존재는 달라졌다. 그는 원폭과 관련된 수많은 책을 읽기 시작했고, 입수 가능한 모든 자료를 챙겼으며, 참으로 볼품없고 형편없는 몸을 가지고도 절망하지 않고 "삶은 계속되어야 한다"고 외치며 세상으로 나갔다. 그는 빛을 보았고 또 그 자신이 빛이 되었지만, 너무 일찍 빛은 스러졌다. "이렇게 갈 줄 알았다면, 글마를 미국에 한 번 못 보낸 게 한입니다"라고 늙은 아버지는 말했다. "나는 아프다!"라고 그는 한국과 일본의 더 많은 곳에서, 그리고 마침내 미국의 심장부에서 외쳤어야 했다. 그 뜻이 고맙고 고귀한 사람을 제대로 보살피지 못한 이 나라 이 민족의 못남을 어쩌랴. 비록 짧은 생이었으나 살아 있는 동안 가슴이 찢어지는 아픔 속에서도 그를 가없는 사랑으로 돌본, 김봉대, 이곡지 두 분의 부정과 모정에 때늦은 감사를 드린다.

"형율이가 2세 환우 67명을 찾아내서 회원으로 확보를 했습니다. 형율이 다음으로 회장이 된 사람은 정숙희란 분인데, 골수 대퇴증(대퇴부 무혈성 괴사증) 환자예요. 엉치가 다 썩어빠져서 인조로 해가지고 있어요. 그 아픈 넘이 정숙희를 2세 환우회에 집어넣으려고 전화를 여러 수백 번 더 했고, 대구에 있는 집에 다섯 번도 더 갔어요. 근데 정숙희는 원폭병을 인정을 못 하는 거라. 전화를 안 받고 안 만나주는 거라. 형율이가 죽고 나서야 형율이 심정을 알겠다고 잘못을 뉘우치고 추모제 할 때도 와서 눈물을 흘리며 추모사를 낭독했어요."

어린 딸에게도 자신과 비슷한 증상이 있고 또 남동생은 다운증후군으로 고생하고 있다는 정숙희 씨는 2005년 여름 원폭 피해자 증언대회에서 "형율 씨가 부산에서 대구로 나를 만나러 왔을 때도 원폭 피해자 2세임을 부정하고 만나지도 않았다. 하지만 지금은 내가 다른 2세들에게 전화하면서 형율 씨 심정을 헤아리게 되었다"라고 했다. '나는 아프다'라는 외침은 형율 씨를 잊지 못하고 그의 죽음 이후 선언과 행동으로 뒤를 잇는 다른 원폭 2세 환우들의 것이 되고 있다. 김형율의 삶은 계속되어야 한다. 우리는 '나는 아프다'라고 선언하는 그들을 보면서 눈을 씻고, 씻은 눈으로 세계와 역사를 볼 수 있어야 한다.

〈녹색평론〉 2007년 1~2월호

# 이 집은 살아 있는 생명의 집이다

― 서울 한양주택 사람들 1

　　　사회적 논란이 되는 사안을 두고 민주주의 국가에는 '다수'의 의견이 있고 또 '소수'의 의견이 있기 마련이다. 소수 아닌 '극소수'라고 왜 없을까. 극소수도 안 돼서 '단 한 사람'의 경우도 있다. 산 자들만의 세계인가. 누구도 감히 침해해서는 안 되는 사자(死者)의 권리, 유지(遺志)도 있을 수 있다.

　'민주주의'에 대한 정의는 다양할 것이고 그 정의가 어떠하든 현실적으로 완성형에 도달하는 날은 결코 오지 않을 것이다. 다수, 소수, 극소수뿐 아니라 사자의 유지까지, 사회와 역사를 구성하는 모든 존재의 권리와 소망의 실현 가능성을 높이려고 나날이 노력하는 사회가 민주주의 사회일 것이다.

북한산 자락 아래, 강북 재개발사업으로 존폐의 위기에 처한 한양주택에 갔다. 마을 사람들에게 '유 중령'이라고 불리는 할아버지가 있다. 눈앞의 이 '단 한 사람'의 이야기를 나는 경청하고 싶었다. 유동희(70) 씨는 자택 마당에 자라고 있는 나무 이야기부터 했다.

"내가 9사단 부연대장으로 있을 때예요. 저 나무들은 79년에, 여기 한양주택에 처음 이사 와서 제 아버지가 심은 거예요. 그때 나는 나무를 전혀 몰랐어요. 군에서 지휘관으로 있는 사람이 나무 깎을 일이 있겠습니까? 부친이 심어놔서 어쩌다 조금씩 손을 대본 겁니다. 처음에는 1m짜리 작은 나무들을 바느질 가위로 전지하고 그랬어요. 그러다 조경하는 책을 본 거야. '나무를 잘 키우려면 최초에 동서남북으로 가지를 내세요', 이렇게 돼 있는 거야. 아하, 하고 따라 했지. 그 후 책뿐 아니라, 나무하는 사람들도 있을 거 아니요, 그 사람들한테 붙어 배우고, 또 책도 계속 보면서 정성을 기울이니까 나무들이 저렇게 잘 자란 거예요."

정말 압권이라 할 만했다. 한양주택 마을에 들어서면 누구나 유 중령 할아버지의 집에 눈을 빼앗길 것이다. 50평 대지에 29평짜리 주택이니 흙마당이라야 10평 내외다. 그런데 마당의 나무는 수종만 40여 종이고 특히 목련은 서대문과 은평구 일대의 가장 장대한 나무로 사진사들에게 소문이 날 정도다. 바보 같은 질문을 했다.

"동서남북 중 동남 쪽 가지가 제일 잘 자라겠죠?"

유 노인이 "그렇지! 당연히 햇빛이…" 했다. 바보 같은 질문을 한 것은 시샘 때문인지 모른다. 정원수라는 것이 아무리 정성을 기울여도 건물에 가려 받아야 할 햇빛을 맘껏 받지 못하는 기형의 나무 아닐까. 이 좁은 마당에 빼곡히 자라는 나무들이 정말 건강한 상태에 있는 것일까? 유 노인이 뭔가를 짐작했는지 다른 흥미로운 이야기를 해주었다.

"햇빛이 사방에서 들어오는 데 같으면야 골고루 자라겠지만… 그래서 북한산에서 나무 키우는 사람들은요, 몇 년에 한 번씩 나무를 돌리잖아요. 햇빛을 잘 받는 남쪽은 강하고 좋은데 그렇지 않은 쪽 가지는 죽거든."

땅에 뿌리를 박고 있는 나무를 돌린다?

"처음부터 뿌리를 째매놨잖아요. 그 사람들은 아무 때나 파도 나무가 안 죽어요. 뿌리를 짧게 해서 키우기 때문에. 대신 영양분을 잘 줘서 자라는 데는 문제가 없도록 하고. 그렇게 동서남북 다 잘 자라게 하면, 재미가 아주 좋아요. 나무를 손질하고 비료를 주고 물을 주고 하면, 무엇보다 정서에 좋아. 집에 나무를 기르는 노인들은 얼굴에 웃음이 가득해."

거실 벽에 가족사진이 있고, 나무를 처음 심었다는 유 중령의 '부친'도 보인다. 언제 작고하셨냐고 물으니 "엊그저께"란다. 96살에, 아침에 밥도 잘 자시고 낮잠을 주무시다 돌아가셨단다.

특별한 유지가 없었지만 마당의 나무를 두고 평소 어떤 말씀을 하셨을지 물어보나마나다. 가친에 대한 기억이 있어 유 중령 할아버지에게 마당의 나무는 더욱 애틋할 것이다.

노인과 같이 마당으로 나갔다. 가장 아끼는 나무를 물었다. 주목을 가리켜보였다. "천 년을 간다는 거 아니요. 태백산 정상에 이런 나무들이 있어요. 이 나무는 묘목상에서 작은 걸 사와서 20년 넘게 키운 거예요. 상록수라서 좋기도 한데, 근데 혹시 태백산 주목 직접 본 적 있어요? 밑은 뼈다구만 남았는데 윗가지에서 잎을 틔워요. 한번 상상해보세요."

몇 년 전 강원도 정선에서 나는 기괴하게 아름다운 주목을 본 적이 있었다. 우연히 '비전향 장기수' 할아버지들과 함께 봤는데, 그 대단한 분들도 감탄을 연발하였다. 특히 한 나무는 아랫나무 윗나무, 두 그루가 하나가 되어 있었다. 아랫나무가 죽어버렸는데, 씨가 나무 속에 떨어져 죽은 어미 위에서 새 나무가 자라난 것이었다. 어미 자식의 관계를 극명하게 드러내는 상징 같았다. 누군가는 타르코프스끼의 〈희생〉이 떠오른다고 했다.

유 노인이 마당을 둘러보며 말한다. "상황이 이러니 내가 어떻게 아파트에서 살 수 있겠어요?" 이명박 서울시장이 청계천 복원사업 못지않게 강력하게 추진하는 강북 뉴타운 사업, 그 한복판에 유 노인이 살고 있는 한양주택 마을이 있다. 선친한테 물려받은 나무들이 있어 50평 100평 아파트를 준대도 싫다는 것이다.

작년 언젠가, 이 마을의 주민 다수가 아파트가 싫다며 단독주택 택지를 달라고 요구한 적이 있었다. 서울시는 사업의 경제성과 여러 이유를 들어 거부했다. 노인은 무슨 비밀이라도 알려준다는 듯이 작은 목소리로 말했다. "설사 2, 300평 택지를 준다고 해도 싫어요. 나무를 옮기는 것 자체가 나무한테는 엄청난 고통 아닙니까? 이 자리에 있을 때 이것들이 멋있고 좋은 것이지, 못 옮겨요. 자리를 넘어가면 안 되는 거지."

유 노인이 아우처럼 아낀다는 조경업(66) 씨의 집을 찾아갔다. 걸어서 1~2분 만에 도착하였다. 구석구석 고치기를 "골백번"을 더 고쳤다는 조경업 노인의 집이다. 마당에 놓인 주먹만 한 화분 수백 개가 먼저 눈에 들어왔다. "무슨 화분이 이리 많습니까?" "내가 자연을 좋아하니까." 나는 눈앞의 또 다른 이 '한 사람' 의 이야기를 경청했다.

"옛날부터 나는 야생화를 좋아했는데, 야생화를 산에서 캐오면 자연 훼손을 하는 거니까, 씨가 어느 시점에 열리냐, 그걸 기다려서 씨를 받아와 화분에서 키웁니다. 이게 다 씨를 뿌린 겁니다. 요게 2년생이고요, 이건 인위적으로 위로 올려서 12년 된 겁니다. 이것들은 거의 다 돌단풍인데, 처음부터 씨를 받아 하는 사람은 아마 저 말고 없을 겁니다. 5년을 시도해 성공했는데, 약 18년째 해오고 있어요. 돌단풍을 주로 하고 저것은 기린초라는 건데, 근데 기린초는 내가 지금도 씨를 못 받고 있어요. 씨방은 있는데, 아무리 연구를 하고 털어봐도 씨를 못 보겠어요. 안 보여요. 근데 이놈들은 흙 밑에서 알아서 기어나와요."

마당의 화분은 모두 600여 개였다. "아기 받듯이 식물의 씨를 받으시네요. 할아버지는 일종의 산파시네요!" 하고 나는 감탄했다. 조경업 노인이 말했다. "나는 어려서부터 씨를 받아 발아하는 것을 좋아했고 또 잘했어요. 그게 이상하게 끌렸어요." 야생화 좋아한다는 사람들은 보통 산에서 염치없이 캐오는 것으로 알고 있었는데, 씨를 받아오는 방식을 고집하는 특별한 이유나 의미가 있을 것 같았다. 노인은 간단하게 답했다.

"새 출발이잖아요."

노인은 한양대 섬유공학과를 나온 사람이다. 연배를 생각할 때 당시 사회적으로 엘리트였다고 할 수 있다. 그런데 노인은 한국전쟁 당시 북에서 내려온 집안 출신이었다. 야생화 씨의 '새 출발'에 끌렸던 것은 가족사와 연관이 있는지 모른다.

노인의 흙마당에는 크고 작은 돌들도 수십 개가 이채롭게 박혀 있었다. 거실에 들어갔는데, 나는 또 한 번 놀랐다. 거실 가득 검은 돌들이 놓여 있었다. 약 1,200점 정도라고 한다. 水石인가? 秀石인가? 노인이 설명했다.

"아니요, 수석 좋아하는 사람들은 수석(壽石)이라고 합니다. 목숨 수자를 씁니다. 왜냐, 돌이 살아 있다, 생명이 있다, 해서 그렇습니다."

분재를 좋아하듯이 수석을 좋아한다는 것인데, 그런데 낚시를 좋아하는 사람들은 절대 수석을 좋아하지 않는다는 것이 할아버지의 주장이다. 수석을 바다에 뜬 섬이라고 생각하고 또 돌출한 산으로 보기도 하며, 4~5시간 돌을 가만히 들여다본다. 사람 얼굴만 한 크기의 돌 하나를 4~5시간 동안 들여다보며 천천히 섬을 돌거나 산을 오르고 또 하산하곤 한다는 것이다. 일종의 몰입이고 수석인만의 참선법이다. 일본인들의 수석관상법이 그렇다지만, 그러나 국적구분 없이 수석을 하다 보면 저마다 독특한 개인적 관상법을 가지게 된다고 한다. 자연을 좋아하는 사람들은 수석까지 다 보고 나면 이 세상에서 더 이상 볼 게 없다는 말을 어디선가 들은 기억이 났다.

"씨를 받는 것은 자연에 거의 피해를 안 주지만, 이것은 강에 피해를 주겠는데요?"

"나는 남한강에서만 수석을 했어요. 충주댐이 들어설 때, 다 잠겨버리니까 정부에서 돌을 주워갈 수 있도록 잠정적으로 허가를 해줬어요. 78년부터 82년까지가 수석의 피크였어요."

"수석인들은 돌의 생명을 느끼겠지만, 일반인들도 알아들을 수 있게 설명할 수 있겠습니까?"

"우리 주위의 산이, 죽은 산은 없죠? 다 살아 있죠. 마찬가지예요. 이 수석에 햇빛이 들고 바람이 불면, 그리고 물을 계속 주면, 파랗게 이끼가 삽니다."

그리고 노인은 분무기를 집어들더니 텔레비전 옆의 검은 돌에 칙 하고 물을 뿌렸다. 돌은 물과 함께 완전히 검게 되었다.

"이 돌이요, 시간이 지나면, 물이 말라가지만, 제일 먼저 마르는 데가 있어요. 이 돌 한 점을 제대로 보려면 물을 뿌리고 최소한 3시간은 봐야 해요. 그러는 동안 돌이 자꾸 변해요. 살아 있는 거예요. 우리가 산 하나를 보려면, 일 년 열두 달을 봐야 한 산을 다 보는 거거든요. 초봄에 새싹이 틀 때 산하고, 잎이 커져 무성해질 때 산, 4월달이 돼서 꽃이 피는 산, 여름이 돼서 완숙이 됐을 때의 산, 가을에 낙엽이 지기 전 단풍이 들 때의 산… 그 얼굴이 자꾸 달라지거든요. 살아 있는 것이죠. 이 돌도 산이라고 보고 물을 뿌리면 변해요. 봄 여름 가을 겨울이 나타납니다. 돌의 계곡 부위는 늦게 마르니까 물이 흐르는 것같이 보이고, 마른 부위는 악산으로 보입니다."

축경[縮小景致]을 즐기는 것, 또는 상상법의 희롱으로 치부할 수도 있다. 그런데 돌의 살아 있음은, 생각해보면, 간단하다. 돌에 이끼가 자라고 여러 식물이 자라니 돌은 그것들의 어미 품인 셈이다. 햇빛과 물과 바람이 그들의 생명을 돕지만, 돌 자체가 생명의 결정적인 어미 품이다. 아, 돌은 살아 있는 어미 품이다!

"자, 그런데 서울시에서 나보고 새로 짓는 아파트로 가 살라고 해요. 아파트에 가면, 이 화분들이 습도며 달라진 햇빛에 어떻게 되겠습니까. 마당에 심은 돌들은 또 어디 가야 합니까."

노인의 집을 나왔다. 마을의 다른 집들을 둘러볼 작정이다. 그런데 몇 걸음 걷다가 화분과 수석으로 가득 찬 노인의 1층 양옥집을 돌아보았다. 내 눈에는 수석뿐 아니라 그의 집 자체가 살아 있는 것 같았다. 따뜻한 햇빛을 즐기고, 쇠잔한 석양에 물들고, 때로 비에 젖고, 때로 하얀 눈에 덮이는 집의 사계절 영상이 흘러갔다. 낡은 집, 정든 집, 사랑의 눈으로 보면, 집도 살아 있는 생명의 집이다.

서울 은평구 진관내동 한양주택 마을의 연원을 요약하면, 이렇다. 1972년 7·4남북공동성명이 있었고 74년 박정희 당시 대통령이 북측 대표단의 서울 방문 시의 이동경로 중 적당한 곳에 '전시용' 주택단지를 조성해놓으라고 지시했다. 78년에 200여 채의 단독 주택이 완성되었다. 콘크리트로 된 삭막한 마을이었지만, 주민들이 정성껏 가꾸었다. 모양새와 설계는 모든 집이 똑같았다. 마을 사람들이 저마다 집을 가꿔 조금씩 다 다른 집이 되었다. 그리고 1996년, 당시 조순 서울시장이 '아름다운 마을' 제1호로 선정하고 상금 300만 원을 주기도 했다. 그런데 이명박 시장의 강북 뉴타운 재개발로 일거에 사라질 형편에 처한 것이다. 마을을 쓸어버리고 고층 아파트를 짓는다는 것이다.

마을의 중앙로 한쪽에 설치돼 있는 천막을 찾아갔다. '한양주택 대책위원회'의 천막이다. 아주머니들이 여러 명 있었다. 집을 지을 당시, 요즘은 질 나쁜 모래로 지어 날림공사가 많지만, 당시 북한강 최상질의 모래를 사용하여 25년이 넘었지만 튼튼하기 이를 데 없다고 자랑했다. 개보수만 잘하면 백 년도 족히 쓸 집이라는 것이다. 서울시는 '환경친화적인 아파트'를 외치며 재개발을 추진하고 있지만, 이미 환경친화가 너무 잘 돼 있는 마을을 왜 없애려 하느냐고 성화들이 대단했다. 유동희, 조경업 노인 말고도 수십 명 마을 주민들의 주장이었다. 소수, 극소수가 아니다. 이 마을만 보면 다수가 그렇다.

"보상을 더 받자는 것이 절대 아닙니다. 물론 돈이 급한 주민도 있고 그래서 서울시의 계획에 동의한 사람들도 있습니다. 그러나 우리 마을과 집에 정들어 도무지 아파트나 다른 새집에서 살 수 없는 사람들이 더 많아요. 우리도 한때 아파트에서 살아봤어요. 미안하지만, 살 곳이 못 됩니다. 우리는 지금 우리 마을을 너무 사랑합니다."

강북 재개발사업의 개발이익을 나누어 가질 미래의 아파트 주민, 또 건설회사 사람들의 수를 생각하면, 이곳 주민들 다수는 당장에 소수, 아니 극소수가 되어버린다. 극소수의 희생일 뿐이라고 서울시는 한양주택 마을을 불도저로 밀어버리려 하고 있다. 그러면서 서울시는 '다수결 만세, 민주주의 만세!'를 외칠 것이다.

한양주택 마을이 고급촌이거나 부자마을인 것은 절대 아니다.

택시기사가 주민을 태우고 들어왔다가 '어, 이런 마을이 다 있네?' 놀라고는 집을 매입하고 들어온 경우도 제법 있다. 4년 전 마을의 어느 집 매매가격을 들었는데, 서울시 전체를 놓고 보면 중산층 이하라고 할 수 있었다.

대책위 천막을 나와 마을 중앙의 경로당에 갔다. 이빨이 다 빠진 할아버지 한 분이 소파에 누워 낮잠을 자고 있었다. 할아버지가 금방 깨어나 말했다. "국가인권위원회에서 나왔어? 응, 내 말 잘 들어. 남자들은 만나지 말어. 이놈들이 사업하고 직장 다니고 애 키운다고 돈이 필요한 놈들이야. 지들 부모한테 목돈 만들자고 자꾸 꼬셔. 나는 저기 아주머니들 편이야. 아주머니들이 결정하면 따라갈 거야. 더 묻지 마. 남자들 만나지 말고 아주머니들 얘기 들어. 그런 줄 알어."

마을을 한 바퀴 돌고 천막에 다시 들어갔다. 한 아주머니가 물었다. "어때요, 우리 마을 너무 좋지요?" 나는 그새 배운 것이 있었다. 빙글 웃으며 대답했다. "나는요, 내가 사는 집이 제일 좋아요. 세상 어떤 집보다 정든 집이 제일 좋아요. 때 묻은 우리 집이 제일 좋아요." 진심이었다. 어머니 아버지가 기다리고 있는 우리 집, 부산 어느 곳의 단독주택 2층이 갑자기 그리워졌다.

〈인권〉 2006년 3월호

# 세상에서 가장 아름다운 집을 지키는 사람들

## – 서울 한양주택 사람들 2

"이 나라는 왕이 너무 많아 문제예요. 노무현, 이명박, 이해찬, 박근혜… 이분들 하는 것을 보면, 다들 왕 아닙니까?" 소위 '황제골프, 황제테니스' 논란을 일러 내가 비아냥거렸을 때다.

이재심 씨가 바로 반박했다. "아니에요. 우리 모두 왕이에요. 노숙자도 왕이에요."

"내가 다니는 교회에서 주일마다 노숙자들 점심 한 끼 대접하는 게 있어요. 제가 배식을 하러 갔죠. 기자가 와서 사진을 찍었어요. 노숙자 한 명이 발딱 일어나는 거예요. 야, 누가 사진 찍으랬어! 너 죽여버릴 거야!"

한국사회의 공인된 '왕'이라 해도 기자에게 대놓고 욕설과 명령을 하지 못할 것이다. 왕도 못 하는 행위를 노숙자가 한다. 어떤 형편에 처해 있든 인간은 자존심이 있다는 것이다. 은평 뉴타운 재개발지구로 지정돼 마을을 통째 잃을지 모르는 한양주택 사람들의 심정을 엿볼 수 있었다. 이재심 씨는 '한양주택 대책위원회'의 부위원장이다.

주민 류동희 씨는 군에서 연대장으로 예편한 사람이다. 올해 70세 노인이다. 집 마당에는 예술 작품 같은 나무들이 빽빽하게 자라고 있었다. 내가 그의 집 현관문을 두드렸을 때, 그는 구석방에서 책을 읽고 있었다.

"이곳에 계속 살 수 있도록 국가가 보장을 해주면 좋은데, 건설회사는 사업을 해야 하니까 '너희는 나가!' 이러고 있어요. 그럼 국가가 왜 있냐고, 국가가 뭣 땜에 있는 거냐고. 국민을 위해 있는 국가인지, 특정계층을 위해 있는 국가인지 나는 잘 모르겠어요. 주민을 설득해야 해요. 사정이 이러이러하니 동의해달라고. 그런데 설득은 하지 않고 우리가 사업하는데 너희가 뭔 잔소리야, 하는 식이요. 아주 불쾌해요. 이곳 주민들이 투기하는 사람이 아니에요. 그냥 조용하게 살던 사람들이거든요."

## 생존권만큼 중요한 자존심

2년 넘게 골머리를 앓고 있는 한양주택 주민들은 강북 뉴타운 사업이 '행복추구권'과 '거주·이전의 자유'를 침해한다고 국가인권위원회에 진정까지 냈다. 그런데 믿었던 인권위도 주민들 편을 들어주지 않았다. 지난 3월 15일, "뉴타운 사업이 '도시개발법'에 의한 공청회, 도시계획위원회 심의, '도시개발법' 및 '공익사업을 위한 토지 보상에 관한 법률'에 의한 공고 등 광범위한 주민 의견 수렴 및 동의 절차를 거쳤다"며 주민들의 진정을 기각해버린 것이다. 류동희 노인이 계속 말했다.

"생각해보세요. 지금 우리 재산이 어디 가서 불법으로 만든 거예요? 등기소에 등기하고 세금 다 내고 정당하게 산 집이요. 지금도 나는 지가를 책정하고 얼마 보상해주고 이주 대책은 또 어떻게 세웠다는 건지 잘 몰라요. 서울시 공무원들은 공문만 보내고 앉았어요. 개별 통지를 하는 것이, 물건지조사를 받으시오, 시에 협조하시오, 도장 찍으세요, 겁을 주면서 주민들 뒤통수를 치고 있어요."

인권위는 '광범위한 주민 의견 수렴'이 있었다고 했다. 공청회가 열렸고 그 자리에서 소상한 설명이 있지 않았을까. 그러나 1차 공청회는 주민들의 반대로 열리지 못했고, 2차는 주최 측에서 단상을 인의 장벽으로 둘러싸고 한 명의 주민에게만 발언기회를 주고 공청회를 끝냈다는 것이다. 최근 뉴타운사업의 주체인 SH공사(前 도시개발공사) 측에서 (보상금과는 별개로) '합의하면 42평, 계속 거부하면 27평 분양권을 준다'고 통고해왔는데, 이 역시 협박에 가깝다.

"재개발사업에서 관례가 돼 있는 게, 싸게 매수해서 비싸게 파는 것이잖아요. 이 지역은 아파트 입주권을 받아도 전매를 못 해요. 전매 이익을 취하면 국가가 환수해요. 너희들 들어와, 빚을 내서라도 우리 아파트에 들어와, 이런 형편이에요. 개발계획에 동의한 주민들도 있긴 합니다. 근데 나는 정말 이해가 안 가는 것이, 그 사람들은 '어떻게든 실사하고 보상하고 우리 좀 나가게 해달라' 하고 있단 말이지. '당신 얼마 받기로 했소?' 내가 물었어요. 그건 아직 잘 모른대요. '그것도 모르면서 당신 재산을 남한테 내주는 거요? 자기 재산을 팔면서 가격이 얼마인지도 모르고 제발 팔아줘, 팔아줘, 어떻게 그럴 수 있소?' 안 그래요? 머리가 이상하지 않고서야 어떻게 그럴 수 있어."

류동희 노인은 인권위의 결정을 매섭게 비판하기도 했다. 다들 인권위 결정이 어떻게 나올지 기대가 컸을 텐데, 마을 중앙에 있는 한양주택 대책위 천막의 분위기는 조금도 어둡지 않았다. 아줌마들의 수다에 웃음꽃이 자주 핀다. "기가 하나도 안 죽었네요?" 하니까 주민 김소양 씨가 흥 한다. "인권위가 뭐라고요.

무슨 절대적인 판정을 내리는 곳도 아니고요."

인권위의 결정문은 '거주 · 이전의 자유'는 소상하게 논했지만 '행복추구권'에 대해서는 일언반구도 없었다. 그 이유를 짐작하지만 이제 와 따지기도 싫다는 김소양 씨는 이재심 부위원장의 '노숙자도 왕이다'란 말과 뜻이 통하는 이야기를 했다.

"아직 많은 사람들이 마을을 지키겠다고 하고 있는 것은 우리 마을만의 특성이 있어서 그래요. 주민들이 원래 약삭빠르지 않은 분들이지만, 사실 단독주택에 산다고 해도 띄엄띄엄 들어서 있으면 뭉칠 만한 공통의 것이 없으니까 재개발한다고 하면 다 나가버리죠. 그런데 우리 한양주택 마을은 잘난 집이 하나도 없어요. 다 1층집이에요. 솔직히 또 개발되는 것보다 마을을 지키는 것이 경제적 이익 면에서도 낫다고 판단을 하는 거예요. 문화재청에 근대문화유산 지정 신청을 하니까 저쪽 사람들(개발에 동의한 주민들)이 행패를 부리는 걸 보면, 차마 들을 수 없는 말들을 해요. 온갖 욕을 들으며 술 취한 사람들과 싸우다가 대책위 천막에 들어오면, 내가 왜 이걸 해야 하나, 회의가 목까지 차올라요. 그런데도 포기하기 힘든 것은 스스로 세운 자존심 때문이에요. 남아 있는 분들 대부분이 그럴 거예요. 지금까지 싸워온 것이 아깝고, 우리가 너무너무 옳은데 서울시와 SH공사의 횡포에 뜻을 굽히려 하니까 자존심부터 상하고…."

세상에는 다양한 부류의 사람들이 있다. 어떤 이에게는 생존권만큼 자존심이 중할 수 있다. 인간의 품위랄까, 인간다움을 유지하게 해주는 '내면의 자유'에서 자존심이란 밑받침을 뺄 수 없다. 이재심 씨가 말한 노숙자의 자존심은 본능적인 것이고 한양주택 사람들의 자존심은 본능적인 것에 더해 올바른 마음으로 인생을 살아온 데서 나오는 보다 뜻깊은 자존심이다.


## 한양주택 주민들의 저마다 다른 200가지 행복

주민들은 270일 넘게 서울시청 앞에서 1인 시위를 해왔다. 덕분에 한국 사람들에 대해 많이 알게 됐다고 한다. 한 아주머니가 말했다.

"재개발사업을 하면 이익이 있지 않느냐, 따지듯이 누가 말하면 나는 싸워버려요. 당신이 직접 처해 있지 않으면서 함부로 남의 동네를 이렇다 저렇다 말하지 말라고. 시청 앞에서 사람들을 대하다 보면, 젊은 사람들은 사진을 보고 마을이 참 좋다, 하면서 서명을 잘 해줘요. 연세가 있고 서민적인 사람들은 개발하면 돈 받고 좋을 텐데 왜 이러냐고 하고, 연세가 있지만 정치나 사회에 불만이 많은 사람들은 이런 동네를 왜 개발하느냐고 하고, 지체가 좀 높은 양반들은 나라에서 하는 건데 주민들 뜻대로 되겠냐고 해요. 한참 이야기하다가 이상한 데로 빠지는 사람도 있어요. 내가 노무현과 어떤 관계에 있고 돈을 받을 게 있는데 내 돈을 누가 가져갔다느니, 약간 맛이 간 사람들이죠. 외국에서 살다온 사람들이 최고예요. 제일 공감을 잘 해 줘요."

인권위의 결정문이 '거주·이전의 자유'를 두고 법을 어기지 않았다고 하면서 '행복추구권'에 대한 판단을 피한 까닭은 무엇일까? 그것은 한양주택 주민들이 추구하는 '행복'이 남다르기 때문일 것이다. '행복'은 대단히 주관적인 가치이다. 현실에 분명 존재하는 하나의 '행복'이지만, 지금 시대의 다른 압도적인 '행복' 가치관과 비교해야 하니 무척 복잡하고 곤란한 일일 것이다. 어린아이 같은 단순한 말, '우리는 아파트에서 못 산다'라는 주장에 한양마을 주민들이 추구해온 남다른 '행복'이 거의 담겨 있다.

예를 들어 류동희 노인의 집과 나무들은 가친이 물려준 것이다. 한양주택의 집들은 뉴타운 재개발계획에서 개인 택지 분양을 받지 못하는 '70평 이하'에 속한다. 1979년에 일괄적으로 50평 대지를 분양받고 입주했기 때문에 주민들은 무조건 아파트로 가야 하는 게 지금의 희한한 법이다. 그런데 류동희 씨의 경우, 설사 여윳돈이 있어 다른 지역의 개인 택지를 구한다 해도 가친이 물려준 집의 나무를 옮겨 심는 일이 불가능하다. 빽빽이 자라고 있는 나무는 뿌리끼리 온통 엉켜 있을 것이다. 수십 그루의 나무를 통째 옮겨심는 일이 가능한가.

인간은 자식의 목숨을 구하려 자동차 앞에 뛰어들기도 한다. 그것은 오직 사랑 때문이다. 자기 목숨까지 버릴 수 있는 무서운 사랑이다. 그런데 사랑의 대상이 자식에만 국한될까? 귀하다고 믿는 모든 존재가 사랑의 대상이 된다. 그의 나무들은, 그리고 집은, 작고한 부친이 지금도 이 지상에 존재하고 있는 듯이 류동희 씨가 느낄 수 있는 현신체라고 할 수 있다. 그 현신에 대한 그의 애착은 지금 세상에서도 조금도 비사회적이지 않은 매우 건강한 인생관의 표현이다. 존재의 안정감을 가능하게 해주는 삶의 토양과 같은 것이다.

마당에 무려 600여 개의 화분을 키우는 마을주민 조경업 씨도 그렇다. 햇빛과 바람, 습도에 민감한 돌단풍 화분을 아파트로 데리고 갈 수 있겠는가. 북한산의 훼손을 피하기 위해 돌단풍의 씨를 받아와 수백 개의 화분에다 키우는 놀라운 '자연사랑'을 실천하고 있는 그의 삶은 흠잡을 데 없이 훌륭하다. 그러나 그의 행복은 고층 아파트에서 계속되기란 불가능하다.

주민 이점희 씨의 경우도 특별하다. '종교의 자유'가 있는 나라에서 결코 무시 못 할 사정이 있다. 그녀는 건선(乾癬)이란 피부병을 앓았고, 40대 후반부터 신장이 나빠져 투석치료까지 받았다. 그녀는 독실한 신앙인이다. 몇 년에 걸쳐 기도했고 어느 날 "응답"이 왔다. 그녀는 집 마당의 대추나무 자리에 150m 파이프 우물을 팠다. 그 물을 마시고, 바르고, 씻었다. "22년 동안 한 번도 공중목욕탕을 가지 못했던" 그녀의 지독한 건선이 1년 만에 나았다. 신장병도 투석치료를 받지 않아도 될 만큼 호전되었다. 주민들이 소식을 듣고 식수를 얻어 쓰기 시작했고 지금도 대책위 사람들이 먹는 식수는 그녀의 파이프 우물에서 받아온다. 2천만 원을 들인 파이프 시설, 그리고 양수기의 사용으로 한 달 전기세 17만 원, 그러나 우물 물은 마을 주민 누구에게나 공짜다. 최근 그녀는 우물과 마을을 지켜달라고 백일기도를 올렸다. 이제 천일기도라도 해야 할 판이다. 며칠 전, 마을과 인근 비닐하우스에 판 사설 관정을 폐쇄하라는 은평구청의 통지문이 날아온 것이다.

주민들은 한양주택 위치가 도로접근권이 좋아 은평 뉴타운 3지구 중에서도 '노른자위 땅'이라고 판단하고 있다. 아파트가 아니라 수십 층 주상복합 상가가 들어설 거라고 주민들은 의심한다. 공영개발, 개소리라는 것이다. 사업의 수익성 때문에 한양주택 자리가 꼭 필요하다고 말하지 않고 장마 피해가 있었던 지역이다. 실개천을 복원해야 한다, 이 마을만 남기면 아파트 주민들과 계층 간의 위화감이 생긴다 등등 별별 이유를 대며 우리를 속이려 하고 있는 것에 주민들은 제일 화가 난다고 한다. 이재심 씨는 "내가 마지막 한 명이 되어 우리 땅에 어떤 건물을 세우는

지 내 두 눈으로 똑똑히 볼 거야!" 하고 아주 노한 표정이었다.

## 주민 목소리에 귀 막은 국가인권위원회

앞서 말한 류동희 씨도 독실한 신앙인이다. 그가 내게 들려준 간디 이야기, 아니 인권위의 결정에 대한 비판이 한양주택 마을의 현재와 미래를 다 담고 있는지 모른다. '우리 주민들이 인권위에 새로 항의를 하러 간 것으로 아는데, 인권위는 뭐라고 했답니까' 라는 그의 질문에 한 번 내린 결정은 번복할 수 없다고 했고 시정차별위원회의 결정이었기에 인권위 내의 다른 위원회에 새로 진정을 낸다면 다시 검토해볼 수 있다고 했다고 그에게 전했다. 노인은 잠시 침묵하더니 이렇게 말했다.

"선생님이 오시기 방금 전까지 내가 간디에 대한 책을 읽고 있었어요. 인도의 하리잔 계급이라고 있죠? 접촉만 해도 아주 큰 일이 나는, 동물취급도 받지 못하는 사람들…."

노인은 잠시 침묵했다.

"잘 아시겠지만, 인도가 300년 동안 영국의 통치를 받을 때, 모든 국민이 인도의 자치를 외쳤단 말이죠. 그런데 간디는 인도에 하리잔 계급이 있는 한 자치는 절대 이루어지지 않는다고 했어요. 우리가 영국으로부터 비인간적인 대접을 받고 남아공이

나 캐나다에서 처참한 대접을 받는 것은 하나님이 우리에게 내린 벌이다, 우리가 하리잔 계급 문제도 해결 못 하고 그 사람들을 천민으로 생각하는데, 어찌 영국한테 사람대접을 받겠냐고."

류동희 씨의 어조는 확신에 차 있었다. 언뜻 목사님 같아 보였다. 그의 목소리가 내내 부드럽게 떨리고 있었다.

"모든 사람들이 하리잔 마을에는 절대 들어가지 않는데, 간디는 거기 가서 그 사람들을 보고 용기를 내라고 했어요. 간디의 사상과 실천에 동참한 귀족 청년들도 하리잔 말만 나오면 도망을 가버렸어요! 상류의식을 가진 사람들은 그래요. 자기에게 불리하고 자기에게 누가 될 수 있는 일이라면, 눈앞에서 벌어져도 '난 안 봤소' '난 모르는 일이오' '들은 바 없소' 합니다."

그리고 누가 듣고 있다는 듯이 목소리가 작아졌다.

"실은 이게 오늘 우리나라 현실이요. 인권위가, 대통령 직속기관에 있는 사람들이, 국가의 정책과 국회에서 통과한 법으로 뉴타운을 개발한다는데, 국민을 위한 인권위가 아니라 대통령의 명령 지시를 따르는 인권위는 주민들 소리를 좀 들어보긴 하겠지만, 이내 귀를 막고 말겠지요."

인권위는 류씨의 말과 달리 대통령 직속기관이 아니라 독립기관이지만… 어쨌든 서울시에서 아름다운 마을 제1호라며 상까지 줬던 한양주택 마을이다. 처음에 214가구 중 단 두 사람이

재개발사업에 동의했는데, SH공사는 '2명의 의견도 의견이다' 하며 마을에 들어왔고, 지금은 재개발업체의 탁월한 '마을 깨기 노하우'에 휘둘려 주민 과반수가 동의한 상태다. 양심에 찔리는지 그쪽의 주민들은 거의 늘 술에 취한 채 대책위 천막을 찾아온다고 한다. "참 좋은 동네였는데 뉴타운 한다면서 전체적으로 보면 아주 버려놨어요." 류동희 씨의 탄식에 나는 고개를 푹 수그렸다. 그의 목소리가 다시 커졌다. 마치 나를 위로하려는 듯이.

"그러나 이대로 모든 게 끝이냐, 그렇지 않아요. 다음에 심판이 와요. 이 정부가 오래 갈 것 같지만, 절대 오래 못 갑니다. 과거에 권력을 누렸던 자들이 지금도 또 앞으로도 계속 권력을 누리면 좋겠지만, 시간이 가면 반드시 뒤집혀요. 다 약자고 죽은 자 같지만, 어떤 이는 살아나옵니다. 이게 역사요. 우리 주민들이 강자의 논리에 밀려서 마을에서 쫓겨난다손 치더라도 다 죽은 자가 아니고 언젠가는 소생해 나오는 자가 반드시 있소이다."

나는 마치 내가 박정희, 전두환 독재시대에 와 있는 듯한 느낌을 받았다. 그만큼 이 마을의 집과 나무와 류동희 씨가 20년 넘게 맺어온 마음의 결속이 깊다는 것이리라. 또 그간 그 결속을 끊으려 하는 서울시와 SH공사 측의 횡포가 지독하고 교활했다는 반증일 것이다. 그렇지 않고서야 어찌 류동희 씨의 시대를 초월한 듯한 저 놀라운 '말씀'이 나올 수 있을까 싶다.


## "세상에서 가장 아름다운 집은… 정든 집"

어째서 이런 일이 가능할까? 나는 서울시 뉴타운사업본부에
따지러 갔다. 약속한 시간에 최창식 본부장은 사무실에 없었고
이건기 반장이 나를 맞았다. 그와 한참 옥신각신했다.

"우리가 적절한 보상과 함께 주거용 건물로 새 아파트를 공급
하는데, 조경업 씨는 아파트가 싫다는 것 아닙니까. 그럼 그분이
알아서 해야 합니다. 대한민국에 수많은 개발사업이 있었어요.
각 필지에, 건물에 사연이 없는 데가 어디 있겠습니까. 도시개발
법에 따라 구역지정을 하고 그린벨트를 해제하고 공영개발을 하
는 것 아닙니까. 한양주택이 속한 3지구뿐 아니라 은평 뉴타운
1, 2지구에도 사업에 반대하는 사람들이 있었습니다. 류동희 씨
사연에 개인적으로야 공감이 가지만, 거기만 빼놓으면 전체 수
용건물 8천700동을 놓고 볼 때 형평이 맞지가 않습니다."

'한 번도 내 재산을 원하는 사람과 계약서를 작성한 적 없고
흥정을 한 적도 없다. 이런 엉터리 거래가 어디 있나? 그런데도
합법이라고 한다면, 법 자체가 잘못되었다'고 류동희 씨는 주장
했다.

"신행정수도 사업의 경우처럼, 수용된 토지에서 농사짓던 사람들, 계속 농사지으며 살고 싶다고 하는 것과 비슷하겠는데, 그렇다고 신행정수도 사업이 중단되었습니까? 분당 · 일산도 똑같아요. 거진 논밭이었고 반대하는 사람들이 있었어요. 그러나 사업은 다 추진되었습니다. 왜냐, 간단히 말해 사익보다 공익이 우선이기 때문입니다."

그 어떤 말에도 서울시 공무원의 반박이 있었다. 건축인 서윤영 씨는 세상에서 가장 아름다운 집을 '아무 때고 현관문을 열어둘 수 있는 집'이라고 했다. 반장에게 가장 아름다운 집이 뭐라고 생각하는지 물어보았다.

"고민해본 적이 없어서 잘 모르겠네요."

나는 서윤영 씨와 다른 대답을 가지고 있었다. 세상에서 가장 아름다운 집은 정든 집이라는 믿음이다.

서울 시내를 정처 없이 다니며 한참 방황했다. 서울시 공무원의 말이 자꾸 생각났다. 어느 순간, 내 입에서 욕설이 쏟아져 나오기 시작했다. '보상금을 받고 아파트가 싫으면 각자 알아서 해야 한다'는 말을 어찌 그리 여유 있는 표정으로 할 수 있는지! SH공사를 찾아가 한 담당 직원에게 "제발 니가 먼저 나를 한 대 쳐라! 그래야 내가 너를 아주 죽여버릴 수 있겠다!"라고 했다는 조경업 노인의 심정을 알 것 같다.

사람도 집도 정든 것이 좋은 것을 왜 모를까. 재개발사업으로

한양주택 땅값이 그새 얼마나 올랐는 줄 아느냐고 되묻던 서울
시 공무원의 참으로 놀라운 자신감은 어디에서 나오는 걸까. 자
신은 조목조목 합리적으로 생각한다고 믿겠지만, 돈귀신에 씌
지 않고서야….

한양주택 마을에 사랑과 평화를.

〈프레시안〉 2006년 4월 19일

# 바다는 망하고 우리는 병났다

― 태안에서 1

2007년 12월 7일, 대형 유조선에서 1만 톤 이상의 기름이 터져 나오는 사고가 났다. 태안 만리포 앞바다 10km 지점에서다. 인근 해변은 기름으로 까맣게 덮였다. 두 달이 지나는 동안, 100만 명가량 자원봉사자가 와서 기름을 손으로 닦아냈다. 감동적인 난리판이었다. 누구는 이 나라 국민의 '어리석은 선의'라고 개탄했다. 무슨 말일까?

새만금갯벌을 생각해봤다. 유조선이 기름을 터뜨린 사고 현장이 태안 앞바다가 아니라 새만금 방조제 앞이었다면? 세계 최장의 방조제를 기름이 둘렀을 것이고 또 인근에 태안 못지않게 해변의 아름다움이 빼어난 변산반도국립공원이 있다. 수만 명의 자원봉사자가 바다를 살린다고 변산반도 해변의 모래를 걸레로 닦고 있으면 꼴이 우습지 않을까? 뭐야, 저 방조제는? 기름사고 와는 비교조차 할 수 없는 바다와 갯벌의 전면적인 몰살이 간척사업이다. 저 몰살은 내버려두고 우리가 대체 뭐 하고 있나 싶을 것이다. 우리 국민의 '바다 사랑'은 태안에서 그리 멀지 않은 서해의 새만금갯벌로는 한 걸음도 나아가지 못했다.

눈물을 훔치던 한 젊은 어민을 텔레비전에서 보았다. 셋째 아이가 태어났는데, 그는 카메라를 피하며 눈가를 닦았다. 기분 좋은 날, 왜 우냐고 리포터가 물었다. "기분이 좋아야 하는데, 안 좋아요. 때로 혼자 있으면, 치밀어오르는 분노를 삼켜요. 다른 주민들도 마찬가지겠지만, 인재로 인한 사고잖아요. 많은 사람들이 고통받아야 한다는 것, 이제 태어나는 아이한테도 그 고통이…"

태안의 바다는 넓고 마을도 많지만, 소원면 의항리로 행선지를 정한 것은 SBS의 프로그램 〈그것이 알고 싶다〉(1월 12일)에 주인공 격으로 등장한 김진성 씨의 말이나 행동이 진실해 보여서다. 어촌계 사무실에서 만난 35살의 진성 씨는 뱃일은 하지 않고 소규모의 굴 양식만 한다고 했다. 줄 게 이것밖에 없네요, 하더니 사과 한 알을 준다. 사과를 베어 먹으며 이야기를 들었다.

"이번 사고 터지기 전에 우리 동네는… 먹고 살기가 그리 팍팍한 건 아니었어요. 그렇다고 일의 대가가 '이 정도면 충분하다'

할 만큼 좋았다고 할 수도 없어요. 내일 굴 양식장에 가서서 '틀'을 해놓은 걸 보시면, 아, 여기에 막대한 시간과 노력이 들어갔겠구나 싶을 거예요. 오륙십 먹은 분들이 30~40m 되는 틀에 말장(나무 말뚝)을 적어도 백 개 이상씩 물이 빠지는 갯벌에다 박고 가로대 나무를 또 대어가지고 줄을 일일이 끼워요. 틀 만드는 과정이 힘들어요. 한 번 만들어놓으면 물론 죽을 때까지 쓰지만…."

"그렇게 오래 씁니까?"

"아, 아뇨, 죽을 때까지 생계의 터가 된다는 거고, 틀은 참나무로 닻장을 하면 보통 5년? 물론 이 동네엔 참나무가 없어요. 돈 주고 사와야 해요. 줄도 사야 되지, 홍합껍질도 마대당 만 원씩 주고 사오고, 보통 칠팔십 가마씩, 많이 하면 백 가마… 틀 만들 때 지출이 많이 생기죠."

가을부터 3월까지가 굴 수확기라고 한다. "수확을 위해 종패를 바다에 걸어놓는 것은 농사로 쳐서 씨를 뿌려놓는 것과 같아요. 모내기 모판을 준비하는 것처럼, 4, 5월부터 홍합껍질을 사오고, 줄을 준비하고, 껍질에 일일이 구멍을 뚫어요. 밀물 썰물이 오가는 곳에 틀에 엮어 걸어놓으면, 굴씨들이 플랑크톤처럼 바닷속에서 돌아다니다가 붙어요. 자연산 굴들이 양식장에 알을 실어나르는 거죠. 그때가 7월이고, 우리 동네 분들이 씨를 받기 위해 가장 바쁘게 움직일 때예요. 그걸 해놓고 밭농사, 쌀농사를 좀 하면서 가을을 기다려요. 찬바람이 살살 불기 시작하면, 굴 수확기가 시작됩니다. 추석 명절에 굴을 요구하는 분들이 있는데, 그걸 대비해 일찍 수확하시는 분들도 있지만 보통은 11월부터 장사꾼들이 오니까, 물 빠질 때 경운기를 양식장까지 들여가지고 2월까지 수확하고, 종패를, 0.5~1센티까지 아주 쬐그만 것을 수확한 터에 다시 부착시켜요. 그게 또 자라요."

굴 껍질이 모자랄 때는 홍합껍질을 구해 쓴다고 한다. "물결 따라 오가다가 홍합껍질에 붙는데, 어머니들 시집올 때 가져오는 농에 장식하는 것처럼, 껍질 안쪽은 반질반질하거든요. 신기한 게 그 안쪽에는 안 붙어요. 꺼칠꺼칠하고 지저분한 데 붙어요. 껍질 하나에 이삼십 개가 붙어요. 자랑이 아니라, 이 지역 굴의 특징은 남해안 굴보다 크질 않아요. 그래서 비싸요." 조석간만이 좋아서 서해 태안에서 최상급 굴이 나온다. 30년 가까이 해왔던 이러한 바다농사가 기름오염 사고로 하루아침에 망실이 되어버렸다.

사무실에 들어설 때부터 날이 어두웠는데, 어느새 밖이 깜깜해졌다. 이야기를 나누는 중에 택배가 왔다. 외지에서 누가 보내온 과메기 상자다. 흘려 넘겼다. 8시가 되기 전 사무실에서 사람들이 다 빠져나갔고 김진성 씨와도 헤어져 나는 가까운 민박집에 투숙했다.

이튿날 아침 일찍 마을을 둘러보았다. 추위는 여전한데, 어제

보다는 바람이 늦었다. 30cm 두께의 기름파도가 몰려왔으나, 두 달이 지나는 동안, 의항리 해변은 눈으로 보기에 말끔했다. 건너편 신두리해수욕장도 깨끗해 보인다. 그러나 인적이 닿지 않는 쪽은 여전히 기름덩어리가 덕지덕지하다고 했다.

어촌계 사무실 오른쪽에 방조제가 있는데, 1km가량 된다. 그 중간에 트럭이 한 대 있었다. 가보니, 탱크에 민물을 퍼올리고 있었다. 어느 전문방제팀의 트럭이었다. 방조제 오른쪽에는 논과 저수지가 있는데, 언제 축조된 방조제냐고 물으니 코가 빨간 노동자가 자기는 타지 사람이라 알지 못한다고 한다. 방조제 끝까지 가보았다. 물이 들어와 있고, 그곳에는 기름이 허옇게 몰려 철썩이고 있었다. 밀물이 갯벌 구석구석에 박힌 기름을 씻어 데려온 것 같다. 흡착포와 장대가 있다면 30분 남짓에 걷어낼 수 있을 것 같지만, 내일 이만큼의 기름이 또 모일 것이다. 어민들은 이런 기름이 십 년 이상 갯벌에서 빠져나올 것이라고 했다. 이 정도 기름만으로도 굴 양식에는 독약과 같다고 주장했다. 거죽은 말끔해졌지만, 바다와 갯벌 속의 오염은 언제나 치유될까.

어민 열몇이 참석한 조회가 어촌계에서 열렸다. 열띤 토론이었다. 조회가 끝난 후에도 수시로 어민들이 들락거렸다. 주민들의 경우 방제일을 나갈 때마다 일당 6만~7만 원으로 계산이 되는데, 한 달 치를 모아 수령하려면 월말까지 통장 사본과 거주증

명서를 제출해야 한다. 1월에 제출한 똑같은 서류를 이달에도 또 제출해야 한단다. 왜 한 번의 서류로 신뢰하지 않을까. 돈이 오가는 일이라 보험회사 쪽에서 엄격하게 요구한다고 하지만, 그 엄격함은 불신의 다른 이름이다. 어민들은 성가시고 어촌계 일꾼들은 잡무에 신경 써야 한다. 피해자들한테 '신분증명'을 요구하는 보험회사의 일방적인 태도가 언짢다.

점심 무렵, 국제유류오염배상기금(IOPC) 쪽 사람들, 어민들이 위촉한 감정평가사, 사고당사자인 삼성과 현대 쪽 평가사, 군청 수산과 공무원, 해양수산부 공무원 등이 참가한 굴 양식장 피해 조사가 있었다. 사무실에서 걸어 10분쯤 되는 거리를 한 어민의 트럭을 타고 갔다. "실제 사고가 어떻게 났는지, 다들 쉬쉬하는 것 같아요. 아홉 번이나 꿍꿍 찧어 빵구가 날 정도면 뭔가 석연치가 않아요. 그날 날씨를 보더라도 무리였고, 사고 날 줄 알면서도 보낸 거나 마찬가지래요. 기상이 악화돼 주의보가 내렸는데, 과적을 하고 어딜 출항해요. 무리인 줄 알면서도 강행을 시켰다는 것부터 잘못이여." 어촌계 사무실에서는 '삼성 배가 일부러 사고를 냈다'고까지 주장하는 판국이었다. 인터넷에 떠돌고 있는 이른바 '삼성음모론'인 것이다. 검찰조사와 언론보도를 믿을 수 없다는 우리 사회의 불신병이 얼마나 깊은지 단적으로 드러난다고 할 수 있다. 트럭을 운전하는 50대 어민은 그러나 차분한 목소리로 '알 수 없는 일'이라고 했다. 선비 같은 분이라고 나는 느꼈다.

　나도 장화를 신고 갯벌로 들어가 주민 김동민 씨의 굴 양식장 54호 조사를 지켜보았다. '틀'은 조밀하게 칸을 질렀고 줄에 매단 홍합껍질들이 즐비했다. 감정사들이 구석구석을 촬영했다. "참나무 빈 데가 좀 있지? 파도에 쓸려가서 그래. 매일 들어와 관리해야 하는데, 사고 나고 손을 놔버려서 그래." 김동민 씨가 설명해주었다. 30분 정도 조사를 지켜보는데, 어느 순간 김씨의 얼굴이 빨개졌다. 눈물까지 비쳤다가 곧 본래의 까무잡잡한 얼굴색으로 돌아갔다. 자기 양식장에 대해 이것저것 말하다가 '지금 이 사람들은 내 심정을 조금도 몰라!' 하는 외로운 감정의 돌발적인 표현이었다.

　서울 강남의 한 카지노 호텔에서 버스를 대절해 내려왔다는 자원봉사자 무리한테 잠깐 들러보았다가 혼자 갯벌을 나왔다. 오후 5시, 어촌계 사무실에서 긴급회의가 열렸다. 태안군 전체와 의항리 내의 어민들 조직현황을 거칠게 점검했고, 유료 방제작업에 주민 외 몇 사람이 끼어든 것을 두고 격렬하게 다퉜다.

　서로 상처 주는 말이 나왔다. 마을 공동체에 위기가 닥치면, 위기 이전에 이미 있었던 공동체의 균열이 위기와 함께 더 심하게 틀어질 수도 있고, 이전의 균열을 치유하며 공동체가 더 높은 결속으로 상승할 수도 있다. 뭉칫돈이 들쑤시고 다니는 보상 문제가 닥칠 때 회복 불가능한 심각한 내부 분열상태로 추락하지 않는 공동체 이야기를 나는 들어본 적이 없다.

어느새 날이 저물었는데, 한 어민이 술에 취해 사무실에 나타 났다. 낮에 나를 갯벌까지 트럭으로 태워준 그 선비 같은 분이 다. 그런데 그는 영 다른 사람 같았다. 30분 가까이 38살 아직 젊 은 이충경 계장에게 따져드는데, 분위기가 심각했다. 의자가 날 아갈 것 같고 멱살잡이라도 할 것 같다. "당신들이랑 민사소송 까지 가는 수가 있어!" 하는 소리까지 나왔다. 사무실 안쪽 방에 서 술을 마시던 어민들이 뒤늦게 나와 그를 달래서 밖으로 내보 냈다. 이 계장의 설명에 의하면, 그는 무면허 양식장을 하는 어 민이었다. 어촌계에서 그런 이들의 사정을 너무 신경 쓰지 않는 다는 불만이었다. 마을이 깨어지는 조짐을 방금 내가 본 것일까. 그러나 50대 그 어민은 열몇 살 어린 후배를 끝까지 '계장님' 이 라고 했고, 이 계장도 '형님' 이란 호칭을 끝까지 놓치지 않았다. 말싸움이 거칠었어도 마지막 '선' 을 아슬아슬 지키고 있었다. 상승과 추락의 경계에 의항리 마을이 있었다.

마을 횟집에는 활어가 단 한 마리도 보이지 않았다. 사고 이후 조업금지령이 내렸기 때문이다. 술을 마시려고 해도 비린내 나 는 안주가 없는 이상한 어촌마을이 되어버렸다. 사무실 안쪽 방 에서 술을 마시던 어민들의 안주는 어제 저녁에 택배로 공수해 온 타지의 과메기였다.

사흘째 되는 날, 갯벌 입구에 있는 비닐하우스로 갔다. 할머니와 아주머니 열 사람 정도가 있었다. 예전 같으면 굴을 까고 있어야 한다. 굴 대신 헝겊을 칼로 자르고 있었다. 자원봉사자에게 나눠줄 기름걸레다. "우리 의항 2구는 논도 없어. 전부 굴, 바다만 바라보고 살아." "다 양식장을 해. 노인네들도 말장을 부부 둘이 가서 해. 으샤으샤 해서 붙잡아줘야 뻘땅에 꽂지." "팔구십 노인은 아들덜이 따다주는 굴을 까기만 하고 우리덜은 뻘에 가서 같이 일해야지." "농사만 짓고 사는 동네는 농번기 지나면 경로당 가서 노는데, 여기 할머니 할아버지들은 맨날 굴 까서 돈 벌어. 우리 동네는 경로당도 없어." "굴 까면, 시세 따라 십만 원 벌 때도 있고 이십만 원 벌 때도 있고."

"음력 추석부터 4월까지 까고 까고 까고." "여름에는 바지락 긁고!" "그래서 지금 우리 마을 사람들은 전부 정신 빠진 사람 같애. 뭐든지 몸에 갖고 다녀야지, 금방도 칼 하나 옆에 놓고도 찾느라고 난리였어." "저녁이면, 앞으로 우짜나 우짜나 하다가 1시간 2시간 자고 잠이 안 와." "밤 12시 되면, 진짜 잠이 하나도 안 와. 이렇게 일하고 집에 가면 피곤하잖어, 초저녁에 잠들었다가 깨면, 요 생각, 저 생각…."

같은 의항 2구 주민이었던 이영권 씨 이야기가 나왔다. 태안 주민 중 약을 먹고 처음 스스로 목숨을 끊은 사람이다. "그 양반 아들이 태안읍에서 직장 다니거든. 아들한테 전화가 왔다. 나, 이러저러해서 약 먹었은께, 아버지 얼굴 보고 싶거든 오라 그랬대." "장례식 할 때, 우리 모두 울었지. 억울해서…." 2008년 1월 14일, 군민 1만여 명이 모여 그의 장례식을 투쟁처럼 치렀다고 한다.

"바다는 언젠가 회복될 텐데, 젊은 사람들이나 그 돌아오는 꼴을 볼까. 십 년 이상 걸린다는데, 우리덜 육십 넘은 사람들은 일없이 지내다가 그새 다 죽지." "기름 덮치고 맨날 울고 다녀, 우린." "살아온 거 얘기하면, 그 고생…, 근데 그건 아무것도 아녀. 앞으로가 걱정이지." "하루아침에 망해놨잖아. 굴이 있어, 바지락이 있어, 뭐가 있어. 암것도 없으니 뭐해 먹냐고. 이번 명절 때 며칠 쉬는데, 아주 생병이 났어." "병나고말고." "평생 일 하다가 갑자기 일 없으니, 못 살어, 아파서 못 살어." "갑갑하고, 정신이 없어. 뭐가 정신을 집어갔는지 먹어갔는지." "예전에 굴 까면, 장사치가 받으러 오거든. 오늘은 얼마 까서 얼마 얼릉 해야겠다, 부지런히 까. 그런 재미로 살았어." "한창 일할 때는 너무 재미있어서 우리덜은 점심도 안 먹어." "엊그제는 잠 깨고 나니까 새벽 2시 됐는데, 꼬박 샜어. 생각을 안 할 수가 없어. 우리 삶의 터전이 하루아침에 망한 걸 생각하면, 꼭 꿈 같애."

수십 년 동안 바다가 쉼 없이 일을 주어왔는데, 갑자기 폐업을 해버렸으니 병들이 난다. 밀착된 채로 살아 바다가 곧 나 자신, 우리 자신이었다. 오랜 시간, 바다와 그들은 서로를 깊이 길들였다. 바다에 탈이 났으니 당연히 그들도 병이 난다.

버스를 타고 태안읍으로 나왔다. 조석시장에 갔다. 저녁 무렵, 시장은 을씨년스러웠다. 얼마 전 주민들의 집회가 있었을 때, 한 국회의원이 연설하는 단상에 올라 몸에 불을 질러 병원에 옮겼지만 숨을 거두고 말았던 지창권 씨. 그는 조석시장의 한 횟집 주인이었다. 그의 아내가 지키고 있는 횟집에는 차마 가지 못하고 맞은편 횟집에 들어앉았다. 기름냄새가 날 리 없는데, 태안에서 온 거라고 하면 농산물도 "냄새난다"며 반송되는 형편이란다. 조석시장 경기는 작년 이맘때의 10분의 1도 안 된단다. 그런데 이상하다. 갑자기 손님들이 몰려오더니 자리가 꽉 찼다. 음식을 먹고 나올 때, 주인아저씨가 웃으면서 말했다. "우리 집하고 맞은편 집 말고 시장 안쪽을 보세요. 손님 있는 집 있어요? 없죠? 암튼 오늘은 너무 이상한 날이에요. 이렇게 북적거린 날이 없어요. 아무래도 손님이 사람들을 몰고 다니는가 봐."

사농공상(士農工商)이라고 한다. 어(漁)는 농(農)에 속할 것이다. 이 땅 사농공상이 적당히 만족하며 적당히 행복해하며 살 수 있다면 좋겠다. 서울도 활기차고, 지역도 그랬으면 한다. 우연한 오늘의 횟집 말고 시장의 모든 집이 자주 떠들썩거렸으면 한다. 사람 목숨 하나를 잡아먹은 적막한 재래시장을 천천히 빠져나왔다. 시장만이 아니라 태안 전체가 적막했다.

〈인권〉 2008년 3~4월호

# 누가 바다의 주인이냐

- 태안에서 2


    충남 태안 만리포 해수욕장. 만리포(萬里浦), 백사장 길
이가 만 리나 된다고? 인터넷의 여행사이트를 참조한다. 조선시
대에 중국의 사신을 떠나보내며 '만 리 무사항해'를 빌었던 장
소라는 것이다. '만리장벌'이라고 부르다가 1955년에 '만리포'
로 이름이 바뀌었다고 한다.

  2007년 12월 7일, 대형 유조선에서 1만 톤 이상의 석유가 바다
로 터져 흘렀고 검은 기름에 덮인 태안바다의 대표로 텔레비전
화면에 자주 얼굴을 내밀었던 곳, 만리포. 그 후 두 달여가 지났
다. 해수욕장은 깨끗했다. 바람만 세게 불지 않는다면 거닐고 싶
은 겨울바다 풍경이다. 2km 정도의 널찍한 해변에 사람이 단 한

명도 없다. 늦겨울 강추위가 인적을 끊었으리라.


## 바다는 국가의 것?


'방제대책 현장지휘소'라고 플래카드를 건 컨테이너박스가
해수욕장 입구에 있었다. 잠겨 있을 것 같은데, 문 손잡이가 돌
아갔다. 해양경찰청 소속 경찰관과 의경이 있었다. 녹음기를 틀
고 이야기를 들었다. 경찰관이 흥미로운 이야기를 했다.

"지금 여기는 자원봉사자가 할 일은 없고 전문 방제업체에서
모래 밑에 있는 기름을 제거하고 있는데…. 오늘도 백사장 끝에
서 하고 있어요."

대전역에서 버스터미널로 가려고 택시를 탔는데, 기사가 '거
기 어민들은 하루아침에 해고된 거나 똑같다, 퇴직금이나 나오
냐' 이러더라 하고 내가 말하니까, 경찰관 왈,

"그런 각도로 문제를 봐야 할까요. 바다 관리를 누가, 어떻게
하느냐, 이 문젠데. 바다의 주인이 곧 어민일 수 있나요? 국가가
관리해야 할 대상이고, 그러니까 바다는 국민의 공동재산이지
않느냐, 이거죠. 농민들은 자기 소유의 땅이 있잖아요. 어민들한
테는 국가가 바다를 분양해준 적 없잖아요. 면허권만 가진 거죠.
결국 국민 전체의 재산인데, 그동안 어민이 독점적인 혜택을 누

려왔다고 할 수 있어요. 그러니 택시기사의 얘기가 얼마나 타당성이 있겠나, 싶네요."

어민들이 피해보상을 많이 받았으면 싶지만, 국가적 차원에서도 문제를 봐야 하지 않겠느냐는 것이다. 땅은 사적 소유를 하게 하면서 왜 연안 바다는 그러지 않았을까?

"국가가 방치한 바다를 어민들이 자자손손 관리해왔다고 볼 수도 있지 않을까요?"

"소유권이 없는데, 관리를 할 수 있을까요?"

"기름이 터지고 어민들이 발을 구르고 전국에서 자원봉사자가 몰려올 때, 사람들이 국가적 소유관념으로 그랬던 건가요?"

그는 잠깐 말이 없다. 그의 말은 일리 있는 궤변이었지만, 피해보상 문제를 다룰 때, 어떤 원리적 잣대로 사용할 수 있는 차가운 법리적 사고가 아닐까 싶었다. 감가상각비를 따져 어업 설비만 보상하고 바다 자체에서 순수하게 발생하는 미래의 수익은 보상하지 않는다든지, 유출사고를 일으킨 삼성·현대와 피해 어민들을 놓고 국가가 누군가를 편들어야 할 때, 저 논리가 끼어들지 않을까, 걱정되었다.

"사고라는 것은 고의가 아니잖아요. 과실이기 때문에 무한책임을 요구할 수 없는 것이고요. 취재 와서 글 쓰시는 분들이 너무 편파적으로 보니까 하는 말이에요. 한쪽으로 치우치면 다른 쪽에 엉뚱한 피해가 가는 일이 생기거든요."

현장지휘소를 나왔다. 해수욕장을 떠나며 생각했다. 직업이란 무서운 것이구나. 경찰관, 즉 국가 공무원이니까, 국가지상주의랄까, 이런 직업의식으로 무장하고 사는구나, 싶다. 그런데 자기 직업을 기준으로 세상을 보는 것이 꼭 나쁘다고 할 수 있을까? 국가 공무원이니까 저런 말을 해도 되는 것은 아닐까?

그러나 나는 생각했다. 국가의 것인 바다와 갯벌을 너희들 기업과 기름배가 망쳐놨으니 재산 탈탈 털어 원상복구해놓아라, 울부짖는 우리 어민들, 눈물을 닦아주어라! 하고 불호령을 내려야 국가다운 국가가 아닐까? 바다와 갯벌을 소유도 하지 않는 어민들은 주먹을 쥐고 흔드는데, 왜 국가는 뒷짐 진 듯 물러서 있는 형국일까.

나는 소원면 의항리로 행선지를 정하고 처음 내렸던 만리포 버스정류소로 갔다. 의항리로 곧장 가는 버스는 없다고 한다. 의항리 가는 버스를 탈 수 있다는 정류소까지 30분쯤 물어물어 갔다. 덩그러니 표지만 있는 정류소에 이르렀는데, 시각표도 없다. 무작정 기다려야 한다. 지나가는 트럭과 승용차는 애써 걸어나왔던 만리포 쪽으로만 간다. 해가 저물 낌새다. 오후 5시가 넘었다. 걸어갈까? 이정표는 '의항리 4Km'라고 되어 있다.

사람 고드름이 되기 직전에 6인승 미니밴을 얻어탔다. 운전자는 의항리 주민이었다. 30분을 기다렸다고 하니 "아이고…" 하고 정을 표한다.

"우리 마을이 제일 먼저 직격탄 났어요."

"만리포가 아니고요?"

"예, 청운대라는 데가 제일 먼저였어요."

문운배 씨는 어민이 아니었다. 교육행정 공무원이었다. 세대주가 자신이고 월급 타먹는 공무원이라고 400여만 원의 긴급 생계대책비를 마을주민 중 유일하게 받지 못했다고 한다. 굴 양식과 민박을 아내가 하고 있었다.

"의항리는 바다로 둘러싸여서 경관도 아주 멋있고 천혜의 마을인데, 다 버렸어요."

사고 이후, 제초제를 마시고 "제일 먼저 죽은" 이영권 씨도 의항리 주민이다. 그의 장례식은 2008년 1월 14일 태안군청 앞에서 군민 1만여 명이 모여 투쟁의 형식으로 치렀다.

"나이가 예순일곱인가? 맨손어업도 하고 굴 양식도 했어요. 굴 까서 하루 10만 원도 하고 6만 원도 하고 20만 원도 해왔는데, 기름이 싹 밀어버린 거예요. 그러니까 살으나마나, 아니에요? 농사 조금 지어갖고 쌀만 먹지, 차비가 있나, 병원 치료비가 있나, 금방 돈 나올 데가 없으니까, 에이, 죽어뻔다고…. 술도 안 먹던 양반이, 아니, 많이 먹다가 몸이 안 좋아 끊었었거든요, 근데 그날 하루는 많이 먹었대요. 사람들이 방제작업 간다니께 '먼저 가, 나는 이따 봐서 가게 되면 가고, 술이나 먹을란다' 그러고는 혼자 부애가 나니께…."

그러는 새 예쁜 해변이 차창의 왼편에 나타났다. "쬐끄맣게 튀어나온 거 보이죠? 태안군에서 제일 먼저 덮친 데야. 청운대고, 저 너머가 구름포고." 문씨는 의항리에서 태어나 57년을 살았다. 그는 청운대보다도 더 예쁜 구름포에 가보자고 한다.

그는 아내와 함께 여름에 방갈로 민박을 해왔는데, 7, 8월은 국립공원 내에 가건물을 들였다가 기간이 지나면 꼼짝없이 철수해야 했단다. 그만큼 엄격하게 관리되던 바다와 갯벌이었지만 방제작업하느라 길까지 냈다며 문씨가 가리켜보였다. 유조선에서 1만 톤의 기름이 터진 후 이곳은 일종의 비상계엄이 선포되었다고 할까. 관청에서 임시로 법을 어기는 것이다. 방제작업이 끝나면 저 길을 다시 걷어내야 앞뒤가 맞을 것이다.

구름포 해수욕장에서 우리는 하차했다. 바람이 거침없다. 모자가 날아갔다. 주워 다시 썼다. "바다 전체로 기름이 이만큼 올라왔어." 무릎께를 가리켜보이는데 30cm 두께로 덮였다는 것이다. "요 밑에는 자갈 하나 없고 뻘 하나 없는 순 모래에요. 완만해가지고 애기들 놀기 참 좋았어요." 사람 발길이 오가는 곳의 기름은 걷어냈지만, 수심 있는 물과 바위에는 여전히 기름이 덕지덕지하다고 한다. "그날 바람이 엄청 불고 물이 많이 들어와 기름파도가 산까지 올라갔어요. 온통 새까맸어요."

일주일가량 그런 파도가 쳐댔다. 태안 땅 생기고, 아니 한반도 땅 생기고 가장 큰 기름 사고였다.


## 의항리 이충경 계장


잠깐새 날이 어두워졌다. 의항 2구 어촌계 사무실 앞에 이르
렀다. 문씨와 작별하고 나는 2층 사무실로 올라갔다. 이충경 어
촌계장이 있었다. 놀랍게도 그는 팔팔한 38살 젊은이다. 바닷일
하는 사람답게 손은 주먹대장 같고 덩치도 땅땅하지만, 안경을
낀 눈이 작고 날카로운 것이 지식인 같아 보였다. 사무실 안쪽
방에서 어민들이 술을 마시고 있었다. 욕소리, 웃음소리가 문 너
머로 들렸다.

어촌계에서 간사 일을 하는 김진성 씨도 삼십대 후반이었다.
마을 대소사를 챙기는 젊은이들이 있다는 것, 즉 먹고살 만한 동
네라는 것이다. "우리 말고 형님들도 젊으신데요? 마흔이 넘어
서 그렇지…. 우리들만 열심히 하면, 서울같이 각박하지 않고 시
골이라 지출하는 것도 적으니까 살맛 나는 동네예요. 앞으로가
문제라서 그렇지."

이 계장에게 물어보았다. 이런 큰일 당하고 보니까 새만금갯
벌 어민들이 떠오르지 않느냐고.

"아, 그렇죠. 마찬가지 입장이죠. 앞으로 어업 일을 할 수 없다

는 것은 같은데, 그래도 우리는 그분들보다 희망이 있죠. 새만금 인근은 방조제로 막아버려 조개 캐고 뭐 캐는 그런 부분이 영원히 없어지잖아요. 우리는 십 년이고 이십 년이고 기다리는 희망은 있다고 보죠."

전국 곳곳에서 몰려온 방제작업 자원봉사자가 백만 명을 넘었다. 퍼질러 앉아 돌 닦고 기름을 걷어내면서 같은 서해의 새만금 갯벌은 안 떠오르는 모양이라고, 방조제가 완공되었어도 내부 개발이 시행되지 않아 아직 멀쩡히 갯벌이 살아 있는데, 태안 해안으로 몰려든 거대한 '바다사랑' 에너지의 반만 모아도 새만금 갯벌을 살릴 수 있었을 것이라고, 이 점이 안타깝다고 나는 말해보았다.

"우리들은 마을 걱정을 하느라 다른 지역은 전혀 생각 못 하고 있어요. 새만금이니 간척사업이니, 애시당초 우리는 반대하는 입장이에요. 인근의 천수만 A·B 지구 간척사업만 해도, 산란장이 자꾸 없어지니까 자원이 고갈되고 앞으로 갈수록 피해가 오게 돼 있거든요. 서산 가로림만 지역도 이번 기름사고 이전에 신재생에너지를 한다고 간척사업 문제가 논의되고 있었어요. 우리는 반대했죠. 자기들 마을이 합당하게 보상을 받고 이익 창출이 된다면, 찬성한다, 이런 어민들이 있어요. 우리는 가로림만이 멀다면 멀고 가깝다면 가까운데, 그마저 없어진다면, 유기물이 많은 갯벌은 물고기 산란장이고 먹이활동 장소인데, 어업 일이 더 어려워지지 않느냐, 서해안에 고기 다 없어진다, 그래서 반대 입장에 있었죠. 이번 사건이 터지고 그 이야기가 쑥 들어갔어요. 아니, 들리는 소리는 없지만, 이번 사건으로 오히려 추진이 잘되고 있는지 몰라요. 반대운동, 서명운동 하다가 지금은 반대하러 갈 여유도 없으니까."

의항 2구 유류피해대책위원회 김동민 부위원장이 와서 "어민들끼리 와해되는 이야기 말고 융합되는 이야기를 써주소. 주민들 갈라놓고 당신들이 책임질껴? 이렇게 인터뷰하고 가는 것도 피해여" 하고 따지고 갔다. 그는 술에 취해 있었다. 충남 보령 어민들이 출항을 시작했다는 기사가 서울의 한 개혁파 신문에 며칠 전 보도가 되었다. 서울 사람들은 벌써 희망의 이야기를 듣고 싶은가 보다. 피해조사와 보상대책이 세워지기 전에는 출항할 수 없다고 어깃장을 놓고 있으나, 그렇다고 어민 개개인에게 출항하지 말라고 하지는 못한다고 이 계장이 말했다.

어촌계를 나와 맞은편 횟집 겸 민박집을 두드렸다. 8시가 지났고 방은 있지만 밥은 없다고, 라면 끓여드릴까? 여주인이 묻는다. '항포구 횟집' 에 가면 밥이 있으려나? 가리켜보였다. 여장을 풀고 간혹 켜져 있는 가로등 말고 온통 깜깜한 마을을 가로질렀다. 항포구 횟집의 여주인이 "다 끝났는데…" 하더니 "방에 들어와 우리랑 같이 먹어요" 한다. 주인은 식사를 마친 뒤였고, 여주인 김정애 씨, 늙은 아버지, 그리고 내가 같이 저녁을 먹었다. 주인아저씨가 구수한 충청도 사투리로 하소연을 했다.

"정부한테 맡겨놓으면 죽도 밥도 안 되고, 살자니 그렇고 죽자니 그렇고. 바다에서 목돈 만지던 사람이 방제작업 일당 6만 원, 7만 원 가지고 살자니 갈증 나고, 그거 한 달 빠짝 180만 원 받아 공과금 내면 끝이고. 이렇게는 못 살잖어. 우리 집은 그냥 놔둬도 한 달에 150만 원은 나가는데."

"그렇게나 나갑니까?"

"전기세, 아래위로 3층 해서 5, 60만 원, 또 전화가 세 대여. 20만 원 가까이 나가지. 거기다 수도세, 또 식당업이니까 식중독 생길 때를 대비해 매달 내는 게 15만 원 있어. 앞으로 우리는 입에 풀칠해야 혀."

주인 이름은 문경순 씨다. 의항리까지 차를 태워준 문운배 씨가 그의 친척이었다.

"모래 파면 1m까지 기름이 차 있어. 그건 자연치유가 되는 수밖에 없는데, 거기서 계속 기름이 나와. 그게 십 년 이십 년 간다는 거지. 그러면 이곳 어패류는 나부터가 안 먹지. 냄새 나고, 납 성분 때문에 먹어라 해도 못 먹어. 그러니까 이병철이가 이 땅을 다 사야 한다는겨."

"이건희가 아니고요?"

"그려, 이건희가 다 사가지고 에버랜드를 만들든지 뭘 만들든지, 우리는 땅이나 팔아먹고 나가야지."

실소가 섞인 농투다.

그러더니 문씨가 문득 물었다.

"오늘 밖에서 들어올 때, 뭔 냄새 안 나더?"

나는 못 맡았다.

"어제는 날이 좋으니까 기름 냄새가 폴폴거리는데, 미치겠더먼. 못 있겠더라구. 머리가 빙빙 돌아. 날이 따뜻하면 빡빡하던 원유가 녹아. 그 냄새가 풍기며 올라와."

"그럼… 봄 되면 우짭니까?"

"못 살지. 6월 7월이면 진짜 못 살어. 이사 가야 한다니께."

맛난 된장국밥을 다 먹었다. 밖은 엄청 춥다. 사랑하며 서로 의지하며 살겠다고 집을 짓고 방에 불을 넣고 이불 덮고… 이것이 인간들이 사는 방식이다. 밥을 든든하게 먹고 아늑하게 있으니까 기름사고고 뭐고 다 잊고 싶고, 그저 좋다.

"내일 아침은 어디서 먹어? 아침 잡수러 와여" 하는 여주인의 말을 듣고 횟집을 나왔다.

민박집으로 돌아가는 길에 칫솔을 사러 슈퍼에 들렀다. 1970년대를 떠올리게 하는 빈한한 집이다. 할머니가 나온다. 비틀거린다. "왜 이리 어지러울까. 사고 나고 냄새가 나서 그런가 봐. 냄새 안 나?"

칫솔을 사고 슈퍼를 나왔다. 마을은 적막강산이다. 민박집의 2층 방으로 올라갔다. 3층 민박집의 유일한 손님이 되어 대전방송 뉴스를 보다가 평소보다 일찍 잠에 들었다.


## 해변의 화장발


이튿날, 날이 풀린 듯했다. 아니 기온은 여전한데 바람이 눅어졌다. 항포구 횟집에 가서 아침을 먹었다. 어촌계 사무실로 갔다. 어민들 열 남짓이 조회를 하고 있었다. 태안군 통합대책위원회 결성 문제, 수산-비수산(숙박, 식당업 등), 선박-비선박 간의 결속 문제가 안건이었다. 양식장 문제가 주로 다뤄졌지 2천5백여 명 선주들의 피해는 조사조차 되지 않고 있다고 몇 어민이 성토했다. 선주들의 모임을 결성하고 집단행동에 나설 경우, 경비 문제를 수협이 도와줄 수 있는지, 수협의 소극적 태도를 생각할 때 어림없는 소리! 그럼 조직결성 비용을 선주들이 각각 낼 사정이 되는지, 그러나 다들 의문스러워 하였다. 큰 배, 작은 배 차이가 있는 것 같다. 큰 배는 먼바다로 어서 빨리 나가고 싶어 할 것이다. 30분 정도 조회를 참관했다. 팽팽한 기운이 회의 끝까지 갔다. 이 땅 4, 50대 아버지들의 단단한 인생의 힘 같은 것을 느꼈다.

몇은 사무실을 나가고 조회를 주재한 이충경 계장은 늦은 아침으로 물을 받아 컵라면을 먹었다. 몇은 지난달 이영권 씨 장례식 때 집행된 경비 문제로 계속 다퉜다. 의항리로 나온 청구액이 총 116만 5천 원. 그런데 현수막 비용 항목을 보고 "박근혜 현수막을 우리가 왜 내?" 그런다. 현수막 문구의 인물 이름으로 현수막을 지칭한다. 이명박 현수막, 지역 국회의원 현수막, 삼성중공업 현수막 등. "어민의 죽음을 책임져라, 진실을 밝혀라, 이 머리띠 50개는 우리가 내야 혀. 우리가 주문한 거여."

사무실 밖 계단에서 담배를 피우는데, 이 계장이 나왔다. 의항리 건너편에 만리포보다 더 너른 백사장이 내다보였다.

"신두리 모래사구예요. 태안팔경 중 하나죠. 사구 보존지역이에요."

"면적이 넓다고 보존지역이에요?"

"서해안엔 저런 사구가 없잖아요. 넓기도 하지만 언덕으로 되어 있어요. 식물 동물 곤충이 많이 나와요. 지금 보이는 데는 실모래지만, 물이 빠지면 뻘이 섞여 있어요. 유기물이 많고 자연히 생물종이 많죠."

"깨끗한 걸 보니까, 방제작업 엄청 했겠네요?"

"만리포만큼은 기름이 안 들어왔는데, 물병아리 떠밀려온 사진은 저기서 찍었을 거예요."

언론을 통해 유명세를 탔던 사진이다.

"기름 닦아주는 서울 사람들 보면, 고맙기도 하지만 어리석다고 해야 하나, 그렇지 않습니까?"

"어리석다…?"

"어떻게 보면, 해변의 화장발이고 거죽 아닙니까. 서울 사람들한테는 태안에 와서 회 먹고 풍경 구경하고, 자기들한테 중요한 것은 딱 거기까지 아닙니까. 물속이 어떤 상태인지 별 관심없고, 바다에 대한 도시 사람들의 이해 수준만큼만 봉사하고 '이제 깨끗하다' 하고 가잖아요."

"바닷속을 물어오는 분도 있어요. 유화제를 뿌려가지고 가라앉혔기 때문에 속은 더 엉망이지 않겠느냐, 이렇게 대답하죠."

사무실로 들어갔다. "날 뜨거우면 숨어 있는 기름, 바위에 붙은 것도 전부 다 기어나와요. 가라앉은 것은 녹고 퍼지고.""어민들은 유화제 뿌리는 걸 반대했지요?""반대했죠. 근데 헬기로 뿌리대는데 쫓아갈 수가 있나.""이왕 절단난 거, 유화제 뿌리지 말아라. 걷어내든 닦아내든 하겠다, 그랬는데, 우리 말대로 했으면 저 아래 지역까지 유화제로 뭉쳐진 타르 덩어리가 떠내려가지 않아요.""방제당국도 그 이치를 알 텐데요?""알지. 근데 높은 자리 있는 놈들이 빨리빨리 해라, 하니까, 우선은 가라앉히고 봐야 할 거 아니요. 책임은 나중에 누가 지든지 간에. 길 가다가 우리도 어디 지저분한 데 있으면 쓱쓱 발로 비벼서 옆으로 치워놓잖아요. 그 식이나 마찬가진겨." 수온이 맞고 해류가 맞으면 바닥의 타르 덩어리가 움직이며 터지기 시작할 것이란다.

사고 초기, 그야말로 긴급방제 시기에 해양경찰청이 '회의,

결재' 운운하며 미적거렸던 것을 어민들이 다시 성토한다. 어민들의 분노는 위험 수위였다. 서울 숭례문 방화사건 소식을 듣자마자 "태안 사람이 한 짓 아녀?" 하고 깜짝 놀랐단다. 6백 년 된 문화유산보다 바다 생기면서 해온 어업일이 더 오래된 문화유산 아니냐는 말도 나왔다. 작년부터 삼성 재벌은 불법 비자금 문제에다 이번 사건까지, 왜 이리 운이 안 좋은 거냐, 이런 말도 나왔다. 만리포의 한 경찰관이 '고의로 낸 것은 아니지 않느냐, 교통사고 비슷한 거 아니냐'고 하던 말, 하여 피해보상도 한계가 있을 수밖에 없다는 말을 내가 전했다. 그러자 김동설 수석부위원장이 말했다.

"아녀, 놈들이 고의로 낸 것일 수도 있어. 우리덜이 주장을 하는 게, 아니 내 생각이 그래, 사고날 때가 때마침, 변호사 걔 누구야…." "김용철이." "그래, 그 자식이 나와가지고 한창 떠들 때였어. 삼성 비자금 특검법을 실시하니 어쩌니 해서 여론이 비등할 때, 바로 그때 기름이 터졌다구. 삼성 새끼들이 고의적으로 그랬다니깐." "…" "왜 고의적이냐, 국민의 시선을 딴쪽으로 돌릴라고. 저그들이야 3천 억 배상한도 내에서 어떻게 해보려고 했지. 근데 너무 많이 확산이 돼 가지고 지금 꼼짝 않고 있는 거봐."

## 삼성 음모론

"무서운 말씀이시다. 부위원장님처럼 생각하시는 어민들이 좀 있습니까?"

"아, 있죠. 많아요."

'태안사고 삼성 음모론'이라고 하여 인터넷에서는 동영상이 떠돌고 있기도 하다. 나는 별 관심 없이 흘러 넘겼었다. 다른 어민이

"그날 사고가 도무지 그렇게 날 수가 없는 사고여."

'일부러 내려고 해도 낼 수 없는 희한한 사고'라는 표현은 이미 텔레비전 뉴스에도 나왔다. 삼성 예인선이 현대 유조선을 일곱 번인가 아홉 번인가 퉁퉁퉁 들이받았다는 것, 이러저러하게 내가 떠듬거려보니까 부위원장이 "이 양반, 배에 대해서 아무것도 모르는구만" 한다. 이충경 계장이 "이거 한번 보여드릴까?" 하고 컴퓨터 자리로 나를 불렀다. 사고 당시 유조선과 예인선의 행로가 노란 점으로 표시되어 박치기하기 전까지의 움직임을 보여주는 그래픽 영상이다.

"이게 유조선인데, 흔들리죠? 그 큰 유조선도 조금조금씩 움직인다고요. 예인선이 여기서 한 번 꺾이죠. 지금 뭔 일이 있었어요. 이 사람들 주장하는 거는 바람이나 파도에 밀렸다거나 회항하려고 했는데 못 했다, 이렇죠. 그런데 자, 지금 이것은 와이

어가 끊어졌다는 거고, 그러자마자 겁나게 빨리 가. 그리고 여기서 또 한 번 돌아가죠? 바람이나 물살 방향을 생각하면 배가 반대로 밀려야 정상인데, 안 밀린단 말요. 왜 안 밀리냐, 일부러 끌고 갔다는 소리요." 다른 어민이 말했다. "빵구 날 때까지 운전한 거요." 또 다른 어민이 말했다. "배가 유조선 이쪽을 쳤으면, 이쪽만 뿜어나와야지 반대쪽 기름이 왜 갑판을 넘느냐는 소리여. 그건 대놓고 갑판을 찍었다는 소리여." 이충경 계장이 말했다. "일부러 기름을 빼놓지 않았다면, 배 위에 기름이 있을 리 없죠. 왜 갑판 위에 흥건하게 있었냐는 거죠.""멀쩡한 쪽 기름을 떠냈다는 소리여. 기름이 밑으로 빠져야지 왜 배 위로 넘어가!"

순간 어지러웠다. 어민들이 하는 말을 듣자니 이번 사고는 한쪽의 고의를 넘어 삼성-현대의 합작품이란 소리가 아닌가.

세상에는 숱한 '음모론'이 있다. 그 한 절정이 아닌가 싶다. 지금 어민들은 집단적으로 신경정신과 상담을 받아야 하지 않을까? 그런데 나는 이상하게 그들의 말이 솔깃하게 들렸다. 냉철한 이 계장마저 '삼성 음모론'을 받아들인다는 것이 충격이었다.

## "누가 바다의 주인이냐!"

의항리에는 140여 가구가 사는데, 배는 열몇 척뿐, 그 외 마을 주민 전부가 굴 양식 일에 종사한다. 보상은 몇 년이라고 정하지도 말고 "양식이 복원될 때까지"라고 김동민 부위원장이 강하게 주장했다. 사무실을 나와 햇볕을 쬐며 이야기를 들었다. "무엇보다 환경영향평가를 확실히 해야 해. 굴이라는 것은 20kg을 까놓고 기름 한 방울만 떨어져도 다 버려야 해. 김, 바지락도 그렇고. 지금 기름이 게 구멍이나 낙지 구멍에 들어차 있잖아. 그놈들이 온데 돌아다니며 굴에 묻힐지도 모르고. 우리 태안 굴들은 잔칫집 굴, 김장용 굴로 나가거든. 최고급이거든. 거제도나 여수는 큰 굴이라 뷔페식당으로 나가고." 이상규 총무가 말했다.

만리포에서 만난 경찰간부의 말을 나는 다시 전해보았다. 국가가 균형자적 입장에서 기업의 무한책임 무한보상을 명하기 힘들 것이라고, 더구나 바다와 갯벌은 국가의 소유라고. 이 총무가 반박했다.

"우리가 면허를 취득할 때, 측량비나 시설비, 세금 같은 거 다 내고 그 후 권리행사를 하잖아요. 그런 것을 국가가 먼저 보상하고 그런 말 하면 모르겠는데, 우리한테 다 떠넘기면서 그러면 안 되죠."

김동민 씨는 아주 열받았다.

"만리포 해경 직원이 그러더라구요? 그 새끼 이빨을 뽑아버려야 해. 어민들이 국가 땅을 그동안 공짜로 해먹으니께 주권 행사를 못 한다, 시방 이 말 아녀. 국록을 먹는 놈이 그따위 소리를 해? 그 쌍놈의 새끼, 분명 여기 사람 아녀. 여수나 어디 딴 데서 온 놈이여. 지금 시국이 어떤 시국인데, 만리포 사람들이 그 말 들었으면 그 새끼 뒈졌어. 바다가 국가 땅인 거 확실하지만, 원주인은 바닷가 어민들이란 얘기여. 국가 땅이면 뭐해, 종사하는 사람이 없으면 유명무실이고 쓰레기땅이나 마찬가지여!"

나는 침묵했다.

"내 말은 어차피 국가 땅이라고 해도 국가가 주인이 아니란 거여. 안 그래? 국가가 재산권을 상실했으면 그걸 찾으려고 노력해야지, 삼성이나 IOPC(국제유류오염배상기금)한테 빨리 돈을 받아내야지, 국가가 뒷짐 지고 있는데 그게 주인이여? 그러니까 어민이 진짜 주인이란 말여. 주인이니까 미친 듯이 우리가 나선단 말이여. 해양경찰 그놈은 도대체 누구 주머니에서 나온 돈을 먹느냐고, 응? 국민 세금 가지고 경찰 짓 해먹고 사는 거 아녀. 저번에 여수해양경찰서 방재과에서 나온 놈도 '무면허 양식장은 보상도 못 받고 나중에 정부가 벌금 내게 할지 모른다'고 하길래, 개씹새끼! 확 그러니까 그 뒤부터 얼굴도 안 보여. 그런 싸가지 없는 새끼들이 해경이라고….'"

수백수천 년 바다를 끼고 살아온 사람들에게 겨우 60년짜리 국가가 주인 행세를 한다? 역시 경우 없는 소리였다. 생명 나고 국가 났지, 국가 나고 생명이 났나? 이런 비상사태가 터지니까 권리 주장을 제대로 하는 진짜 주인이 명백히 드러나는지 모른다.

"제대로 보상하려면, 삼성이 망하게 돼 있는데, 어째야 합니까?"

김동민 씨가 흥분을 가라앉혔다.

"우리도 삼성 망하는 거는 원치 않아요. 삼성이 망하면 대한민국이 뭉개져요. 그러니까 돌아가는 판국이 어차피 피해 보는 것은 지역 어민이란 거여. 어느 정도 피해는 감수할 수밖에 없지만, 그러나 같은 국민으로서 삼성도 진심 어린 사죄와 성의를 보여라, 이 말이여."

점심 무렵, 바닷물이 빠져나갔고, 굴 양식장 54호 피해실태 조사가 있었다. IOPC 쪽 사람들, 어민들이 위촉한 감정평가사, 기업 쪽 평가사, 군청 수산과 공무원, 해양수산부 공무원 등이 참가했다. 나도 장화를 신고 갯벌로 들어갔다. 김동민 씨의 양식장이 54호에 포함되어 있었다.

굴 양식은 이렇다. 굴 껍질을 열 개씩 줄에 꿰고, 60줄을 한 단위로 해서 참나무 굵은 것에 걸어놓는다. 굴씨를 껍질에 착상시키고 바닷물과 햇볕이 오가는 데서 키운다. 일교차가 심한 과수원의 과실이 알차다고 하듯이 조수간만이 좋아 이곳 굴이 상급인 까닭이다.

껍질 안에 굴살이 보인다. 기름을 맘껏 빨아마셨건 어쨌건, 굴은 죽지 않고 있었다. 상품가치는 제로지만, 굴들도 나름으로 기름제거작업을 하고 있다. 갯벌의 조개가 온갖 중금속을 먹어 없애며 제 껍질을 키우듯이.

감정평가사들이 수량을 기록하고 범죄자가 바코드를 들고 사진을 찍는 것과 같이 기록표를 세워놓고 양식장을 촬영했다. 김동민 씨가 설명했다.

"30년도 더 됐어. 여수에서 어떤 사람이 굴씨를 붙여가지고 왔다고. 그 사람이 한철 해먹고 남은 찌꺼기 흘린 걸 가지고 나하고 동네 사람 하나가 맨 처음 딱 두 칸을 해봤다구. 굴이 엄청 여는 거야. 그걸 보고 지역 사람들이 '이거다!' 하고 여수에서 굴씨를 사다가 우르르 시작한 거여."

사고가 난 직후 참나무 기둥에 검은 기름이 고드름처럼 엉켜 있었으나, 물이 몇 번 오간 뒤 덩이가 흘러내리듯이 기둥에서 벗겨져나가는 걸 보았다고 한다. 자연치유라고 할 수 있다. 물론 물살에 떨어져 나간 그 기름이 어디로 갔겠는가. 인근 사방의 바닥으로 가라앉았을 것이다.

물이 빠져 걸어 움직일 수 있는 3시간 동안 조사를 한다지만, 내내 따라다니기에 너무 춥다. 혼자 빠져나오는데, 나오는 길에 조사단을 멀찍이서 바라보는 경운기를 보았다. 할머니와 아주머니들. 그들은 일종의 시위를 하고 있었다. 굴 채취도 안 하는데, 왜 경운기는 타고 오셨을까?


"경운기도 가져 가!"


"보험회사에서 이거 가져가라고. 굴 하려고 몇백만 원 주고 사 다났는디, 이제 못 허니께. 차로 끌어가든지 뒤집어 업고 가든지 가져가! 난 암 필요도 없으니께!"

한 아주머니가 소리쳤다.

"저 굴살을 보면, 내가 어떻게나 속이 상하는지. 이걸 터전으로 삼고 해먹었는디, 이 늙은 눔이 이러구러 사는구나, 생각하면 눈물이 나와. 시발눔의 새끼들, 잠만 쳐자느라 무전 받으라 해도 안 받고 개지랄 하다가, 응? 그 상눔의 새끼들, 지금 여기 있으면 칼로 배대지를 찔러 죽여도 시원찮어. 시상에, 하루아침에 터전을 잃고 이 많은 사람들 우짜라고…."

할머니의 눈이 금새 젖어버렸다.

피해보상은 과연 어떻게 책정될까. 한 번 뻘에 박으면 7년 정도 쓴다는 양식 시설 값, 그리고 굴씨 값, 올 한해의 매출량 정도만 보상하고 말 것인가. 경운기 값도 내놓으라는 여인네들의 야유가 야유로만 들리지 않았다. 1년 바다농사를 버린 것이 아니라 수십 년 터전을 잃었다는 어민들의 아득바득한 주장이다.

갯벌 가장자리에서 돌과 모래를 걸레로 닦고 있는 자원봉사자 무리 쪽으로 갔다. 새참 타령을 하는 사람도 있고 농지거리를 나누는 등 한가롭다. 아까부터 닦고들 있는 것을 보았는데, 걸레에는 마루의 먼지를 훔친 정도로 미약한 기름이 묻어 있다. 의항리의 경우, 거죽은 거진 닦아낸 것 같다. 버스를 대절해 하루 노동을 포기하고 내려오는 대신, 그 비용을 성금으로 내는 것이 낫지 않을까. 서울 강남의 한 외국인 카지노호텔에 근무하는 신사 숙녀들이었다.

어촌계 사무실로 돌아가 잠깐 대기하는데, 황우석 연구비리를 파헤친 것으로 유명한 MBC〈피디수첩〉의 한학수 피디가 나타났다. 물어본즉,〈MBC 스페셜〉이란 프로그램에 방영할 다큐멘터리를 제작하고 있단다. 사고 나자마자부터 지금껏 계속 취재해왔다고 한다. 어민들이 거의 확신하고 있는 '삼성 음모설'을 물어보았다. 그는 여러 이유를 대며 "사실이 아닐 것"이라고 했다. '음모론' 이야기는 이 글의 마지막에 다시 다뤄보고자 한다.

오후 5시, 어촌계 사무실에서 긴급회의가 열렸다. 서른 명 넘게 참석했다. 방제작업에 나서는 주민들 속에 끼어든 타지 사람들을 작업자에서 제외시키는 문제를 놓고 한 시간여 치열한 논전을 벌였다. 인근 마을에서는 이 문제로 주먹다짐까지 오갔다고 한다. 생계가 끊어지고 유일한 수입이 방제 용역인데, 보험회사에서 인원을 점차 줄이겠다고 통보를 해왔다. 한 늙은 주민과 젊은 방제팀장 사이의 설전이 오래갔다. 마을 이장 김관수 씨가 결론을 내렸다. 앞으로 주민 외 유료 방제인원은 일절 허용하지 않는다!

가수 안치환이 부른 '철의 노동자'가 '태안 주민 똘똘 뭉치자'는 노랫말로 개사되어 마이크로 흘러나왔고, 내일 일정을 알리는 방송, 서울의 한 대학병원에서 의료검진을 나오는데 "당뇨 있으신 분은 식사 하지 마시고, 당뇨 없는 분은 식사를 하시고 9시까지…" 모이라는 방송.

7시가 넘자 날이 팍 저물었다. 김동민 씨가 어제 묵은 민박집 숙박비를 묻더니 너무 비싸다고 방을 찾아주겠다며 나를 데려갔다. 그런데 간 곳이 어제 저녁 오늘 아침 두 끼니를 얻어먹은 '항포구 횟집'이다. 여주인은 방이 없다고, 시골 아버지가 와 계시다고 하더니 방 찾은 손님이 나라는 것을 알고 "왜 점심은 자시러 안 오셨어? 아버지랑 같이 주무실 수 있어요?" 한다. 저녁을 안 먹었다고 하니 삼양 컵라면과 밥을 차려준다. 식사 후 1938년생 김일태 노인과 한방에서 두런두런 이야기를 나누었다. 그런 중에 노인이 문득 전화기를 꺼냈다. 삼성전자 전화기다. 작은딸이 새 전화기를 사줬는데, 입력돼 있는 아들딸 이름을 찾지 못해 전화를 걸지 못하고 받기만 한다는 것이다. 전화기의 초기화면에서 전화번호부 화면까지 가는 버튼의 순서, 커서 움직이는 방법 등을 가르쳐주었다. 한 번 더 시연했고, 내일 아침 어르신이 제대로 하시는지 확인해보겠다고 했다. 우리는 나란히 누워 잠을 기다렸다.


## 오염된 바다의 새 생명

의항리에서 3일째. 어촌계 조회는 전날 서울 여의도 국회에서 있었던 '태안 특별법' 입안 과정에 대한 보고였다. 피해지역을 서해안 전체로 넓히려고 하는 작자들이 있어 특별법을 사실상 무력화시키려고 한다고 다들 걱정하였다. 한 시간 만에 조회는 끝났다.

이충경 계장과 사무실 외곽계단에서 마지막 담배를 피웠다. 전임 계장이 병환으로 임기를 마무리하지 못해 갑자기 직을 맡았는데, 계장이 되면 자기 선박 일은 뒷전이 될 수밖에 없고 활동비 100만 원 정도를 받는 것으로 경제적 손해를 감수해야 한단다.

"선박 일 한창 할 때, 주로 뭐 잡으셨어요?"

"놀래미죠. 또 우럭."

정박돼 있는 3톤짜리 자신의 배를 가리켜보인다. 중고 배를 샀지만, 이백몇 마력의 엔진이 고가라서 5천만 원에 육박했단다.

"여기 고향바다가 괜찮았을 때, 고맙다거나, 이런 마음도 자주 느꼈어요?"

"당연히. 지금까지 먹게 해주고 입혀주고 애들 가르치게 해주는 것이 바다니까. 우리한테는 생명의 보고죠."

"대한민국 국민 중 누구보다 바다를 사랑하는 것이 어민들이 겠네요?"

"당연하죠. 민박이나 횟집 하는 사람들도 바다가 있기 때문에 바다를 보러 오는 사람들이 있고 덕분에 어느 정도 소득을 얻는 거니까 바다는 우리 마을의 모든 출발이죠."

"바다가 싫을 때는 없었습니까?"

"나는 자라면서 한 번도 없었어요. 왜냐, 우리 집은 배를 가지고 있었지만 어업을 중점적으로 하지 않았어요. 손님들 모시고 낚시일 할 적이 많았어요. 내가 마음적으로 힘들고 괴로울 때 바다를 보러 나가면, 잔잔해지는 거예요. 먼바다를 보고 있으면, 아무 생각이 안 나요. 어지러웠던 생각도 안 나고 마음이 넓어지고 평온해져요."

"바다에서 좋은 일 기쁜 일이 많았어도 아버지가 될 때가 제일 기뻤죠?"

"아이는 둘이 있는데, 기쁘다기보다는 걱정되는 부분이 많죠. 이 애들 앞으로 어떡하나, 예전같이 살면 안 되겠다, 돈을 더 모아야겠다…. 애들 커가면서 배도 좀 키웠고, 처음에는 0.5톤짜리 정말 작은 배였는데 빚을 내서 저 배를 장만했어요. 작년 12월에 빚은 다 처리했어요. 근데 이 사고가 터졌죠."

"앞으로 어민들이 어떻게 해나가느냐가 중요한데, 10년 이상 가는 싸움일 텐데, 반드시 바다를 되찾겠다, 결의 같은 게 있겠네요?"

"사실 우리가 어떻게 할 수 있는 방법이 없어요. 앞으로 계속 어업을 해봐야 하고, 굴도 어장을 새로 꾸며가지고 해봐야 하고, 자연적으로 굴 포자가 와서 붙을지 안 붙을지를 모르니까요. 딴 데서 포자를 사와서 하더라도… 근데 그것도 잘 안 되면, 앞으로 몇 년간 진짜 힘들다고 봐야죠. 바다가 정상으로 돌아오는 것은 자연에 맡기는 수밖에 없어요."

"바다가 정상으로 돌아온다는 것은 믿습니까?"

그는 확신했다.

"언젠가는 돌아오겠죠. 언제가 될지는 모르겠지만, 우리는 그때가 오리라고 확신을 가지고 있죠. 우리 어민들 모두 그래요. 그 확신 없으면 못 살죠. 근데 아무리 회복이 되어도 원상태 복원은 힘들 거예요. 기름 찌꺼기가 있으면서도 바다에는 새 생명이 올 거라고 봐요."

이 계장과 헤어지고 '항포구 횟집'에 들러 인사를 한 뒤, 태안 읍으로 가는 완행버스 정류장으로 갔다. 다음 차편까지 30분 이상 시간이 있다. 나는 물이 빠진 갯벌 중간의 시멘트길로 잠깐 들어가 보았다. 조수에 따라 물에 잠기기도 하고 드러나기도 하는 길이다.

길 오른편은 신두리와 의항리 사이의 바다가 펼쳐져 있고, 왼편이 갯벌이다. 물이 깨끗이 빠진 상태는 아니고 손바닥의 핏줄처럼 바닷물이 복잡하게 흐르고 있었다. 물의 진행방향은 물론 바다 쪽. 졸졸거리는 소리는 들리지 않지만, 햇살에 부서지는 맑은 물이 소리를 내는 것 같았다.

나는 걸음을 멈추고 유심히 살펴보았다. 물 위에 거뭇한 점들이 동동 떠서 물과 같이 내려가고 있는 것이다. 언뜻 이끼류 같고 생명체 같다. 갯벌로 발을 내리고 물 위의 점 하나를 손가락으로 건져 올렸다. 코에 대보았다. 아무 냄새도 없었다. 뭐지? 점을 손가락으로 비벼보았다. 그리고 다시 코에 댔다. 아, 비릿한… 기름 냄새.

'피비린내'라는 말이 있지만, 직접 피냄새를 맡아본 적은 내 인생에 한 번도 없다. '물비린내'는 낙동강에서 맡아보았다. 손으로 비빈 거뭇한 점의 냄새는 희한했다. 비린내 나는 기름. 그런데 왠지 나는 한 번도 맡아본 적 없는 '피비린내'라는 말을 떠올렸다.

# 다시 삼성 음모론

　부산에 돌아와 며칠을 두고 생각해보았다. 먼저 '삼성이 고의로 사고를 냈다'고 하는 의항리 어민들의 주장에 대해서다. 〈PD수첩〉의 피디는 '음모론'을 이렇게 부인했다. "음모론적인 심리나 답답함이 지역에 있고, 삼성의 행태에 대한 어떤 증오가 음모의 느낌을 갖게 하는 것인데, 그렇지만 삼성이 대단히 체계적인 조직 같지만, 꼭 그렇지도 않아요. 사건이 터지고 거의 한 달간 임시본부를 세워놓고 기자들에게 어떻게든 유리한 기사를 내게 하려고 '삼성 이름 빼달라, 여기까지 무너지면 우린 정말 죽는다' 거의 읍소하다시피 하는 것을 보면 음모론은 과도한 것이란 생각이 들어요."

　두 달째 태안을 드나들며 지켜본 바, 피해보상 투쟁의 '국면전환'을 위해 어민들의 일부가 음모론을 주장했지만, 이미 지나간 이야기라는 것이다.

　"대중적인 정서가 있고 인민주의라는 것이 있기 때문에, 그러니까 자기 내면에 큰 상처를 입고, 해명되지도 않고 누가 해명해주지도 않고, 상처를 어떻게 극복해나갈지 너무 막막하기 때문에 그런 것인데…. 생각해보면, 두 측면이 있을 것 같아요. 상대가 너무 강력한 권력이라는 측면, 즉 삼성이 가지고 있는 힘, 조직력이 있고, 다른 한편으로 이쪽 피해자들이 갖는 불가항력…,

큰 재해 앞의 불가항력을 인정하기가 힘들잖아요. 거대한 기름
해일이라는 것을 눈으로 보지만 그게 쉽게 믿기겠어요. 그리고
이번 사고를 둘러싼 한국사회의 객관적인 상황이, 언론이나 검
찰이 온전하게 제 역할을 하지 못했잖아요. 언론은 어느 날부터
자원봉사자들의 움직임에 초점을 맞추고 사건의 원인과 책임을
등한시했고, 검찰은 나름으로 수사 결과를 냈지만 그 정도를 가
지고 조사를 다 했다고 하는 것이 과연 올바르냐, 즉 누구의 중
과실인지는 법원에서 따져라 하는 식이고, 또 현대유조선은 압
수수색하고 삼성중공업은 하지 않았던 수사방식의 문제, 항해
일지 조작 문제 등 이런 여러 문제를 봤을 때, 어민들은 수긍하
기가 힘들겠죠. 음모론에는 이 모든 게 한데 엉켜 있는 것이죠."
　한 피디는 삼성 음모론이 이미 지나간 이야기라고 했다. 그러
나 의항리 사무실에서는 그날 아침에도 분위기가 전혀 그렇지
않았던 것은 내가 직접 목격한 바다. 어민들의 의심은 공식적인
표출의 기회를 아직 한 번도 얻지 못했다. 그런 주장을 기자들에
게 했지만, 삼성 눈치를 보느라고 기사를 내지 않는다고 그들은
생각하고 있었다. 공신력 있는 어느 기관에서든 어민들의 의심
을 제대로 듣고 꼬치꼬치 해명해준 일이 없다. 농산물마저 기름
냄새 난다고 반송된다고 하니 태안의 지역경제는 거의 질단이
난 형편인데, 삼성과 현대, 그리고 정부가 피해보상을 계속 미루
면, 핵폐기장 문제로 군수 린치 상황까지 이르렀던 부안 못지않

은 분노의 폭발이 일어날지도 모른다. "군수실 쳐들어가기 직전"이라고 한 어민이 말하기도 했지만, 수시로 튀어나오는 욕설에서 분노의 위험한 수위를 짐작할 수 있었다. 왜곡된 심리상태에서 나오는 허튼소리라고 치부하지 말고 보다 객관적인 해양전문가 집단이 역시 같은 바다전문가인 어민들의 주장을 하나하나 확인하는 과정이 필요하지 않을까.

아무튼 '삼성 음모론'에 가장 충격을 받아야 할 집단은 다른 누구도 아닌 삼성 자신일 것 같다. 일부 국민들 눈에 삼성 재벌가는 애국심도 없고 무슨 짓이든 할 수 있는 흉악한 범죄집단으로 보인다는 것이다.


## 고귀한 기름

일부러 냈건 악천후 속의 순수한 사고이건 이번 사고의 결과만 놓고 마지막으로 다시 생각해본다. 바다의 거죽은 멀쩡해지고 있지만, 속이 황폐해졌다. 돈으로 보상을 한다고 하여도 어민들은 이미 마음의 상처를 받았다. 왜 이런 재앙과 같은 사고가 나는 것일까. 아니 날 수밖에 없는 것일까.

배가 수십만 톤의 '물'을 싣고 다닐 일이 있는가. 수십만 톤의 '술'을 싣고 다닐 일이 있을까. 모두가 원하는, 그러나 특정 지역에서만 생산되는 기름이니까 멀리멀리 대량으로 싣고 다닌다. 문제는 기름, 아니 더 정확히 말해 '대량의 기름' 자체인지 모른다. 그것이 한꺼번에 쏟아질 경우 자연생명에 치명적이라는 것을 이번에 새삼 알았지만, 그런데 생각해본다. 연소기관을 통해 태워 공중으로 폐기해버리는 '대량의 기름'은 생명에 해가 되지 않을까?

손가락으로 비벼 맡아본 거뭇한 점의 냄새를 '피비린내'라고 나는 착각하였다. 그러나 착각이 아닌지 모른다. 수억 년의 시간을 통과한 생명의 피, 그것의 냄새이기도 하니까. 즉 지각변동으로 땅속에 쓸려 들어가 변화되어 생성된, 기름, 아니 석유라는 이름의 그것은 나무의 육이자 피가 아닌가. 그 뻑뻑한 피를 정화하고 순결화시키면, 맑은 기름이 되고, 불을 붙이면 무서운 폭발이 일어난다. 나는 내 손가락에 비벼진 석유의 한 점에서 나무의 피와 정열을 본 것만 같았다. 그것은 생명의 정열이기도 했다. 사시사철 한없이 착한 일만 하는 나무 속의 무서운 생명의 기운, 그것이 엉뚱한 데서 나자빠져서 섬뜩한 냄새를 풍겼던 것인데, 우리는 이리 뜨거운 존재들이야, 하는 나무의 또 다른 진면목이기도 했다. 지금처럼 수만 수십만 톤의 대량이어서는 안 되고 고귀하게 아껴 써야만 하는 무섭고 귀한 기름이어야 하는 것이다. '대량'의 기름, 그 자체가 사고의 원천이 아닐까.

이충경 계장의 말을 마지막으로 떠올린다. "원상태 복원은 힘들어요. 그러나 기름 찌꺼기가 있으면서도 바다에는 새 생명이 올 거라고 봐요." 이 말을 듣지 못했더라면 지금 내 마음은 훨씬 어두웠으리라. 태안이 이름대로 '泰安'의 땅으로 빨리 회복되기를.

〈녹색평론〉 2008년 3~4월호

# 3

# 르포

두 번째 이야기

있는 것이다. 어떻게 이 깊은 땅 속에 있는 것일까? 수백 개의 계단을 혼자 타고 내려왔다고는 도무지 믿을 수 없다. 틀림없이 누군가가 데리고 와서 여기다 놓았을 것이다. 한데 도대체 누가? 불쌍한 게다.

게다가 이 깊은 바닥에 떨어진 것이 틀림없다. 이제 개미마저 어떻게 깊은 굴 속으로 갈 수 있을까? 아마 누군가는 조심하지 않아서 깊이 갈 늙은 개미를 보고 있자니 느낌이

# 시간에 지쳐 울지는 않겠다

− 탈북 청소년

     KBS의 한 다큐멘터리 프로그램에서 옥이를 보았다. 덩치는 큰데 손가락이 기형적일 만큼 짧았다. 또래의 한국 소녀들은 몸매가 호리호리하니 처녀티를 잘도 내는데, 옥이는 소녀로서의 매력이 없었다. 한국에 살아도 옥이를 '한국 소녀'라고 하기도 좀 그렇다. 함경도에서 중국으로 갔고, 중국에서 한국으로 온 지 얼마 되지 않았으니까.

  경기도 안산의 '다리공동체'를 찾아갔지만, 옥이는 이제 거기에 없었다. 얼마 전 아는 언니와 독립하여 일산에 산다는 것이다. 북한에서 나와 해외를 떠돌 때 두어 달 같이 지낸 사이라고, 친언니는 아니라고, 최경숙 총무가 말해주었다.

## 남과 북을 이을 특별한 아이들

나는 옥이의 손가락이 다시 궁금해졌다. 성장기의 영양결핍이 손가락을 몽당하게 한 것일까. 혹시 몽골인의 피가 섞인 것일까. 혹시 다운증후군을 앓고 있는 것은 아닐까?

그러나 병은 아닐 것이다. 두만강가에서 아버지를 그리며 넋두리를 하는 것을 보면, 옥이의 언어 표현력이 대단했다. 텔레비전 화면 속의 소녀 옥이의 울먹이는 말에 나는 감동했다.

"나도 처음에 좀 놀랐어요. 근데… 옥이 손가락이 정말 귀엽지 않던가요?"

교통사고로 화상을 입은 '선영이'는 시련을 이겨낸 아름다운 처녀이다. 손가락이 네 개뿐인 피아니스트 이희아 씨도 정말 멋있는 처녀가 아닐 수 없다. 최 총무도 그런 영혼의 눈으로 옥이의 손가락을 보았던 것일까. 옥이를 보러 갈 수 있는지 물었지만, '요즘 옥이네에 여러 문제가 있어 곤란하다'고 했다.

남과 북을 잇는 다리 구실을 하고 싶다는 '다리공동체'의 이영석 대표는 소위 '꽃제비' 아이들을 위한 쉼터를 중국 현지에 열었고, 수백 명의 아이들을 얼마간 쉬게 한 뒤 여비를 줘서 고향으로 돌려보냈다고 한다. 그런데 중국 공안의 단속과 탈북자 송환 행정지침이 강력해지는 때에 북으로 갈 수 없는 아이들을 거둬 한국에 데려오기 시작했다.

아이들은 하나같이 카메라 앞에 서는 것을 꺼렸다. 행여 북의 친척이 탈북을 준비하고 있으면 피해를 줄 수 있다고 이 대표도 걱정했다. 아이들이 사진을 찍히거나 자기 이야기가 남의 글 속에 나오는 것을 싫어하는 것은 자존심이 용납하지 않기 때문일 것이다.

아이들의 자존심, 그것은 어떤 성질의 것일까. 국내외 기자들이 많이 왔었고, 기사에서 자신이 어떻게 그려졌나를 보고 그 어떤 일방적인 시선에 화가 났던 것이다. 방송의 다큐멘터리도 가명과 모자이크를 한다고 했는데 막상 얼굴이 깨끗하게 나갔다고 아이들은 불만이었다. 국가인권위원회에서 취재 나왔거든, 하니까 "인권위가 우리 인권 침해하네!"라며 반발하는 것이다.

아이들의 자존심은 수구초심과 비슷한 '생태적 본능'도 작용하고 있는데, 떠나온 나라와 고향, 아직도 거기 사는 2천만 북한 동포를 대표해야 하는 상황이 강제하는 자존심이다. 고작 열몇 살 아이들이 감당하기에는 너무 거대한 자존심이다.

나는 박일한테서도 그런 자존심의 일단을 감지할 수 있었다. '박일'은 이 글을 쓰면서 임시로 지은 이름인데, 19세 청년이자 고등학교 2학년이다. 박일의 아버지는 의사였고 어머니는 시멘트화학 엔지니어였다. 박일은 앞으로 간호대학교에 진학할 계획을 가지고 있다.

"중국에 있을 때는 선교사가 되겠다거나 어려운 사람들 돕는 일을 하겠다고 많이들 말하는데, 막상 남한에 와서 살아보고는 '돈이나 벌겠다'로 생각이 바뀌는 애들이 많아요."

다리공동체는 4층 빌라건물에 세들어 있는데, 2층은 도서실과 컴퓨터 학습실, 3층은 301호 302호의 벽을 터서 최경숙 총무 부부와 자녀들, 그리고 탈북 여자 아이들이 살고, 4층에 이영석 대표와 차승만 사무국장, 탈북 남자 아이들이 산다. 한쪽 방구석에 있는 박일의 책장에 사십여 권의 책이 알뜰하게 꽂혀 있었다.

에밀 뒤르켐의 『자살론』, 한나 아렌트의 『혁명론』 등 한 권 한 권 사 모은 듯이 저마다 당당한 책들이었다. 고교 2학년의 독서목록으로 믿기지 않았다. 지난여름, 다니는 교회에서 베트남 의료선교활동을 다녀왔고, 박일은 처방전이 나오면 약을 봉지에 넣고 환자들에게 주는 간단한 일을 했을 뿐이지만, 그때 경험이 간호대학에 진학하겠다는 소망을 가지게 했을 것 같다. 그렇지만 박일은 간호대학보다 사회과학 전공이 맞지 않을까.

박일과 이야기를 나누면, 금방 논쟁판이 된다. 대단히 열정적인 친구이기 때문이다. 영화 〈실미도〉와 〈태극기 휘날리며〉를 봤느냐고 물어봤는데, "한국이라는 나라도 북한보다 우월해봤자 얼마 안 되는 줄 아서야 해요. 한국에서 생각하는 것만큼, 아니 그 이상의 것을 북한 사람들도 생각하고 있어요"라는 말에 영화가 박일에게 유치할 뿐이었다는 이상한 질책감이 왔다. 북한 사람을 만날 때면, 살아가는 형편의 이모저모를 우리와 자꾸 비교하게 되는데, 박일은 불리할 때면 북한이 아닌 다른 나라와 한국을 재어보기도 했다. 텔레비전의 다큐멘터리를 많이 보는 박일은 관심도 다양하다.

"한국도시의 간판을 보면, 지저분하다는 생각밖에 안 들어요. 한 번은 텔레비전에 간판에 대한 리포트가 나오던데, 외국에서는 블록마다 한구석에 지도 표지판을 세워놓아요. 이 집은 어떤 집, 표시를 해서 사람들이 찾아가게 해요. 한국은 니네가 큰 거 걸면 난 더 큰 거 건다, 이렇잖아요. 선진국에는 백화점도 간판이 없어요. 조그만 딱지 하나 붙어 있을 뿐이에요."

간판의 글씨는 침묵 속의 아우성이랄까 '진짜 맛있습니다!' '우리 제품 정말 좋습니다!' '어물 싱싱합니다!' 하고 지나가는 사람들 귀에 24시간 고래고래 외치고 있는 것이나 마찬가지다. 청각장애인들은 특히 스트레스가 심할 것이다. 간판공해만 봐도 알 수 있는 피 말리는 생존경쟁이란 지금 한국의 현실, 박일은 그 핵심을 짚어보이고 있었다.


## 절망 속에 피어나는 꽃들

20여 명이 다리공동체에 사는데, 대개 스무 살 아래로 얼마 살지 않은 인생이지만, 아이들은 방대한 삶의 스토리를 가지고 있다. 나이가 열여덟, 중학교 2학년에 재학 중인 김선태는 한쪽 발이 없다. 북에서 다친 것이었다. 옥상에 올라가 같이 담배를 피우며 이야기를 들었다.

"교통편이 부족하니까 사람들이 열차 지붕까지 올라가잖아요. 밀려 떨어져 죽는 사람도 있고 전깃줄에 걸려 죽기도 하고요. 나는 터널을 지나다가 다쳤는데, 쇠에 쓸린 부위가 아물지 않으면 염증이 자꾸 올라와서 잘라내야 되는데, 발가락 하나를 다쳤다가 허벅지까지 자른 사람도 있었어요."

자기는 불행 중 다행이라는 말이다. 새로 맞춘 의족이 잘 맞아 김선태가 걸을 때 나는 눈치를 챌 수 없었다. 축구나 농구도 가볍게 할 수 있다고 한다. 운동을 할 수 있다고, 새 의족이 잘 맞다고 김선태는 이리 담담한 목소리로 자기 아픈 사연을 이야기할 수 있는 것일까. 중국에서 처참한 형편으로 떠돌 때, 죽음의 위기를 수없이 경험한 데서 오는 어떤 진정한 자유의 마음이 김선태에게 깃들었기 때문일까. 나는 열여덟 살 어린 그가 나보다 더 어른스럽게 느껴졌다. 그렇지만 김선태는 엄연한 장애인. 앞으로 한국사회의 생존경쟁을 어떻게 헤쳐나갈까. 그도 대학 진학을 희망하고 있을까.

"나는 가축에 관심이 많아서 축산을 공부하고 싶어요. 북한에 있을 때 소를 키웠어요. 송아지도 있었고요. 밤 아홉 시가 지나면 마을 사람들 대부분이 자거든요. 아침 일찍 일어나면, 잔디밭에 이슬이 좍 내려요. 소 끌고 가서 풀 먹이다가… 발 다치기 전에는 등에 타오르고 그랬어요."

김선태가 진학하고 싶은 대학은 축산을 공부할 수 있는 농업대학이다. 지금은 특례입학 제도가 있지만, 자기가 대학진학을 할 때 혹시 탈북 학생들의 수가 지금보다 몇 배 많아져 지금 제도가 그대로 있어줄지 그는 걱정하고 있었다. 다들 자연 연령과 학령의 격차가 심한데, 탈북 청소년이 한국 제도교육에 편입할 때 최대 고민은 역시 학과 성적이었다. 박일과 친하게 지내는지, 괜히 물어보았다.

"일이는 잘난 체를 해서 좀 그래요."

박일 이야기를 다시 하고 싶다. 박일은 아버지 어머니와 함께 중국에 나와 있었다. 중국 공안 당국의 검속에 걸린 그의 부모는 북한으로 송환되었다. 박일은 검속 때 집 밖에 있었고, 이후 교회와 남한 선교사의 집에 머무르다가 남한행을 택했다. 의사와 엔지니어 부부는, 북으로 송환되어도 별다른 처벌을 받지 않는다는 굶주린 '경제유민'과 사정이 다르다. 송환 후 상당한 고초를 겪었을 것 같다.

그래도 부모가 북한으로 갔고 박일도 뒤따라 갈 수 있었을 것 같은데, '앞으로 네 삶에서 많은 것을 선택할 자유가 있다'는 주변 사람들의 권유가 있었고, 결국 박일은 남한행을 택하였다. 자신의 평생에 따라다닐 엄청난 결단을 어린 나이에 해야 했으니

그만큼 대견하고 또 대단한 일이다. 뚜렷한 생각과 판단력을 가진 것에 믿음이 생겨 나는 박일에게 사진촬영을 권하였다. 그러나 그는 거절했다.

"내가 한국의 학교에 들어갈 때, 3월이었어요. 다른 한국 애들과 같이 입학한 거예요. 너나없이 서로 다 새로 사귀는 친구들이니까 내가 북한에 살았다는 것을 아무도 몰라요. 지난 1년 반, 고교시절을 잘 보냈어요. 근데 이제 와 갑자기 신분이 알려지면, 남은 시간을 어떻게 무난하게 보낼 수 있겠어요. 앞으로 대학입시도 있고 공부에 더 집중해야 하는데요."

친구들이 안다고 해서 왜 학교생활에 문제가 생긴다는 것일까. 그러나 적지 않은 수의 한국 학생들이 북한이라는 찢어지게 가난한 나라를 놓고 냉소적이고 비하적인 말을 하는 것을 많이 들었고, 엉뚱하고 과장된 말을 들으며 박일은 하루에도 몇 번씩 욱 하는 감정을 참아내야 했다. 자신의 정체가 알려지는 순간, 그간의 많은 일이 서먹하게 될 뿐 아니라 공격적인 몇 친구들과는 피곤한 싸움의 시간이 시작된다. 박일은 말했다.

"대학에 들어가면, 내가 북에서 왔다는 것을 떳떳하게 밝히고 살 겁니다."

그러나 나는 섭섭했다. 남한 친구들이란, "엄마가 밥 주는 것 먹고 돈 주는 것 받고, 그러나 나는 걔들이 평생 경험하지 못할 어려운 생활을 해봤고, 그동안 내가 속했던 사회와 사회, 집단과 집단, 이 모든 경험이 내 몸과 마음에 있으니까, 다른 애들보다 경험 하나는 무지 많은 거죠"라고 박일 스스로 말했듯이 그는 이미 어른스러운 뚜렷한 지견을 가지고 있었다. 편협하고 유치한 인생을 살고 있는 남한 친구들을 깜짝 놀라게 해주렴! 그러나 그는 끝까지 거절했다.

북에서 왔다는 사실 자체가 앞으로 박일의 삶을, 아니 다리공동체 모든 아이들의 삶을 특수하게 만들 것이다. 남한에서 자라 정규교육 받고 또 주류 이데올로기에 매일 노출당하며 사는 이들은 죽다 깨어나도 탈북자의 심정을 이해하지 못할 것이다. 부모님께 편지 한 장 쓸 수 없다. 부모도 지금 아들이 어디에 있는지 모른다. 오래전의 전쟁과 분단으로 생이별을 많이 했지만, 최근까지도 부모는 북으로 끌려가고 아들 하나는 남한으로 와 있으니 박일네는 새로운 형태의 이산가족인 셈이다. 아들을 군대에 보내놓고 남한의 부모들은 몇 날 며칠 잠을 못 잔다고 하는데, 그 몇백 배의 고통을 박일의 부모는 지금 겪고 있을 것이다. 그와 나눈 마지막 대화도 그런 이야기였다. 혹시 북의 부모님이 피해를 볼까 봐 사진을 피하느냐고.

"아뇨, 그건 아녜요. 나는 부모님께 무슨 피해나 불이익이 간다는 생각 안 해요. 내가 여기서 나쁜 짓만 안 하면, 좋은 일만 하고 살면, 거기서 굳이 나를 나쁘게 볼까요? 북에 계신 부모님에 대한 내 생각을 말해본다면요, 솔직히 사람이 살다 보면 마땅히 부모님을 떠나야 되고, 또 부모님도 언젠가는 죽게 돼 있고, 남는 건 자신뿐인데, 지금이나 미래에나 또 과거나 부모님은 언제나 떠날 수 있는 분들이고, 그러니까 결국 자기가 어떤 생각을 갖고 사느냐에 모든 것이 따르는 것이지 내가 지금 부모님이 옆에 없다고 너무 슬프게 생각하면, 그건 스스로를 불행하게 하는 어리석은 짓이에요."

박일은 계속 말했다.

"결국 내가 열심히 살면요, 부모님이 바라는 것보다 몇 배 몇십 배 열심히 살면요, 부모님의 몫까지 열심히 살면요, 혹 부모님이 북에서 고통을 당해도 부모님이 내가 사는 걸 보고, 지금은 못 보시지만, 아주 후에 만나더라도, 그때까지 어떻게 되든 간에 부모님이 결국 알게 되시면, 지금의 고통은 그냥 하나의 시간으로 받아들여지는 거죠."

속에서 얼마나 오래 다듬은 말일까. 내가 알지 못하는 엄청난 고통과 시련을 박일이 겪었다는 사실이 실감났다. 자기와 부모님의 고통이 온갖 사연으로 끓어 넘치는 인간사의 하나일 뿐이라고 단호히, 그러나 물기 어린 눈으로 말하는 것이다. 생각난다, 남한 생활에 적응하지 못하고 힘들어 한 소녀 옥이는 두만강 건너 고향마을을 두고 박일과는 달리 드러내놓고 울었다.

"힘들 때는… 돌아가고만 싶고, 집이랑 친구들이랑 보고 싶고… 그보다 엄마 아버지 산소에 가고 싶어요. 어릴 때 가보고 오랫동안 못 가서 산소 가는 길도 지금 생각이 안 나요. 그립지만, 아버지 얼굴도 생각이 안 나요. 어릴 때는 아버지가 어떻게 생겼었는지 궁금하지 않았지만, 지금 벌써 생각이 잘 안 나는데, 시간이 지나면 영영 떠올리지 못할 거 같아요. 아버지 사진을 챙겨오지 못한 것이 너무 후회되고… 얼굴은 잘 안 떠오르고 아버지가 그냥 쓸쓸하게 앉아 계신 모습만 흐릿하게 머릿속에 있어요."

북에서 나온 후 "한 번도 울지 않았다"고 박일은 말했지만, 옥이의 눈물은 결국 박일의 눈물이다. 그들의 눈물은 전쟁과 분단 이후 수백만 이산가족이 안으로 밖으로 흘렸던 눈물이기도 하다. 북에서 온 아이들을 남한에서 개인 가정 입양을 한 경우가 지금껏 단 한 건도 없는 형편이다. 그들의 눈물을 닦아줄 한국 사람들은 없다.

입북 과정과 연관된 종교단체와 다리공동체와 같은 사회단체의 헌신적인 활동가들만이 그들을 안았다. 그러니 그들의 눈물은 그들 스스로 닦아내야 한다. "그래도 나를 받아준 한국이 고맙고 언젠가는 보답할 것이다"라고 박일은 말했듯이, 그들이 우리에게 돌려줄 보답은 그들이 흘린 눈물로 만든 자유와 지혜의 빛나는 보석 목걸이가 아닐까. 그러나 우리 중 누가 그 목걸이를 걸 자격이 있을까.

〈인권〉 2005년 9월

# "지난 반년, 하루 한 시간밖에 못 잤어요"

– 국립마산병원에서

마산 남부터미널 앞. 택시들이 시동을 끈 채 줄지어 있었다. 택시 한 대가 중간에서 빠져나갔다. 뒤의 택시들이 빈자리를 채웠다. 그런데 기사가 밖에 나와 택시를 밀고 간다. 고유가 시대의 한 풍경이었다.

국립마산병원으로 택시를 타고 갔다. 결핵환자 300여 명이 투병하고 있는 곳이다.

'빈곤이 있는 한, 결핵은 박멸할 수 없는 것 아니냐'는 말에 흉부내과 황수희 과장은 고개를 갸웃거렸다. "옛날에 못 먹고 살 때, 그때는 빈곤과 밀접한 관계가 있는 거 맞아요. 근데 요즘은 영양실조에 빠지는 사람들이, 북한은 모르겠지만, 우리나라에는 거의 없잖아요. 돈이 없어 줄창 굶는 것이 원인이 되어 발병하는 경우도 드물뿐더러, 또 국가에서 무료로 치료를 해주는데요." 보건소도 무료, 이곳 국립병원도 입원비를 한 달에 1만원만 받는다. "치료할 수 있는 길을 다 열어놨는데, 문제는 치료를 안 하겠다는 사람들이 있다는 거죠. '입원하기 싫다, 치료받기 싫다, 이대로 살다가 죽겠다.' 주로 알코올 중독 환자들이죠." 강제치료권이 없어 사회적인 전염원으로 결핵환자가 방치되어 있는 것이 더 큰 문제라는 것이다.

황 과장을 따라 외래진료실을 나왔다. 벽에 붙은 게시물에는 '한국, 경제협력개발기구(OECD) 국가 중 결핵 발병률 1위'라고 되어 있었다.

식당에서 점심을 먹었다. 쇠고깃국이 나왔다. 독한 약을 장복하기에 결핵환자는 '무엇보다 잘 먹어야 한다'는 말을 오래전에 들은 적이 있다. 300여 환자가 각자 병실에서 이 쇠고깃국을 열심히 먹고 있는 모습이 떠올랐다. 국립결핵병원은 마산과 목포에 있는데, 언제부턴가 병원 이름에서 '결핵' 자가 빠졌다. 이곳은 '국립마산병원'이다. "2개 결핵병원, 5개 국립정신병원에서 '결핵' 자, '정신' 자가 일제히 빠졌죠. 환자들부터 싫어해요. 약 봉투를 들고 가도 '결핵' 자가 찍혀 있는 것을 다른 사람들이 본다면… 안 좋잖아요."

과장실로 옮겨가 이야기를 마저 들었다. "군대 내무반에 100

명이 같이 생활한다고 해봐요. 결핵환자가 한 명 있어요. 그럼 100명이 다 환자가 되느냐, 아니죠. 공기를 통해 접촉은 됐을 거 아닙니까. 그런데 통계적으로 10명 정도만 발병한단 말이죠. 그럼 나머지 90명은 어찌 되느냐, 보균 상태가 되는 거죠. 10명은 왜 발병하느냐. 개인 면역력 차이가 있고 또 환자와 아주 밀접하게 접촉했다고 하면, 균이 봄을 엄청 많이 공격하는 게 되잖아요. 결핵균과 몸의 싸움, 이 밸런스가 깨지면서 발병하는 거죠."

보균 상태는 물론 '싸움'의 종료가 아니다. 다른 병이 오거나 노후에 면역력이 떨어지면 발병할 수 있다. "그래서 드러난 결핵은 '빙산의 일각'이라고 하죠." 한국 사람 3명 중 1명이 보균 상태라고 한다. 미국에서 면역력이 저하된 당뇨와 AIDS 환자의 결핵 발병이 문제가 되고 있다는 신문기사를 본 기억도 났다.

대학 시절 결핵을 앓던 친구들은 약을 먹으며 일상생활을 하던데, 이곳 입원치료의 경우 합병증이 있거나 병세가 위중해서일까. "입원은 첫째, 격리. 전염성이 있으니 집에 있지 말고 병원에 들어와 있으라는 것이고, 둘째, 방금 말씀하신 그런 경우, 셋째는 환자가 밖에서는 치료를 제대로 못 받을 사회경제적 여건에 있을 때, 즉 약을 챙겨줄 사람도 없고, 혼자 밥해 먹으면서 매일 약 먹을 사람도 못 되는 거예요. 당장 전염력이 없다 해도 중도에 자기를 방치할 게 분명하니까 완치해서 나가라, 이런 거죠. 치료과정이 길고 힘들기 때문에 결핵은 '치료순응도'가 매우 중요해요. 순응도가 낮아 치료에 실패하는 경우가 30%쯤 돼요. 기존 결핵 약으로 잘 안 듣는 난치성 다제내성 결핵을 만드는 주된 원인이기도 하고요."

국립마산병원은 본관, 별관으로 나뉘어 있었다. 본관은 치료가 어느 정도 진행되어 전염력이 없는 환자들, 별관은 전염력이 있는 환자들이 입원해 있다. 본관 간호사실부터 들렀다. 이름을 밝히지 않는 조건으로 '국가인권위원회와 만나보겠다'는 뜻을 표시한 환자가 두 명 있다고 유성숙 수간호사가 말했다. 다른 간호사의 안내를 받아 한 병실을 찾아갔다. "차라리 암이 나아요. 암은 사람들 위로와 격려를 받고 투병하잖아요" 하며 간호사가 문을 열었다. 박경효(가명) 씨는 치료가 이미 끝난 상태인데, 가족이 등을 돌려 거처할 곳이 없어 퇴원을 못 하고 있는 형편이라고 간호사실에서 들었다. 그가 휠체어를 타더니 "밖으로 나가자"고 한다.

1년 2개월 정도 치료를 받았다고 한다. 십몇 년 전 이미 한 번 결핵을 앓은 적이 있었다. "재발한 거였어요. 건강한 사람과 우리를 비교하면 안 되는데, 일은 똑같이 해야 하잖아요. 건강한 사람 폐를 우리는 못 따라가요. 6개월이나 1년 하다가 일을 그만두면 몰라도 일을 계속 하잖아요? 그럼 재발하는 거죠. 나 말고 재발해서 들어온 사람들, 병이 십몇 년 된 사람들도 많아요. 일을 못 하니까 돈이 없고, 또 가정을 잃은 사람들도 많아요. 이혼율이 높아요. 결핵은 법적으로 이혼 사유가 됩니다."

"나는 폐 한쪽이 없고, 나머지도 구멍이 났고, 밑에 요만큼 남았는데" 하고 그가 주먹을 쥐어 폐의 크기를 짐작하게 해주었다. "병실에서는 산소호흡기가 있어 언제든 사용하지만, 퇴원할 때를 대비해 기공 호흡법을 배우고 있는 중이에요. 코로 숨 쉴 때 최대한 들이쉬고, 숨을 뱉을 때는 천천히…. 저음에는 잘 못 느끼지만, 네 번 다섯 번 반복하면, 폐 자리가 시원해지는 것을 느껴요." 산소호흡기 없이 숨 쉬는 연습, 그게 아무리 잘 되어도 박씨는 짐을 들고 걷지 못하고 계단을 잘 오르지 못한다. 사실상 노동력 상실 상태다. "찬물이나 뜨거운 물에 머리 감으면 숨이 차고, 미지근한 물로 감으면 덜 차고, 뜨거운 밥을 먹으면 폐 밑에서 소화작용이 빨리 되지 않아 또 숨이 차고요."

그의 나이는 올해 육십. 휠체어를 타는 이유는 예전에 철도사고로 다쳤던 부위가 악화돼 허리를 보호하기 위해서라고 한다. 그의 형제들이 언젠가 면회 왔을 때, 고급승용차를 타고 왔다고 한 간호사가 아까 말했었고, 아내는 없지만 딸 하나가 직장에 다니고 있어 대구의 국립요양소에 들어갈 자격이 없다고 했다. "사리가 무척 밝은 분인데…" 하며 간호사들은 냉랭한 가족들을 흉봤다.

한참의 침묵 끝에 그는 불쑥 이런 말을 했다. 노동부에 임금체불로 고발하면, 왜 상한선을 두냐고, 체불된 임금이 100만 원 이

하라도 받을 수 있어야 하는 것 아니냐고. '100만 원 이하의 체
불임금'이 무척 아쉬운, 그의 힘든 형편을 짐작하게 했다.

간호사실에 다시 들렀다. 한 간호사가 결핵의 실태를 절절하
게 말했다. "여기 오시는 분들 중에는 가정에서 포기한 경우가
많아요. 어떤 환자는 서른 몇 살밖에 안 됐지만, 벌써 열 번째 입
원이에요. 본관은 그래도 치료효과를 본 경우지만, 별관 5병동
은 내성이 와서 정말 약이 안 듣는 환자들이 많아요. 자기들은
여기서 죽어서 나간다고 생각해요. 결핵, 정말 무서워요."

문제가 되는 다제내성 결핵은 MDR-TB(2개의 결핵약에 내성
을 갖는 결핵), XDR-TB(6개의 결핵약에 모두 내성을 갖는 결핵)
로 나뉜다. M은 Multi-, X는 Extended를 뜻한다. 기존 약에 반응
하지 않는 약의 숫자가 많을수록 물론 난치성이다. 처음 감염이
되었는데, XDR에 속하는 결핵균에 의해 발병한 환자가 가장 불
운하고 억울하다. '약만 먹으면 낫는 병'이라는 사회의 잘못된
인식도 문제라고, 전체 결핵병 중 다제내성이 10~20% 될 것이라
고 황 과장은 말했다. "정부 고위직 인사 가족이 발병을 해야 결
핵관리나 정책이 바뀔까…" 한 간호사가 말했다.

이튿날 9시, 의사들의 컨퍼런스를 참관했다. 신규 입원 환자
와 위중한 환자에 대한 정보교환이 이루어졌다. 회의를 마친 뒤
별관 회진을 따라갔다. 전염성이 있는 결핵환자들이 병실마다
꽉 차 있었다. 모두 특수 마스크를 착용했다. 원장은 새 환자와

일일이 악수했다. 창턱에 만화책을 탑처럼 쌓아놓은 아가씨 환자도 있다. 코에 호스를 끼고 무섭도록 깡마른 아주머니가 원장에게 하소연했다. "산소 호스를 종일 꽂고 있어요. 잠도 잘 못 자요. 어떨 때는 가슴이 쿵 막힐 때가 있고, 설사가 나서 다리 힘도 없다가 링거 꽂고 나서 설사는 멈췄지만, 음식을 억지로 먹고 있어요." "지금은… 본인의 의지가 가장 중요합니다." "전에 외래 왔을 때, 원장님이 고쳐준다 하셨잖아요. 자이복스를 써서라도." "난 요즘 가능하면 자이복스는 권유 안 하는데?" "몇 달 전에 그러셨어요."

다제내성 결핵에 효과가 있다는 약 이름이다. 그러나 자이복스는 결핵약으로 정식 등록이 되지 않아 한 알에 6만 원, 그리고 부작용도 심하다. 다른 약이 듣지 않아 하지마비의 위험을 불사하고 그걸 먹는 수밖에 없다. 농사를 짓다가 온 할아버지도 있었다. 병원에 오기 전 소주를 됫병으로 매일 들이켰다는 환자였다. 기침 증상에는 술이 일시적 효과가 있다. 방치된 결핵환자에게 알코올 중독이 잦은 한 이유일 것이다.

별관을 나왔다. 어제 만나지 못한 한 환자를 만나러 본관 간호사실로 갔다. 여전히 만남에 실패했다. 환자의 휴대전화 번호가 간호사실에 기록된 것과 다르냐는 것이다. 복도에서 수간호사가 한 여자환자를 붙들었다. 심각한 다제내성 결핵균에 감염됐고, 젊은 아들과 고등학교 다니는 딸이 연이어 발병했다. 우연히 한

독지가가 나서지 않았다면, 비싼 약을 먹지 못했을 것이다. 어머니와 아들은 폐의 병소를 제거하는 외과수술까지 받았다. "간호사님, 나는 얘기 안 할래요." 수간호사도 즉석에서 환자 소개만 하고 만다. 온 가족이 결핵과 싸운 이야기를 들어보면 너무 가슴이 아파 말 좀 하라고 요구할 자신이 없다고 간호사가 말했다.

계속 병실을 비워 만나지 못한 본관 환자 이성호(40세. 가명)씨를 매점의 당구장 앞에서 용케 만났다. 본관 뜰 앞 벤치에 앉아 그의 이야기를 들었다. "입원한 지 6개월 가까이 돼요. 근데 건강보험공단에서 7개월 이상 되면 더는 지원이 안 되는 거라. 객담검사에서 균이 안 나온다고 해도 당장 정상적인 생활을 할 수 있는 건 아니잖아요. 균이 떨어져 나가는 상태가 되는 데 빨라야 석 달인데, 7개월 안에 다 치료를 하라는 건…. 일본은 결핵 환자를 모아 장기요양을 시킨다고 해요. 저 같은 경우, 나가면 당장 돈을 벌어야 하는 거라. 균이 있든 없든 그건 내 몸 문제고, 처자를 부양하기 위해 40~50대 사람은 무조건 돈을 벌어야 하죠. 어쩔 수 없이 대충 치료하고 돈 벌고, 또 재발하고, 이런 악순환이라. 나는 결핵 앓은 지 9년차예요." 병원에 오기 전 그는 작은 건설회사의 관리직에 있었다. "다제내성은 균이 떨어진 상태에서도 약을 2년은 더 먹어야 해요. 균이 안 떨어지면 평생 먹어야 하죠."

점심 후 마음을 다잡고 별관 병동에 다시 갔다. 2동에서 한국으로 시집온 베트남 여자환자 둘을 만났다. '일 시키려고 데려왔는데 병이 났다'고 화를 내며 입원비 1만 원도 못 내겠다는 한국인 남편이 있었고, 병원 직원들이 매달 모으는 기금에서 입원비를 치렀다고, 또 얼마 전 휴가를 보내줬더니 집에서 과로하여 피를 토하는 등 병세가 악화되어 돌아왔다며 간호사들이 분통을 터뜨렸다. 다행히 다른 한 여자환자는 한국인 남편이 친절하다고 한다. "아기가 보고 싶어요"라고 그녀가 말했다. 아기 사진을 보았다. 텔레비전 분유 광고에 나와도 될 만치 예쁜 아기였다. 둘 다 다제내성 결핵은 아니어서 다행이다.

별관 3동으로 올라갔다. 간호사를 따라 젊은 남자환자의 침대 앞으로 갔다. 코에 호스를 끼운 그가 몸을 일으켜 침대에 앉았다. 그는 "간호사님이 부탁한 인터뷰 좀 할게요" 하고 다른 환자들에게 양해부터 구했다. "32살이고요, 병 앓은 지 9년 됐어요. 이 병이… 사람들이 대수롭지 않게 생각하는 병이라, 조금 아팠다가 안 아프면 괜찮은 줄 알고 넘기기 쉬워요. 저는 오른쪽 폐는 하나도 없고 왼쪽 폐로만 지내거든요. 숨이 차서 호흡기 끼고 있고요. 처음 발병할 때는 사회생활을 하고 있었죠. 사설보안요원을 하고 있었어요."

"그 일은 신체가 아주 건강해야 하지 않나요?"

"그땐 건강했죠. 키가 181cm였어요. 8개월째 일하는데, 감기처럼 몸살이 왔어요. 집사람한테 보일러 더 켜라 하고 자는데,

집사람이랑 갓난아기는 더워서 못 자고 난 등에 땀이 나서 흠뻑 젖는데 몸은 계속 추워요. 병원에서 감기약을 지어먹었는데, 아무래도 감기가 아닌 것 같아 다른 병원에 갔어요. 결핵 진단을 받았죠. 그땐 심하지 않았어요. 약을 한 달 치 먹으니까 괜찮더라고요. 처음처럼 괜찮더라고요. 약을 안 먹었어요. 두 달 지나니까 또 열이 나요. 병원 가서 약 먹고, 그리고 이사 다니면서 (병원을 바꾸면서) 병을 키웠죠. 마지막으로 온 게 여기예요. 두 달 됐어요."

"참, 중간에 결핵협회도 찾아갔어요. 진료소와 국립병원 중간에 있는…. 거기서도 약을 받아먹고 또 안 먹고 계속 그랬죠. 이 병이, 암이나 다른 병처럼 한 번에 아픈 게 아니에요. 살도 티 안나게 살살 빠지고요, 몸도 살살 약해지고요. 그러다 나중에는 벽돌 하나 들 수 없게 만들어요. 약을 한 5개월까지 먹은 적이 있어요. 새시 일을 했는데, 무거운 것도 잘 들고 했거든요. 어느 날 통하나도 들기 힘든 거예요. 병원 가니까 재발했대요. 병이 안 낫고 있다가 무리하니까 악화된 거예요. 집에서 도무지 못 고치겠더라고요. 밥도 약도 규칙적으로 먹지 못하잖아요."

"나머지 한쪽 폐도 오므라든 상태예요. 공기 기흉, 물 기흉까지 와 있었어요. 폐가 펴져야 하는데, 잘 안 되고 있어요. 그래도 여기 와서 3, 4kg 쪘어요. 지금 52kg쯤 되거든요. 처음에 다리 힘이 없어 걷지도 못하고, 한 시간에 기침을 20분씩 하고, 그때마다 가래가 국그릇의 반 정도 나왔어요. 6개월 정도 하루에 한 시간도 못 잤죠. 똑바로 눕질 못했어요. 폐 없는 쪽이 눌리면 아프거든요. 생활능력이 떨어지고, 힘든 일 못 하고, 전염이 되니까 아내와 떨어져 지내다가⋯ 지금 이혼한 상태예요. 아이는 다행히 아내한테 맡겨놓았어요. 그래서 안심하고 와 있어요."

"처음 보름 정도는 많이 울었어요. 가족이 있는 서울에서 멀고, 서러워서. 누워서 일어나는 것도 누가 도와주지 않으면 못 할 정도였고, 4인실 병실에서 밤새 기침하니까 다른 환자분들도 잠을 못 주무시고. 그러다 보름 정도 되니까 기침이 덜 나오고, 기흉 수술을 받고 음식을 먹게 되고, 잠도 좀 마음대로 잘 수 있게 되고. 하루 한 시간도 못 자다가 편하게 하룻밤 자고 또 눈물 흘렸어요."

그는 형님뻘 되는 환자 한 분이 자기보다 더 작은 폐로 매일 운동하면서 삶의 의욕을 불태우는 것을 보고 큰 용기를 얻었다고 한다.

황수희 과장을 다시 만났다. 결핵은 '사회의 책임'이라고 그녀가 단언했다. 전염원이 관리되지 않아 발병한다는 것이다. 1995년 마지막 결핵 전수검사를 하고 한국이 '샴페인'을 너무 일찍 터뜨렸다고 했다. 해마다 3천여 명이 결핵을 앓다가 죽고, 또 해마다 신규 환자가 3만 5천 명씩 발생한다고 한다. 보건소를 마다하고 일반병원에서 80%의 결핵환자가 약을 타 먹고 있고,

그런 경우의 신고율은 50% 수준이라고 한다. 정부 질병관리본부에 신고한 후 계속 환자관리 상태를 확인받는 걸 귀찮아한다는 것이다. 신고하지 않을 경우 과태료를 물지만, 실제로 과태료를 문 병원이나 의원은 지금껏 한 곳도 없다고 한다.

난치성 결핵에 듣는 약이 빨리 결핵약으로 등재돼야 한다고 황 과장은 말했다. 말기신부전 환자처럼 활동성 다제내성 결핵 환자들이 국회 앞에서 데모라도 해야 정신을 차리겠느냐고 다른 한 의사가 말했다. '먹고사는 문제' 때문에 결핵치료의 중도실패가 지금처럼 비일비재하다가는 국가적으로 큰 대가를 치를 거라고 모두들 말했다.

〈인권〉 2008년 7~8월호

# 아름다운 이별도우미, 호스피스

― 부산의료원에서

　　김성자 씨를 따라 병실에 들어가 보기로 했다. 그녀가 '옷'을 건넨다. 호스피스 가운이다. "오늘 처음 실습 나오신 분이라고 할게요. 일반 병실에서는 그래야 할 것 같네요. 2층은 호스피스 취재 나오신 분이라고 해도 될 것 같은데…." 층마다 각각 다른 환자들의 특성, 간병인 유무, 가족의 심리상태 등 자기가 경험하고 짐작한 것을 바탕으로 김성자 씨가 조심스럽게 말했다.

　　왜 다른 층과 달리 2층에서는 나의 '정체'를 밝혀도 '될 것 같다'는 것일까. 부산시립의료원이었다. 의료원 '2층'은 기초생활수급자나 행려병자가 입원해 있는데, 간병인이나 보호자가 거의 없다고 한다.

김성자 씨는 죽음을 앞둔 이를 돌보는 호스피스 일을 10년 넘게 해왔다. 부산의료원 호스피스 봉사팀장이다. 의료진으로부터 '소생 불가(기대수명 6개월 이내)'로 진단 받은 환자에게 호스피스 돌봄을 묻는데, 가족이나 환자 본인이 거절할 때가 많다. 여러 자원봉사자와 환자들의 '짝'을 지어주는 것이 팀장의 일이다. 죽음을 앞둔 환자나 그 가족이 극히 예민한 심리상태인 것은 두말할 것도 없다. '실습' 나왔다는 거짓말을 나는 일종의 예의라고 생각했다. 온 마음으로 하는 선의의 거짓말. 아니 오늘 나는 정말 호스피스 실습을 나온 사람이다.

의사가 환자를 둘러보는 회진처럼 김성자 씨도 병실을 오르락내리락했다. 호스피스 돌봄을 받는 열 명 남짓한 환자 중 4층의 이동훈 씨와 2층의 황재풍 아저씨 이야기를 이 글에서 할 수 있을 것 같다. 호스피스 일을 통해 알게 된 환자들의 신상명세나 비밀을 병실 밖으로 알리는 것은 금기사항이지만, 이들의 이름을 밝히는 것은 '어떤 총체적인 판단'에 의해서다. 지금 이 판단은 김성자 씨가 아니라 내가 하는 것이다.

지난주만 해도 8인실에 있었다는 이동훈 씨는 주말을 지나면서 1인실로 옮겨졌다고 한다. 병세가 급격히 악화된 것이다. 할머니가 소파에 앉아 있었다. 동훈 씨의 배는 물이 차올라 불룩했고 노랗게 된 두 다리가 아기를 낳기라도 하려는 듯 벌어져 있었다. 주말에 서울 친구들이 내려왔을 때만 해도 의식이 있었지만, 내가 본 동훈 씨는 숨이 오가는 목울대만 딸깍딸깍 움직일 뿐이었다.

이동훈 씨는 엄연한 '공인'이다. 말하자면 '작가 이동훈'이다. 인터넷포털 다음(Daum)의 소설 게시판에서 그의 연재소설은 조회수 15만 회를 기록할 때가 있었다. 「본드걸은 죽었다」는 책으로도 출간되었다. 부산에서 태어나 자랐고 대학 졸업 후 서울로 갔다. 객지 생활의 식사는 불규칙할 수밖에 없었고, 무리해서 글을 썼고, 앓고 있던 B형 간염이 암이 되었다. 김성자 씨가 이동훈 씨의 손을 잡고 말했다. "동훈 씨처럼 글 쓰는 분이 왔어요. 듣고 있어요?" 그는 아주 여리게나마 반응을 보였다. 힘겹게 눈을 떴다가 다시 감는 것이다. 나도 모르게 그의 손을 잡았다. 손은 뜨겁지도 차갑지도 않았다. 미지근했다.

병실을 나왔다. 지난해 부산대학병원에서 말기 암 진단을 받았지만 집에서 민간치료를 한 덕분인지 동훈 씨의 병세는 꽤 호전이 되었다고 한다. 그는 다시 글을 쓰기 시작했다. 그러다 갑자기 병세가 위중해져 20여 일 전 부산의료원에 입원했다. 가족은 호스피스 돌봄을 거절하지 않았다. 김성자 씨가 오래전 아들을 병원에서 잃은 적이 있고 그 아들이 살아 있다면 꼭 동훈 씨 나이였을 것이다. 그게 동훈 씨 부모님의 마음을 열었다.

이제 동훈 씨는 어떻게 될까? 이대로 의식불명이 된 채로 숨을 거둘 수도 있다. 그러나 다시 의식을 되찾고 호전될 수도 있다. 따뜻한 생명의 피는 병자의 몸속을 돌며 할 수 있는 한 자신의 일을 하고 있었다. 부산의료원에는 임종실이 없어 그를 1인 특실로 옮긴 것은 의료진이 할 수 있는 하나의 대비일 뿐, 시시각각의 예후는 누구도 모른다. '죽었다'라는 과거형이 아닌, '죽을 것이다, 죽는다'라고 하는 것은 인간의 언어가 아니다. 임종 경험이 한 번도 없는 나는 더욱 판단을 못 내리겠다. "진행이 (예상보다) 빠르다"라는 김성자 씨의 말에서 짐작해볼 뿐이다. 서른도 되지 않은 너무 젊은 나이인데, 동훈 씨 본인은 얼마만큼 준비가 되어 있는 것일까.

4층의 다른 병실에, 오전에 호스피스 대기실에서 같이 준비하고 각자의 병실로 출발했던 자원봉사자 배영숙 씨가 있었다. 그녀는 다른 간병인과 함께 침대에 앉은 환자의 등을 손으로 쓸어주고 있었다. 고개를 푹 수그린 환자는 60대 남자였다. 방금까지 누워 있던 환자가 불편함을 호소했고 그를 일으켜 앉혀 속을 편케 하려는 두 사람의 노력인 것 같았다.

호스피스 봉사는 '주 1회 3시간'이 기본인데, 3시간의 활동 후 대기실에 모여 일지에 환자와 가족의 심리상태와 서로 나눈 이야기를 기록하고 팀장 중심으로 회의를 진행해 공유한다. 그리고 이튿날 다른 봉사자들이 병실로 출발하기 전, 팀장이 중심이 되어 전날의 내용을 인계한다.

배영숙 씨가 있는 침상은 말이 거의 없는 무거운 분위기지만, 다른 침상은 유머러스하기까지 했다. 바로 옆 침상에서 한 할머니를 돌보는 아줌마가 "우리 엄마하고 대화 좀 해봐요. 얼마나 웃기는지 몰라요" 했다. "엄마, 일어나봐요." 눈을 데꾼하게 뜬 할머니는 치매를 앓고 있었다. "누가 왔는지 알겠어요?" "싫어!" "할머니, 저하고는 눈도 안 마주치시네요." 다른 간병인이 말했다. "몰라!" 그런 할머니가 내 쪽은 뚫어져라 본다. "우리 엄마가 남자는 좋아하시나 보다." "할머니 이 사람 누구예요?" "몰라!" 할머니는 술이 깨지 않은 사람처럼 머리를 몇 번 흔들었다.

또 다른 병실에서도 남편을 간병하고 있는 한 아줌마와 김성자 씨가 농을 주고받았다. 암도 암이지만, 허리디스크로 꼼짝 못하고 있다는 환자가 실낱같은 농을 하고 있었다. 김성자 씨와 환자가 손을 맞잡았는데, 외간여자 손을 언제 이렇게 맘껏 잡아보냐는 남편의 말에 아내가 "난 괜찮아요, 꼭꼭 잡으세요" 하고 웃는 것이었다.

4, 5층을 돌고, 다시 호스피스 대기실로 가는 길에 동훈 씨 병실을 들렀는데, 어머니가 와 있었다. 소파에는 『이 목 좀 따줘!』라는 책이 놓여 있다. '박창환 신부의 말기암 환자 호스피스 사목일기' 라고 부제가 씌어 있다. 동훈 씨 어머니는 김성자 씨에게 주말 동안 있었던 일을 전해주고 '권해주신 책을 읽었다' 고 말했다. "(의식을 차린다면) 동훈이도 읽었으면 좋겠는데…" 이

미 긴 투병이 있었고, 어떤 의미에서 어머니는 마음의 준비를 하고 있었다.

'2층' 병실은 점심을 먹고 가보기로 했다. 그러는 새 서울에서 사진작가가 왔다. 같이 지하식당에 갔다. 고슬고슬한 쌀밥, 양념이 잘된 갈비찜, 시원한 오징어국이 뷔페식으로 나왔다. 우리는 맛있게 먹었다. 배영숙 씨가 말했다. "호스피스 일을 하면서 내가 이렇게 부족한 사람이었나, 뼈저리게 느껴요. 환자 분한테 뭐라 입도 벙긋 못 하고, 손 잡아드리고 팔다리를 말없이 그저 주물러드릴 때가 더 많아요." 아까 병실에서 보았던 상황이 그랬던 것 같다.

부산의료원의 경우, 4층 사회복지실에 호스피스 대기실이 생긴 게 얼마 되지 않는다. 아니 의료원에 '호스피스 서비스'가 처음 들어온 것이 2004년이다. 그때 자기 진료실에 호스피스 방을 내준 이가 윤경일 신경정신과 과장이다. 식당에서 우연히 만나 그의 진료실로 가서 차를 마셨다. 환자가 "약물로 떡이 되도록" '연명치료'에만 의존하는 것이 능사가 아닌 것을 요즘은 모두들 안다고 그가 말했다. "보통 통계학적으로 5%의 예외가 있다지만, 호스피스 활동은 압도적인 95%를 봅니다." 호스피스 돌봄을 받아본 가족의 90% 이상이 만족해했고, 다른 이에게 호스피스를 권하겠다는 비율이 매우 높다는 설문조사 결과도 있었다. 폐암으로 부친을 떠나보낸 그의 개인적 경험, 병원을 둘러싼 우리

시대 '죽음의 문화'가 어떤지를 오랫동안 지켜본 의사만이 할 수 있는 강력한 표현이 '약물로 떡이 되도록'이다. 암 말고도 소생 불가능한 갖가지 말기병을 앓는 환자들의 남은 삶의 질을 집중적으로 고민하는 고도의 정신적 서비스가 호스피스 활동이다. "그런데 인권위원회가 왜 여기에 관심을 갖죠?" 하고 그가 되물었다. 사람과 제도에 의해 '인권 침해'가 발생하는 곳이 아니다. 임박한 죽음을 환자가 어떻게 긍정적으로 수용하느냐, 어쩌면 인권이란 개념이 해체되는 곳이다. 모든 이성적 언어를 버리고 생명이 발가벗는 곳이다.

'2층'은 확실히 분위기가 달랐다. "이곳 간호사들은 정말 고생을 많이 해요." 김성자 씨가 말했다. 환자를 돌보는 간병인이 정말 한 명도 눈에 띄지 않았다. 가족이 침상을 둘러싼 풍경도 물론 없다. 'ㄷ'자형 건물 안의 쉼터에는 병에 찌든 환자들이 담배를 피우고 있었다. 복도에서 한 환자가 김성자 씨를 붙들었다. 그녀는 그에게 아이스크림이라도 먹기를 권했다. 소화기관이 좋지 않기 때문에 아이스크림은 흡수가 부드럽게 되고 속의 열도 식힐 수 있는 음식이다. 환자는 병실로 그녀를 데려가서 서랍 속의 지갑을 열더니 동전 몇 개를 건넨다. 잘 걷지 못하는 환자를 대신해 그녀가 매점을 다녀왔다.

다른 병실에 들어갔다. 간밤에 잠을 한숨도 못 잤다는 한 환자는 아무리 깨워도 일어날 기척이 없다. 다른 침대에는 설사를 한

횟수와 시간을 쓴 메모가 붙어 있고, 지난해 6월 발행된 《월간조선》이 놓여 있었다. 그 옆자리에 황재풍 아저씨가 있었다. 간호사와 호스피스 봉사자 사이에 아저씨는 인기가 좋았다. 통증을 잘 참고, 열심히 남의 말을 듣고, "예, 예" 하고 대답을 참 잘하시고, 아저씨의 표정은 슬픔이나 짜증이 전혀 아니고, 그렇다고 기쁨, 즐거움도 아닌… 그저 착한 아이처럼 보였다. 뱃속에 들어찬 딱딱한 그 무엇은 수술도 할 수 없는 상태라고 한다. 병원에 오기 전, 노숙까지 했던 것은 아니고 이런저런 잡일을 했다고 한다. "고향이 어디십니까?" 하고 물었다. 김성자 씨가 수줍어하는 황재풍 아저씨 대신 대답해주었다. "우리 재풍 씨는 고아원에서 자랐기 때문에…." 병실을 나와서 물어보았다. "혹시 결혼은 하신 분인가요?" 아니라고 한다.

부산의료원 호스피스 봉사자 중 남성은 딱 한 명이 있었다. 대학 교단에서 학생들을 가르치는 분인데, 동훈 씨와 많은 얘기를 나누었을 뿐 아니라 지난 주말에 『본드걸은 죽었다』도 구해 읽었다고 한다. 저녁에 그가 왔는데, 같이 병실에 들어갈 수 있는지, 부탁을 드렸다. 그는 단호하게 거절했다. "내가 동훈 씨 처지라고 생각해본다면, 전혀 원하지 않을 것 같다"는 것이다. 이야기 중 '죽음'이란 말이 내 입에서 두어 번 나왔는데, 동훈 씨가 아직 준비가 되어 있지 않기 때문에 '이동훈 씨의 죽음'을 미리 생각하고 있는 사람이라면 더더욱 안 된다는 것이다. 때로 환자가 죽음 앞에 직면하도록 하는 것도 호스피스다. 무섭고 두려운 일이다. 언제 그렇게 하라는 매뉴얼이 따로 있는 것은 아니다. 환자의 심리상태를 예민하게 또 끈질기게 살피다가 인생의 총체적인 지혜를 동원해 순간 결단해야 하는 일이다. 어쨌든 아직 누구도 동훈 씨에게 사태의 진상을 알려주지 못하고 있는 형편이었다.

이튿날 부산의료원으로 갔더니 밤새 동훈 씨의 '대세(代洗)'를 치렀다고 한다. 어머니가 예전에 영세를 받았고 세례명도 있어 신부님을 급히 모셔 천주교 입교 절차는 건너뛰고 사실상의 임종세례를 받게 한 것이다. 병실에 들어갔을 때, 동훈 씨의 아버지가 와 있었다. 그는 "이렇게 관심 가져주셔서 고맙다"고 했다. 그리고 주치의 선생님을 만나 자신도 모르게 화를 냈다는 말을 했다. 지금 아들은 동공이 풀린 상태라고 한다. 마지막에 동훈이에게 해야 할 말이 있는데, 대화가 불가능한 상황이 이렇게 빨리 올 줄 몰랐다는 것이다. 의사는 "내가 이미 말하지 않았느냐"고 했지만, 아버지가 들은 의사의 말은 슬쩍 지나가는 듯 매우 불명료한 표현이었다고 한다. 아버지는 세면용 수건으로 눈을 몇 번 닦았다. 천주교인 김성자 씨가 '천주교인 이동훈 씨'의 손을 잡고 기도를 올렸다. 동훈 씨의 목울대는 어제처럼 계속 딸깍거리고 있었다.

2층의 황재풍 아저씨를 다시 만나러 갔다. 김성자 씨는 3년 전부터 아저씨와 알고 지내는데, 한 번 퇴원했던 아저씨가 다시 몸이 많이 아파 얼른 병원에 와야 했는데도 '기초생활수급자는 얼마의 기간에 두 번 입원하면 생활보조금이 깎인다'는 풍문을 듣고 한 달 반이나 집에서 고통을 참고 버텼다며 딱해했다. 평생 가난하게 살아온 아저씨의 삶을 진하게 느낄 수 있었다. 늘 낮은 자리에서 지낸 아저씨의 몸에 밴 겸허함이 사랑스러워 보였다. 아저씨와 김성자 씨가 함께 웃고 있는 모습을 박정훈 작가가 촬영했다. 사진을 액자로 만들어 보내드릴 테니 침대 옆 사물함 위에 올려놓으시라고 박 작가가 말했다. "나하고 사진까지 찍었으니 재풍 씨는 진짜 오래 살아야 됩니다." 호스피스 일을 하는 사람답지 않은 김성자 씨의 말에는 진심이 가득 담겨 있었다.

보건복지부의 자료에 의하면, 환자가 의사 2명의 최종적인 진단에 의해 기대수명이 6개월 이내일 때, 호스피스 대상이 된다고 한다. 죽음을 직시하고, 죽음을 이해하고, 수용하고, 지난 삶을 정리하고, 남은 시간을 열심히 살고 잘 마무리하도록 돕는 것이 호스피스 일이지만, 말이 그럴 뿐이다. 현실은 많이 다르다. 최근 《한겨레21》에 '호스피스' 관련 보도가 실렸는데, 호스피스 병동이 지어져 있고 우리나라에서 유일하게 호스피스 전문의가 있는 성바오로병원 관계자의 말을 재인용하면, "호스피스 취지를 살리려면 통상 3~6개월 남은 시점부터 돌봄이 필요하지만, 우리 병원만 해도 환자들이 평균 1주일 정도를 남겨놓고 온다"

는 것이다. 끝까지 죽음을 인정하지 않고 기적과 같은 소생에만 매달리는 경우가 훨씬 많은 것이다. 환자 본인이 스스로 죽음을 수용하는 태도의 변화를 보이지 않는다면, 몸과 마음의 국지적인 불편을 호소할 때마다 그 부분을 '편하게 해주는' 수동적인 노력이 대체적인 호스피스 활동이라는 것이다.

오후 2시쯤이었다. 동훈 씨가 숨을 거두었다는 소식이 들려왔다. 내 마음속의 한 곳이 덜컹했다. '다음 순간이 어찌될지 우리는 진정 알지 못한다'는, 우리 인간의 본능과 같은 희망 하나가 부러진 것이다. 병실 문이 약간 열려 있었다. "절대 안 된다!" 하고 울부짖는 소리가 들렸다. 이내 문이 닫히더니 아무 소리도 들리지 않았다. 김성자 씨가 말해주었다.

"동훈 씨한테는 진통제가 거의 들어가지 않았어요. 마지막에 몸의 고통이 없었던 편이에요. 다른 환자에 비해 작은 축복이랄 수 있어요. 나중에 어머니에게 전화를 드려야지요. 누군가 잊지 않고 있다는 것이 위로가 됩니다. 동훈 씨와 나의 인연이 여기서 끝은 아닐 거예요."

누군가 잊지 않고 있다는 것, 그 위로의 힘. 작가 이동훈과 황재풍 아저씨의 이름을 굳이 밝혀 적은 것은 그 때문이다.

〈인권〉 2007년 7~8월호

# 어느 40대 여성노동자의 1인 시위

　　국가인권위원회 건물 앞에서 추위에 떨고 있는 한 여성을 보았다. 거리의 1인 시위자, 자연연령 42세라는 이유로 직장에서 해고됐다는 한 노동자였다. 무작정 말을 걸어보았다.

"안녕하세요, 몇 시부터 나오시나요?"

"보통 11시 반부터 해서… 1시 반, 2시까지 이러고 있어요."

"인권위 앞에서 하네요? 왜 여기서?"

"저희가 42세 조기정년 문제를 나이 차별이라고 인권위에 진정을 했거든요."

"노동조합에 계시는데, 해고되기 전에도 노조에 가입돼 있었던 겁니까?"

"아뇨, 2004년에 1년 가까이 우리가 복귀투쟁을 전국적으로 좀 심하게 하면서, 그때 노조가 생기면서 가입을 한 거죠. 회사에서 갑자기 용역전환 서명을 받겠다고 해서 거부하다가 다 잘렸거든요, 한 50명이. 그러다 경기지방노동위원회에서 부당해고라고 해서 복귀했는데, 회사에서 합의서를 잘 안 지키고, 그러다 이번에 42세 정년규정으로 또 잘렸어요."

명함을 받았다. '민주노총시비스연맹 한원CC노동조합 교육부장 이민숙.' 그녀는 골프장의 경기보조원, 소위 '캐디' 다.

한국여성노동자회협의회에서 나온 『이어달리기』라는 책에 경기보조원 이야기가 잠깐 나온다. 18홀 1라운드를 도는 동안 캐디는 1만 9천~2만 1천 보를 걷는다.(만보기를 차본 사람은 결코 만만치 않은 거리임을 알 것이다.) '캐디피' 는 회사와 고객이 반분하다가 언제부턴가 고객한테 캐디가 직접 받는 것으로 바뀌었다. 그래서 캐디는 회사에 대한 종속성이 부족하다고 보험설계사, 화물/덤프기사, 학습지교사 등과 함께 특수고용직으로 분류된다. 근로기준법 적용을 받지 못하는 특고노동자라서 캐디의 경우 '42세 정년' 이란 가혹한 대접도 받는 것이다. 주말과 성수기가 있고, 하루에 2라운드를 할 때는 식사를 거르기도 하는데, 굴곡진 필드를 4만 보 쫓아다니다 보면 "입에서 단내가 난다"고 이민숙 씨가 말했다.

"말씀하시는 게… 진실한 분 같아요"라고 내가 조심스레 말했을 때, 그이는 조금 침묵하다가 "나는… 그저 열심히 살았죠, 앞으로도 열심히 살 거지만"이라고 말했다. 나중에 저승사자가 '단어 세 개로 네 삶을 요약해라'고 해도 "나는 열심히 살았습니다"라고만 말할 사람 같았다.

그런데 민주노총, 노동조합, 부당해고, 왜 이런 말들을 보면 숨부터 막힐까. 주의주장, 경직성, 상투성 같은 부정적인 느낌부터 들까. 거리를 지나다니는 한 사람의 시민 처지에서, '민주노총, 노동조합, 부당해고'라는 말로 자신의 처지를 알리는 이를 도울 수 있는 일이란 아무것도 없다는 무력감이 든다. 어쩌면 당사자도 비슷한 무력감을 느끼지 않을까. 왜 사람들이 이렇게 무관심한 것일까, 하고.

오후 2시. 그이는 피켓을 접더니 횡단보도를 건너 롯데호텔로 갔다. 검품소 옆 롯데호텔노동조합 사무실에 피켓을 맡겨두는 것이다. 사무실을 나와 우리는 시청역 안으로 들어갔다. 지하상가에 앉을 자리가 있었다. 한 사람과 한 사람이 만나기 위해서는 솔직한 것이 최선의 방법일 것이다. 민주노총, 노동조합, 부당해고 같은 말이 주는 상투성의 벽을 뚫고 사람을 느껴보고 싶었다.

"인권위가《인권》지를 발행하면서, 인권위로 직접 달려온 사람부터 챙기는 게 도리 아닌가, 그래서 이번에는 멀리 갈 것 없이 인권위 앞에서 시위하시는 분 이야기를 들어보려고요. 2, 3일 계속 따라다녀도 될까요?"

"제가 오산 사는데, 거기까지도요?"

오산, 많이 먼가? 망설이자 그이가 살짝 웃으며 나를 격려했다. "좋은 글을 쓰기 위해선 정말 많은 경험과 노력을 하셔야죠. 저도… 실은 글쟁이거든요. 시로 등단한 지 오래됐습니다. 『조선문학』이라는 잡지인데, 저희 시 선생님한테는 이거(1인 시위, 노조활동) 한다고 야단을 많이 듣습니다. 글 버린다고…. 대학 문예창작과를 다닌 건 아니고요, 일빈인으로 공부했는데, 예전부터 속에 끼가 있었나 봐요. 대다수 한국 여성은 정말 무지하잖아요, 아무도 가르쳐주지 않아서, 또 세상사를 접할 수가 없어서. 생활이 답답하고 행복하지 못하고 삶의 고달픔으로 속이 막 끓는 거 있잖아요? 제가 그걸 해소하지 못했는데, 시를 쓰면서 울화가 풀렸어요."

유명짜한 신문의 화려한 신춘문예가 아니고 처음 이름을 들어보는 문예잡지 등단이지만, 어쨌든 이민숙 씨는 등단 10년이 넘는 시인이다. 그는 다시 사연 많은 전직 캐디로 돌아갔다.

"너무 일찍 아무것도 모르고 결혼을 해서, 결국 사는 게 너무 힘들어 이혼하고, 사회생활을 몇 군데 해보다가 우연히 골프장에 들어간 거예요. 무엇보다 시간이 괜찮았어요. 공부를 할 수 있거든요. 여름에는 새벽 3시 반에도 일어나는데, 하루에 일을 두 번 하면, 그걸 '투 라운딩'이라고 헤요, 밤 8, 9시에 일이 끝날 때도 있지만, 보통 때는 아침 6, 7시에 출근해 오후 2, 3시면 집에 가서 공부를 할 수 있었어요. 캐디 일을 하면서 D여대 창작교실을 다녔어요. 4년 정도 오산에서 서울까지 시간을 쪼개 공부하러 다녔죠. 근데… 제가 일하는 골프장 문화가… 좀 특이해요. 사회생활, 결혼생활 하다가 지친 사람들이 오는 데가 아닐까, 가정적으로 불운하달까, 여성가장들의 집합소랄까…. 남편이 있어도 생활능력이 안 된다든가, 그래서 문화가 엄청 거칠어요. 집이나 회사에서 힘들어하다가 친구들하고 술 한 잔 먹으면서 괴로운 걸 털어버리는 식이에요. 힘들어도 먹고살아야 하는데… 그런데 갑작스레 해고를 당한 거예요. 회사가 일 잘하던 사람들 200명을 용역으로 돌리겠다고, 서명하라고, 그것도 백지에다…. 어떤 용도로 쓰일지 모른다, 우리는 못 한다, 거부했고, 결국 2004년에 1년 가까운… 투쟁을 했던 거죠."

그 이후 3년 동안 그는 한 편의 시도 쓰지 못했다고 한다. 복귀투쟁 기간을 더듬으며 낡은 형광등이 깜박거리듯이 그의 숨소리가 불안해졌다. "말을 하면서 자꾸 말문이 막히는 게, 전에는 제가 참 독했어요. 근데 투쟁하면서 너무 힘들어가지고, 전에는 남 앞에서 절대 울지 않았는데, 그때 일을 생각하면… 왜 이리 눈물이 자꾸…. 제가 투쟁속보를 1년 가까이 매일 썼어요. 낮에 있었던 일을 밤에 쓰면서 생각해보니까 너무 기가 막힌 거예요. 그러다 눈물만 늘어가지고."

우리는 헤어졌다. 내일 오산역 앞에서 다시 보기로 했다. 일주일 중 5일을 인권위 앞에서 피케팅을 하는데, 그중 하루는 (해고

되지 않은) 다른 조합원들이 1인 시위를 대신 해준다. 주말에는 회사 앞에서 민숙 씨가 또 1인 시위를 한다.

어쨌든 그이가 하루 쉬는 날이 내일이다.

이튿날, 오산역은 멀었고, 날씨도 계속 추웠다. 민숙 씨가 역 앞으로 차를 몰고 왔다. 티코 자동차의 뒷좌석은 물품으로 가득했다. "멸치 냄새가 많이 날 거예요. 우리 아파트에 갑자기 개미가 나타나기 시작했는데, 멸치를 엄청 좋아해요. 냉장고가 작으니까, 집에 두면 대한민국 개미가 다 올까 봐, 차에 두고 지내요. 작년에 노조에서 재정사업 한다고, 보조원 중에 정말 힘든 분이 몇 있어서 도움 좀 되라고, 제가 물품을 사가지고 우리 조합원들한테 사라고 했는데, 생각보다 안 산 거예요. 6개월, 1년 묵었지만, 멸치는 짠 거니까, 맛국물이라도 내서 먹으라고 그냥 나눠줬어요. 나는 먹는 건 욕심을 안 냅니다. 빨리빨리 퍼줘야 해요. 어릴 때 시골에서 커서 '아끼다 똥 된다'는 말을 하도 많이 들어가지고…, 사실… 그땐 먹을 게 참 귀했어요. 쌀에 보리쌀 넣어 아버지 드리고, 우리는 쌀 쬐금 섞어가지고 보리밥 수준으로 먹고, 생선이 올라오면, 한입 먹을 수 있나, 쬐끄만 그걸 침 삼키고 다 쳐다보고, 그렇게 커서 절약정신만큼은 아주 투철하죠."

"자, 다 왔습니다." 그이의 목소리가 문득 밝아졌다. 차는 임대아파트 단지로 들어갔다. "아무리 좋은 집을 가봐도 내 집보다 편한 데가 없어요. 주공에서 10년 전에 장기임대로 분양한 건

데, 골프장 다니며 알뜰히 모아 여기로 들어온 거죠." 현관문을
열었을 때, 15평 실내는 뭐라 표현하기 힘든 따뜻한 기운이 가득
했다. 험한 세상 속에서도 민숙 씨에게 우호적인 마음을 가지고
있는 것들이 집 안에 다 모여 있었다. 우리를 폭 감싸는 듯한 따
뜻한 것들의 보호 속에서 차를 마셨다. 깊숙한 지난 삶의 이야기
가 그이에게서 나왔다.

  농사짓는 집 7남매 중 넷째로 태어나 일곱 살 때부터 밥, 빨래,
청소, 모내기, 밭매기를 하면서 학교를 다니다 "시원찮은" 고등
학교를 중퇴한 민숙 씨가 스무 살 무렵 만난 남편. "저를 되게 착
하게 본 거예요. 저 정도 여자면 애 잘 키우고 잘 가르치겠다 싶
어 '찜' 했다고 (남편이) 그러더라고요. 그런데 나는 전라도고 남
편집은 부산이에요. 시아버지가 전라도 사람한테 사기를 당한
적이 있대요. 저를 엄청 미워하는 거예요. 시어머니가 아니라,
시아버지가 잔소리를 하세요. 설움 엄청 당했죠. 3년쯤 지나니
까 '며느리 넷 중 제일 괜찮은 건 셋째더라' 그러시긴 했어요.
근데 이미 나는 정이 다 떨어져 버렸어요. 같이 사는 동안 형편
이 나아지지 않았어요. 친정은 알뜰하게 열심히 살아가는 집인
데, 시댁은 없어도 놀고먹는…. 빌려서 쓰고, 아주 많이 빌린다
거나 그런 건 아니었지만 아무튼 도무지 성질에 안 맞았어요. 남
편은… 저보다 다섯 살 많았어요. 착하고 괜찮은 사람인데, 근
데… 고부갈등 속에서… 남자는 아내한테 믿음과 신뢰를 줘야

해요. 시부모랑 같이 살면 부모와 안사람 사이에 중간 역할을 잘 해야 하고, 부모한테는 자식 된 도리를 해야겠지만, 힘들 때, 나를 믿고 열심히 살자, 이런 계기를 줘야 해요. 사람은 좋아도 신뢰가 자꾸 떨어지니까 뜻하지 않은 오해가 생기고… 결국 이혼하고 말았어요."

아파트를 나와 민숙 씨를 따라 골프장이란 데를 가봤다. "나는 회사만 오면 의욕이 막 생겨요. 얼마나 아끼고 사랑하던 곳인데…." 직원용이 아닌 고객주차장까지 올라온 것은 오랜만의 일이라고 했다. 골프장은 한눈에 예뻐 보였다. 인공적이지만 자연 친화적인 외양으로 치장돼 있고, 사람이 늘 구석구석 보살피는 듯 정성을 기울인 흔적이 역력했다. 눈에 착 안기는 이 예쁜 느낌이 골프장의 중요한 경쟁력일 것이다. 그런데 갑자기 한 아주머니가 낯선 표정을 하고 왔다. "뭐 하는데?" "응, 잠깐 보고 갈 거야, 사진 같은 건 안 찍고." "회사하고 관계없는 사람이 외부인을 데리고 와서 왜 안내를 하냐고. 당신은 이제 우리 회사랑 아무 관계없잖아." 우리는 곧 돌아섰다. 10초가량 말이 없는 민숙 씨의 몸 안에서는 눈물이 흘렀을 것이다. 용역원들의 진행 관리를 맡고 있는 사람이었는데, 한때 민숙 씨의 동료였다고 한다.

노조 사무실로 들어갔다. 한원CC 골프장에는 경기보조원 100여 명이 일하고 있고 그중 용역전환을 하지 않는 20여 명의 '동지'가 노조에 속해 있었다. 5시쯤 되자 라운딩을 끝낸 동료들이 사무실로 모여들었다. 서명거부, 노조결성, 복직투쟁을 하며 '세상 공부'를 확실히 한 20대부터 40대까지의 여성들. 한 사람 한 사람이 얼마나 개성이 있는지 그녀들의 기에 눌렸다.

월 1회 있는 노조 전체회의를 하러 오산시의 한 음식점으로 자리를 옮겼다. 20여 개 안건을 다루는 2시간 내내 팽팽한 분위기가 흘렀다. 여성들은 말에 강하다. 거기다 몸으로 살아온 사람들이라 군더더기를 용납하지 않는다. 18명의 여성 캐디들은 마치 집단적인 말의 퍼포먼스를 해보이듯이, 서로 말을 자르며, 서로 딱딱 정리해주며 똑소리 나는 회의를 했다. 2007년 지금 한국 사회에서 노조회의를 이렇게 훌륭하게 해내는 곳은 드물 것 같다. 비교적 신생노조여서 초심이 살아 있고, 노동자도 아니었다가 노동자임을 깨달았고, 자본주와 싸웠고, 이제 노동자를 넘어 인간이 되려고 하는 분들이었다. 해고당한 선배 두 명에게 하루 일당을 덜어내 생활지원비를 대고 있는 전체 조합원 22명의 작고 용맹한 노동조합이었다.

이튿날, 국가인권위원회 앞에서 이민숙 씨를 다시 만났다. 날씨가 풀렸다고 서로 덕담했다. "사람들도 날씨에 따라 달라요. 추우면 여유가 없어요. 뛰어다니고 얼굴이 굳고 웅크리고, 날씨가 따뜻해지면 여유 있게 이쪽저쪽 다 보고, 웃기도 하죠. 어깨도 펴고 다니고요, 무심한 듯하면서 한 번쯤 이런 피켓도 쳐다봐주고요." 그녀의 말이 시 낭송을 하듯 리듬을 탔다.

시청 앞 공원에는 홍목련이 꽃을 내고 있었다.

"왜 백목련이 먼저 피고 홍목련이 늦게 필까요?"

그녀가 불쑥 물었다.

"글쎄요" 하고 나는 답을 못 했다. 오래전부터 생각해봤지만 자기도 잘 모르겠다고 그녀가 말했다.

"내가 최선의 서비스를 해서 골프장에 오신 고객이 깜짝 놀랄 만큼 만족해할 때, 일을 다 끝내고 '오늘도 열심히 일했다!' 하고 약간 부자 된 기분과 기분 좋은 휴식, 그리고 공부", 이게 가장 큰 보람이었다는, 전문대를 막 졸업한 딸 하나를 데리고 사는 42세의 여성노동자 이민숙.

전국에는 3만 5천 명가량의 골프장 경기보조원이 있다. 아무리 대중화되었다고 해도 골프장을 바라보는 사회의 시선은 여전히 부드럽지 못하다. 그들의 '서비스'는 "남을 기쁘게 하는 일"이라고 한다. 이상하게 가슴 아프고 눈물겹게 들린다. 어쩌면 쉽게 가늠하기 힘든 숭고한 마음자리에서만 할 수 있는 일인지 모른다.

헤어질 때, 나는 그녀에게 말해보았다. "홍목련이 늦게 피는 것도 하느님의 '서비스' 같아요. 백목련 지고 섭섭한 마음 달래라고."

이민숙 씨가 말했다.

"나는 색깔로 봤어요. 하얀 거 먼저 보여주고 다음에 또 뭐가 있을까? 궁금해할 때, 붉은 거 딱 보여주고. 더 예쁨이 있을 수 있다고, 앞만 보는 게 아니라 뒤도 보고 살라고."

어서 빨리 필드로 돌아가 열심히 일하고 거리가 아닌 집에서 이민숙 씨가 시를 짓는 날은 언제 올까?

〈인권〉 2007년 3~4월호

# 살아 있는 한, 희망의 본능은 꿈틀댄다

— 부산역 광장에서

 

이호준 씨가 "야, 너 이리 와" 하고 말했다. 40대 중반의 사내가 벤치에서 일어섰다. "이 사람은 좋은 사람이니까 성심성의껏 얘기해라. 대충대충 하면 죽는다!" 통기타에 잭을 꽂으며 호준 씨가 명령했다. "알았어, 알았어" 하고 사내가 말했다. 호준 씨가 노래를 시작했다. 부산역 광장 분수대에서 울려나오는 스피커의 소리에 이야기를 나눌 형편이 아니다. "우리, 저쪽으로 가죠." 사내가 먼저 말했다.

사내를 따라 광장을 가로질렀다.

"커피 한 잔 뽑아올까요?"

"아뇨, 아까 마셨어요." 사내가 사양했다. 우리는 역 광장 구석의 벤치에 나란히 앉았다. 사내가 말했다.

"노숙자 쉼터 생활을 알고 싶다고 하셨어요? 호준이가 아까 그렇게 말하던데."

"쉼터 이야기도 하시고 또 하고 싶은 말 있으면 뭐든지…."

"쉼터에서 오지 말라고 했다면서요. 내가 최근에 있었던 것은 아니고, 지금 A쉼터는 자리를 옮긴 거거든요. 부산진역 옆에 있을 때, 그러니까 7~8년 전에 A쉼터에 있었어요."

"오래 있었습니까?"

"아뇨. 오래 못 있었어요. 왜 오래 못 있었냐, 너무 종교를, 자기들 멋대로, 반강제로 강요를 하니까. 예배를 몇 번 안 나가고 그러면 퇴소시켜버리니까. 거기 있는 사람들, 교회 가는 거 다 싫어해요. 쉼터에 계속 있어야 되니까 어쩔 수 없이 교회 가는 거예요."

7~8년 전, A쉼터가 그랬다는 것이다.

"요즘도 예배를 봐야 합니까?"

"예, 지금도 봐요."

이호준 씨가 어느 인터넷신문에 쓴 칼럼에도 "노숙인들은 언제 닥칠지 모르는 죽음을 끼고 한 끼를 때우기 위해 허기진 배를 달래며 1시간 이상 예배를 강요당하고 하나님 앞에 회개해야 하는 죄인이 되어주어야 한다" 이런 표현이 있었다. 참, 이호준 씨는 실직노숙인조합의 위원장이다. 부산 노숙자들의 '대변인' 이다. 음반을 내기도 한 가수다. 사내의 말이 이어졌다.

"원래 거기는 보름을 잡고 들어가는 건데, 보름만 있는 사람은 없어요. 거의 한 달 두 달 이상⋯. 동사무소나 사회복지 쪽에 연락해서 일이 있는 곳으로 보내주는데, 공공근로를 나가면 돈이 나올 거 아닙니까. 근데 얼마 떼어서 줘야 해요. 사람들이 자기 돈을 쓰고 싶어 하지 쉼터에 주고 싶겠어요? '나갈 때 준다' 하지만, 나갈 때 주겠습니까? 안 줍니다. '맡겨놔라, 갖고 있으면 다 쓰게 되니까' 하는데, 받아서 나온 사람 별로 없어요."

믿기 힘든 이야기였다. 대판 싸움이 날 일이다. 노숙자의 으레 과장된 이야기라고 반쯤 걸러 들어야 하는 것일까. 제 이야기의 설득력을 높이기 위해선지 사내가 덧붙였다.

"밖에서 들어오는 후원금을 착복해가지고 우리가 신문기자들한테 연락하는 일도 있었어요. 노숙자 쉼터, 문제 많아요."

시의 지원을 받아 운영하는 A쉼터는 석연치 않은 곳이었다. 전화로 '국가인권위원회'라고 밝히니까 위치와 찾아오는 길을 가르쳐주지 않는 것이었다.

"선생님은⋯ 그럼 지금 어디 계십니까?"

"나는 (노숙을 했다가 사회복귀했고, 한 여자랑) 살림하다가 헤어지고 다시 노숙자가 됐는데⋯ 근데 여기 부산역 노숙자들하고 있으면 똑같이 타락하게 되니까 잘 안 어울리려고 해요. 어쨌든 쉼터에 있는 사람들 심정은 내가 좀 알아요. 노숙자들도 나

뻔 거 많아요. 돈 좀 받았으면 아껴가지고 쉼터를 나가서 방 얻고 어떻게든 이 사회에서 살아보려고 하는 마음이 있어야 하는데, 70~80%는 그걸 다 써버립니다."

쉼터는 정부의 노숙자 자활 정책의 일환이다. 그러나 5~10%의 자활률에 불과하다는 것이 대개의 추측이다. "자활해봤자 쪽방", 이것이 노숙 전이나 노숙 후나 변함없는, 살 의욕이 별로 생기지 않는 암울한 현실이다. '공짜로 재워주고 밥 주는 것' 정도의 보조로 자활의지가 생기겠느냐는 것이다. 자기가 살림을 잃은 사연을 사내는 이야기하기 시작했다.

"우연히 만나서 한 2년 살았는데, 한 달에 150만 원씩 꼬박꼬박 벌어다줬는데, 자기 아들하고 살아야 된다는 얘기를 하더라고요. 어릴 때 버리고 왔기 때문에 이제라도 아들하고 산다고 갈라서자는데, 내가 할 말이 없잖아요. 여자 집에 얹혀사는 처지니까 내가 나가야 돼서, 야, 그래도 내가 니한테 벌어다준 게 있는데, 방 하나 얻을 만큼은 줘야 하지 않느냐? 그랬어요. 근데 싹 닦아버려요. 자기하고 살았다는 것으로 끝이래요. 요즘 여자들 참 냉정하더라고요."

한 여자와의 살림을 잃은 뒤 부모나 친척의 도움을 바랄 순 없었을까. 왜 노숙 생활인 것일까. 사내는 고아인 것일까.

"아뇨, 부모님이 살아 있습니다. 근데 집에 들어가서 못 사는 이유가, 일곱 살 때 서울로 가서 나 혼자 컸거든요, 엄마 찾으러 서울 갔다가…. 부모가 있어도 난 없다고 생각합니다. 왜냐, 아들은 나 하나고 지금은 아버지 혼자 사는데, 내가 모셔야 되는데, 내가 아버지와 떨어져 산 지가 너무 오래됐으니까 성격이 안 맞죠. 노인네는 만날 술 먹고 여자 두들겨 패고, 보내고, 두들겨 패고, 이걸 어릴 때 보면서 컸고, 술 먹고 하는 소리가 '너는 한 번의 실수로 태어났다' … 이럴 때는 저 인간이 진짜 내 아버진가 싶고, 나도 나이가 사십이 넘었는데, 나도 성질이 지랄 같은데, 아버지 그러는 꼴 보면 가만 못 있거든요. 가끔 가다 같이 술 먹으면, 노인네가 울어요. 근데 우는 것도 진심으로 안 보여요. 가식으로 보여요. 나는 지금이 힘든데, 아버지도 혼자 사는데, 내가 밥 해다 드릴 수 있는데, 아버지가 나 좀 도와주면 되는데, 같이 살 생각은 안 하고, 당신 죽으면 재산 다 가져가라, 이거라. 자식이 지금 힘들어 죽겠는데, 그런 소리가 뭔 소용인교. 그전에 A쉼터에 있을 때, 한 번 왔었어요. '어 여기 괜찮네, 쭉 살아라' 하면서 가더라고요."

"어머니는요?"

"난 엄마 얼굴도 몰라요. 아버지 얘기 들어보면 엄마가 다섯인가 그래요. 그만큼 바람을 많이 폈고…. 송도에 살 때는 만날 두 번째 엄마 누들겨 패고 장사한 돈 뺏어 화투나 치러 다니고, 어릴 때부터 아버지 나쁜 것만 보니까…. 그래도 객지생활 하면서 내가 나쁜 길로 안 들어선 것은 나도 좀 신기해요. 서울서 구두

닭이 해갖고 모은 돈으로 공부하고, 의류회사에서 재단사도 하고 의상디자인도 하다가 아이엠에프 때 잘리고, 대전에서 술집 한다고 깝죽깝죽거리다가 말아먹고…. 나는 여자가 좀 잘해주면 다 맡겨버립니다. 대전에서도, 이번에도 그래서 당했고요."

여자한테 쫓겨난 것은 지난 5월의 일이다. 그 후 두 달 정도 중국음식점 오토바이 배달 일을 했는데, 사고가 났다. 병원에 입원해 있으니까 아버지가 소식을 듣고 왔다. "근데 오면 뭐 해요. 아버지가 조금만 신경 써서 해줬으면, 택시회사한테 돈을 더 받아낼 수 있었어요. 와서는 자기 아쉬운 거, 두 번째 엄마가 경북에 사는데, 가보니 사는 게 형편없더라, 니가 편지해서 마음 돌려가지고 같이 살게 해주라…. 그래서 내가 편지를 다섯 통이나 썼어요. 전화가 왔는데, 엄마는 하소연이죠. '내가 너를 어떻게 키웠는데, 니네 아버지하고 살면서 내 인생 망쳤고, 다시는 니네 아버지하고 못 산다.' 나는 아버지한테 큰돈 안 바래요. 지금 힘들 때 조금 숨통만 틔게 해주면 되는데…."

사내의 눈이 젖어들었다.

"저번에 가시나가 하도 원망스러워 술 먹고 가슴에 칼을 품고 갔었어요. 죽여버리겠다고. 내가 이렇게 살게 된 게 그년 때문이니까, 쌔가 빠지게 내가 해주고, 처음에 지 자식도 내가 만나갖고 지 엄마 원망하는 거 마음 돌리게 해서 가깝게 만들어놨는데, 아들이 자취하니까 월세도 내야 되고 같이 살아야 되겠다, 갑자기 그런 말 할 때, 그럼 나는 뭐가 되냐고, 배신당할 때 얼마나 억울했겠어요, 예? 근데 만나보니까… 확 찔러버릴 수도 있겠던데, 차마 그렇게 못 하겠더라고요."

그 이유가 인간적이었다.

"나도 오래전부터 내 혼자다, 생각하고 살아왔는데, 내가 그 가시나를 찔러버리면 지 아들 신세가 나처럼 되니까, 못 하겠더라고요."

그리고는 여자 흉을 한 번 더 봤다.

"나는 술 먹고 집에 들어가는 일도 없었어요. 일 끝나고 바로 집에 가고, 술 먹고 싶으면 내가 요리해서 같이 묵고 그랬어요. 식당에서 일하는 여자였는데, 처음 살 때부터 여자가 그래요. '나는 남자 없이 살아도 술 없이는 못 산다.' 근데 술을 웬만큼 먹어야죠. 술 잔뜩 취해서 가다가 넘어져 깨졌는데, 아침에 일어나면 내가 두들겨 패서 그랬다고 하지…."

그러더니 사내는 점퍼 주머니에서 구인광고지를 꺼내 보였다. "어제도 중국음식점 배달일을 찾으러 다녔어요. 거기는 '먹고 자고'로 들어가거든요. 그럼 노숙도 끝이죠. 돈을 모으는 데 그게 제일 빨라요."

"돈을 모으고 나서… 어떤 계획을 가지고 있습니까?"

"나는 운전면허증이 두 개가 있으니까, 1종 보통하고 2종하고. 조그만 트럭 하나 사가지고 야채장사를 하든지 아니면… 서울 남대문시장에 보따리 장사가 있거든요. 옷을 보따리째로 사가지고 손 좀 봐가지고 시골에 구석구석 다니면서 옷장사를 하려고요."

"그러려면 얼마나 들까요? 중고 트럭이라도 구입해야 하고…."

"700 정도는 있어야죠. 차량 개조나 보따리 사는 것까지 다 포함해서 700 정도."

"숙식은 어떻게 합니까? 전국을 돌아다니면…" 당연한 걸 왜 물어보냐는 투로

"아이, 차에서 자는 거죠."

그것도 거의 노숙생활이 아닐까.

사내는 1964년생이라고 했다. 껌팔이 신문팔이 말고 다 해봤다고 한다. 건달생활도 해봤고 호스트바에서도 일해봤고 안마사 길 안내도 해봤다. 구두닦이를 할 때, "하루 목표량을 채워야 공부하러 가니까, 사무실 누나들한테 구두 얻어와서 쌔가 빠지게 목표량 채우고" 공부하러 다니곤 했다. 청년이 되어서 "재단일 배운다고 가내공업에 들어가서 밤 12시, 1시까지 일하고 남대문시장에 물건 갖다 주고 그때 조금 자고, 잠 안 자려고 커피를 수없이 먹고, 잠 안 오는 약 먹고 또 일하고… 고생 무지무지 했어요."

'700만 원'이라는 그의 '미래'와 세상 누구 못지않게 열심히

살았던 소년, 청년 시기를 말할 때, 삶의 의욕이 깃든 듯한 그의 목소리가 내 가슴을 먹먹하게 했다. 이름을 알려달라니 이곳에서 쓰는 가명이 '해철'이라고 한다.

공연 중인 이호준 씨 쪽으로 갔다. 계속 열창하고 있었다. 어젯밤 호준 씨와 술을 마셨다. 어중간하게 밥을 먹은 탓인지 배가 고팠다. 샌드위치를 샀다. 갓 만든 샌드위치 두 개를 받아드니 핫팩을 쥔 것처럼 따뜻했다. 해철 씨는 부산진역의 무료급식으로 오늘 점심을 해결했다고 했다. 노숙 생활은 곧 야전 생활이다. 돌아서면 배가 고픈 게 노숙자라고 어젯밤 호준 씨가 말했다. 분수대 앞에 앉은 해철 씨한테 샌드위치를 건넸다. 그가 겸연쩍어하며 받는다.

오후 4시부터 시작된 호준 씨의 1인 공연은 날이 저물도록 이어졌다. 30분 넘게 구경하던 한 외국인이 모금함에 지폐를 넣고 휴대전화로 호준 씨를 촬영하고 간다. 노신사가 누군가에게 전화를 걸어 "들어보라"고 하며 호준 씨 쪽으로 휴대전화 폴더를 열어놓는다. 그 와중에 점퍼로 머리를 휩싼 채 벤치에 누워 있는 한 노숙자가 있었다. 신사복을 입은 중년 사내가 호준 씨의 공연을 내내 보다가 일어서더니 벤치로 가서 노숙자의 얼굴 쪽에 손을 넣은 채 잠깐 시 있다. 그리고 손을 빼고 역 쪽으로 간다. 살았나 죽었나, 숨을 확인한 것이었다. 노숙자는 살아 있었다. 불쑥 일어서더니 아무데나 오줌을 싼다. 대낮에도 멀쩡한 정신 상태의 노숙자를 부산역에서 거의 보기 힘들었다. 자활 의지가 있는 노숙자라며 호준 씨가 해철 씨를 소개해주었던 것이다.

앰프의 전원을 끄고 호준 씨가 해철 씨와 나를 불렀다. 우리는 식당으로 갔다. 삼겹살 5인분을 같이 먹었다. 해철 씨가 고기를 올리고 뒤집는다. 1968년생 호준 씨는 네 살 연상 해철 씨한테 야, 인마, 소리를 무람없이 한다. "예술가들은 원래 싸가지가 없으니까 아저씨가 양해해주세요." 내가 웃으며 해철 씨에게 말했다. "호준이한테는 내가 많이 져줍니다." 해철 씨가 웃어보였다. 아까 이야기할 때, "호준이가 여기서 공연하면서 우리 노숙자들위해 좋은 일 많이 했어요. 호준이 같은 애를 도와줘야 해요" 하고 애정을 표하던 해철 씨다. 싸가지 없는 말버릇은 독립예술가 이호준 씨 특유의 노숙자 다루는 법이라고 나는 판단했다. 고기를 먹으며 소주 한 병을 나눠 마셨는데, 해철 씨한테 귀한 이야기를 들었다. 며칠 전 자기가 사람 목숨 하나 살렸다며….

"양복 쫙 빼입은 사람이 우리 쪽을 보더니 쓱 와서 옆에 앉는거라. 술 한잔 주십시오…. 내가 얼굴을 딱 봤을 때, 같이 술 먹을 그런 사람이 아인데…. 근데 고독 같은 게 있는 기 얼굴 보면 딱표가 나거든. 그래 내가 '어떻게 오셨어요?' 하니까 대뜸 '죽으러 왔다' 카더라고. '아니 왜 죽으세요?' 하니까 '대구에 사는데, 사장인데, 중소기업 하는데, 너무 안 돼서.' 그래서 내가 '여기 있는 사람들, 다 죽고 싶어서 또 죽지 못해서 이렇게 산다, 나도 사업에 실패해봤다, 죽을라면 대구에도 죽을 데 많은데, 대구에 지하철도 있는데, 왜 하필이면 부산이냐, 바다에 물 더러워지게' 하니까 '열차를 타다 보니까 부산까지 왔다' 이러더라고. '내일 아저씨한테 내가 세 군데를 데려갈 테니까 그걸 보고 마음을 새로 잡수시고 하던 사업을 하세요' 그랬어요."

해철 씨는 첫째로 무료급식하는 부신진역, 둘째는 용두산공원으로 그를 데려가려고 생각했다고 한다. "용두산공원에 노인들이 많고, 늙으면 저렇게 되니까. 세 번째는 자갈치시장, 활발하게 살려고들 하니까. 하여튼 온갖 얘기를 다 했어요. 근데 아저씨가 새벽에 울면서 그럽디다. '당신이 내 목숨 살렸소.' 그래도 믿기지 않아서 내가 그랬어요. '당신 혼자는 못 보낸다. 내가 차표를 끊어서 기차 타는 것까지 보고 당신을 보낸다' 했어요."

새벽 5시 40분 기차에 태웠고 열차 좌석에 앉는 것까지 따라가 확인했다. '사모님' 전화번호까지 알아내 동대구역 도착시간을 알렸고…. 어울려 술을 마셨던 노숙자들이 그 사장이 떠난 뒤다들 칭찬했단다. '니 우예 그리 말을 잘하노.' "나도 잘 몰라요. 술기운에 말들이 막 나와가지고."

다시 말하지만, 노숙자 자활률을 높이는 길은 '삶의 의욕'을 어떻게 불러일으키느냐다. 즉 사회 재교육의 문제다. '노숙자 쉼터' 보다 더 힘든 형편의 사람들이 가는 데가 부랑자 보호소다. 마리아구호소의 김영환 사회복지사는 "나이 사오십 돼서 노숙까지 하게 된 신세, 계산기 두드려보면, 자기 인생은 이미 끝난 거라. 자활해봤자 쪽방인데, 살 의욕이 생기겠어요"라고 했다.

지금 우리 사회에서 '노숙'은 빈곤과 가정파탄의 끝에 내몰린 이들이 죽음을 기다리는 하나의 공인된 방식이다. 서울이고 부산이고 수십 개의 노숙자 쉼터를 대부분 종교단체에서 운영하는데, 종교의 언어로 삶의 의욕을 일으킬 수 있을까. 7년 넘게 부산역 광장에서 노숙인들을 지켜본 호준 씨는 '종교단체는 쉼터 운영에서 손을 떼는 것이 노숙자 문제 해결의 첫 시작'이라고 단호하게 말했다. 목숨 하나 살리자고 노숙자들이 중소기업 사장에게 밤새 충고하고 격려했다는 그들의 성심성의가 애처롭다. 노숙자들은 죽음을 기다리면서 자기 인생에서도 뭔가가 돌이켜지기를, 어떤 놀라운 일이 벌어지기를 무의식적으로라도 기대하고 있는 것이다. 목숨이 살아 있는 한 버릴 수 없는 것이 희망의 본능이다. 내가 아닌 다른 사람의 희망이라도 그 작은 기미에 눈이 번쩍 뜨인다. 그런 깊은 기대를 잘 살펴 노숙자 자활 정책이 세워져야 할 것 같다.

며칠 뒤, 이호준 씨가 기분 좋은 목소리로 연락해왔다.

해철이 이 자식이 중국음식점에 취직했다고.

〈인권〉 2008년 11~12월호

# 봄 되면 평택에 모내기하러 오세요

대전역 앞에서 노동자들의 집회가 열리고 있었다. '05년 정기단협 승리를 위한 대전권역 철도노동자 총력결의대회'라고 씌어 있는 펼침막이 보였다. 집회는 이제 막 시작이었다. 플랫폼에 서있는데 사회자의 말이 잘 들렸다.

"오늘은 민중의례에 앞서 여러분께 소개할 분이 있습니다. 바로 고 전용철 동지입니다. 지난 농민대회에서 전용철 동지가 경찰의 폭력에 희생당한 것은 여러분도 뉴스를 들어 아실 겁니다. 제가 이 자리에서 그분을 소개하는 이유는 전용철 동지가 1979년에 철도청에 입사하여 10년 동안 우리와 같은 직장에서 일한 철도노동자였다는 사실 때문입니다!"

사회자는 이어 정부와 경찰을 한 번 더 규탄했다. 그러는 새

내가 섰는 플랫폼으로 환승 기차가 들어왔다. 기차를 탔고, 기차
는 평택을 향해 달렸다.

평택역 앞에서는 '미군기지 확장반대 촛불집회'가 열리고 있
었다. 굴러다니는 유인물을 주워 읽었다. "담양 정용품 농민 자
살, 성주 오추옥 농민 자살, 의령 진성규 농민 분신 중태" 그리고
"보령 전용철 농민, 전경 폭력 이틀 후 뇌출혈 사망". 이 모든 죽
음이 11월에 일어났다. 쌀개방 비준안이 국회를 통과했고 바야
흐로 한국농민 수난시대라 할 만하다. 내가 주워 읽은 평택농민
회 명의로 된 유인물의 제목은 '농민들은 더 이상 이 나라의 국
민이 아니다!'.

어째서 이런 비극이 일어나는가. 손호철 서강대 교수는 〈민중
의 소리〉와의 인터뷰에서 이렇게 말했다.

"신자유주의를 추진하는 정부는 경찰국가화하는 특징이 있
다. 신자유주의 프로그램이 이해 당사자인 노동자, 농민의 격렬
한 저항을 동반하기 때문에 정부가 이를 추진하기 위해 강력한
경찰력을 동원하는 것은 필수적이다."

손 교수는 경찰폭력에 농민이 희생당한 "이번 전용철 사건을
통해 한국에서 노동자-농민 연대에 기초한 전선이 본격적으로
형성될 수 있다. 민중연대가 노-농-빈을 중심으로 한 상설공투
체이지만, 그동안 상층부의 연대였을 뿐, 기층 조직까지 연대하
는 본격적 연대는 지금껏 없었다"라고 했다.

평택역 앞 촛불집회 현장에서 한참 서성거리다가 밤늦게 팽성읍 대추리로 들어갔다. 이튿날 오전에야 나는 마을 앞의 들을 제대로 볼 수 있었다. 미군기지 확장 예정지의 들은 마을까지 포함해 약 300만 평이라 한다. 내 눈앞에 그 들이 있다. 우주도, 태양계도, 지구도 그 엄청난 크기에서 인간의 감각을 흔들어놓지만, 눈앞의 들도 한 인간에게는 거대하기만 하다. 우리 인간은 이리 작다, 저 들은 어찌 저리 넓나, 태초부터 저 들이 있었던가. 아니다, 오랜 세월 사람들의 손발 노동으로 일군 들이다.

평택시 팽성의 상황은 '한국농민 수난시대'의 또 다른 극단이다. 이 들을 한꺼번에 삼켜버리는 미군기지의 확장은 지역 농민의 생활 기반을 완전히 흔드는 패악이고, 농민이 기반한 존재의 뿌리를 뽑아 사방으로 던져버리려는 폭거다. '패악'과 '폭거'라는 말이 과하게 들릴지 모르겠다. 그러나 이곳 농민이 지금의 땅과 맺은 특별한 사연을 알고 나면 결코 과하다 하지 않을 것이다. 빼앗기고 또 빼앗기며 마침내 얻은 그네들의 땅이기에.

간단히 말해, 이곳 주민들은 일제 강점기에 비행장이 들어설 때 집과 땅을 이미 한 번 빼앗겼고, 1952년에 미군이 기지를 확장한다고 해서 또 한 번 논과 집을 빼앗겼고, 그 후 10년 넘게 죽을 고생을 하며 마을 앞 갯벌을 막아 이 너른 들을 얻었는데, 이번에 또다시 미군기지에 갖다 바쳐야 하는 형편인 것이다.

팽성읍 대추리에 사는 민병대(68) 할아버지의 이야기를 들어

220

보면 재산이 있어 돈을 주고 산 땅과 자신이 피땀 흘려 직접 일
귀낸 땅은 그 감정의 깊이와 끈기에 있어 차원이 다른 것 같았
다. 할아버지는 땅의 탄생과 성장을 다 지켜보았다.

"52년에, 꼭 이맘때 하룻밤 새 미군 불도저가 와서 마을에서
쫓겨나설랑 두더지처럼 땅 파고 움집서 살거나 천막에서 살며
겨울 났지. 그때 부실한 사람들, 어린애하고 노인네들 다 죽었
어, 굶어 죽고 추위로 얼어서 더 많이 죽고. 그라도 우째, 남은
사람들은 살아야지. 이 앞은 바다였는데, 바닷물 들어왔다 나갔
다 할 때, 지게로다 지고 가래로다 밤이고 낮이고 막아나갔지.
막아놓으면 둑이 터져 갯물이 들어오고 또 막고 연신 그러면서
차츰차츰 땅이 만들어진 거야. 땅이 논 될라문, 비 오면 물을 가
뒀다가 물로 계속 울궈내야 혀. 3~4년, 심한 데는 6년을 땅의 짠
기를 울궈내야 해. 심으면 죽고 심으면 또 죽고, 그러면 또 물 가
뒀다가 물 빼고 심고 또 죽고, 오랫동안 그러다 파릇파릇하니 싹
이 나고 드문드문 살기 시작하더라고. 나락이 살기 시작한 첫해
는 소출이 아주 쬐끔 나왔어. 열 개 심으면 한두 개나 살았나. 그
래도 늘상 죽던 땅에 뭔가 처음 살아나는 것 볼 때, 그 기쁨은 이
루 말할 수 없지."

당시 어린 청년이었던 민병대 할아버지는 8·15 광복 때보다
더 큰 기쁨의 만세를 불렀을 것이다. 어쨌든 그렇게 오직 사람의
힘으로 지금의 들 중간까지 마을 사람들과 함께 논을 넓혀나가

다가 박정희 대통령 시대 국가사업으로 아산만에 둑이 생기며 평야라 할 만한 들이 일거에 완성되었다. 간척미라 해서 다른 땅의 곡가보다 가마당 1만 5천 원 정도 더 비싸게 받는 이곳의 논은 기능적으로도 값어치를 가지고 있지만, 마을 전체가 합심해서 들을 만들어나간 귀한 기억이 있기에 (기지 확장이 예정된) 땅에 대한 농민들의 애착은 유별날 수밖에 없다.

그런데 11월 23일, 중앙토지위원회가 협의매수를 거부한 90여만 평을 두고 수용결정을 내리면서 결정 이후 50일이 지난 뒤부터 강제매수를 단행할 법적 토대는 만들어진 셈이다. 즉 농민이 끝까지 미군기지 확장이란 '국책사업'을 거부할 경우, 공권력이 강제적으로 개입할 수 있는 것이다. 그럴 때는 어쩌시려는 걸까.

"죽어도 지켜야지. 내가 수십 년 동안 고생해서 지은 땅인데, 엽서 한 장 띄워놓고 내놔라, 엽서 한 장 띄워놓고 돈 얼마 찾아가라, 이게 말이 되는 짓거리냔 말야."

정부의 행태에 얼마나 화가 났는지 '국방부, 평택시, 토지공사, 한국감정원, 주택공사 우편물 수취 거부, 감정평가 거부'라고 빨간 글씨로 쓴 문패를 협의매수를 거부한 집마다 내걸고 있었다. 뿐만 아니라 이 땅에서 떠나지 않고 죽을 때까지 농사를 짓겠다는 대추리와 도두리 사람들의 촛불집회만도 벌써 500회를 넘었다.

대추리 노인회관에서 정태화(71) 노인회장을 만날 수 있었다. 주민들이 결의에 차 있긴 해도 살날이 얼마 남지 않은 노인이 다수다. 힘에 부쳐 피곤한 기색과 밤잠을 못 자고 고민하다가 자꾸만 약해지는 마음도 숨길 수 없는 이곳 사람들의 진실이다.

"내가 어젯밤 1시에 깨가지고 텔레비를 보니까, 국방부에서 무슨 발표를 한 모양인데, 계약이 다 돼가고 있다, 하는 뉴스가 얼핏 나와. 그래서 컴퓨터로 평택시민신문에 들어가 눌러보니까 이렇게 나왔어."

정 회장은 셔츠 주머니에서 뭐라고 쓴 종이쪽지를 내놓는다.

"뭐라 돼 있느냐, 지금 협의매수된 땅이 239만 평이고, 대학 토지 18만 9천 평도 협의됐고, 그래서 349만 평 중 68.5%가 됐단 말야. 나머지 91만 평이 남았는데, 요걸 강제매수한단 거지. 내가 볼 땐 이 통계가 지금 가장 정확한 거 같아. 부풀렸다는 사람도 있지만, 내가 이 들판에 웬만한 땅은 번지를 다 알아. 밖에서 관리하는 땅이 어딘지도 알고. 내가 밤에 잠 안 올 때마다 토지 사이트에 들어가 번지를 눌러봐. 땅이 국방부로 넘어갔나, 안 넘어갔나. 난 집에 지도를 구해다 걸어놓고 빨간 걸로 표시를 다 해놔. 외지사람 대신 내가 관리하는 것도 18만 평 되는데, 이제 3천 평밖에 안 남았어. 동네 사람 것은 찍어보지 않아. 아는 건 뻔히 알고, 그새 누가 나갔나 무슨 조사를 하듯이 알아보면 뭐해."

전날 촛불시위 집회에서 만난 문정현 신부는 강제매수를 결정하는 중앙토지수용위원회(이하 중토위) 회의 개최에 앞서 책임자 면담을 요청했지만 거부당했고, 그래서 주민들, 시민단체 사람들과 함께 중토위 사무실로 들어가 농성을 했는데, 그 자리서 내내 아무 말 없던 호리호리한 몸매의 노인 한 분이 위원회 사무장에게 딱 한마디 묻던 게 잊히지 않는다고 했다.

"당신들이 수용하려고 하는 논에 한 번이라도 와봤느냐."

사무장은 아무 대답도 못 하더란다. 문 신부는 그 노인이 누군지 몰랐으나 그가 정태화 노인회장이었다. 그러니까 밤잠을 못 자고 괴로워하던 노인의 울분이 최대한 억제된 상태로 나온 것이 간절한 그 질문이었다. 노인의 울분은 어쩌면 제대로 폭발한 적이 아직 한 번도 없다.

"이제 이놈들이 진짜로 와서 밀어붙인다면, 쇠스랑을 뒤에다 차고 있다가 한 놈 그냥 콱…. 안 그래? 겁날 게 뭐 있어. 내가 살아야 얼마를 더 살겠어. 근데 시시한 놈 쥑이면 뭐혀, 아무것도 아니지. 뭐 하고 있다는 놈 쥑여야 내 한 몸 희생이라도 되지. 시시한 놈 죽이면, 돼지새끼 한 마리 쥑인 거나 같지. 근데 나 같은 놈은 높은 놈을 만날 수나 있나, 만나주기나 하겠어."

노인의 이런 무서운 분노는 그동안 말이 좋아 '협의매수' 지주민들 삶의 실상을 아는 노력은 안중에도 없었던 국방부의 태도와, 민병대 할아버지의 회고처럼 지역 마을이 두 번에 걸쳐 옮겨 앉은 것과 각고의 노력으로 지금의 너른 들이 생겨난 것에 대한 뜨거운 기억과 애정 때문일 것이다. 초라한 한 개인이 거대한 세력을 향한 분노의 감정에 휩쓸리면, 누구든 삶의 안정감이 일시에 흔들리기 마련이다. 대추리와 함께 예정지에 포함된 팽성읍 도두리의 이상렬 이장은 신경과 치료까지 받아야 했고, 민병대, 정태화 노인뿐 아니라 다수 주민이 "밤에 잠을 못 잔다"고 호소한다. 이 맺힌 감정은 어디로 갈까? 마침내 과격하게 폭발하고 누구도 원치 않는 수많은 불상사를 일으킬지 모른다.

마을에서 첫 밤을 자고 난 오전, 어느 집에서 김장을 담그는데, 이웃들과 타지의 자식들이 와서 다 함께 품앗이를 하는 풍경을 볼 수 있었다. 아직 이곳 마을에는 상부상조의 인심이 살아 있다. 태양초 고추로 버무린 매운 김치와 삶은 돼지고기 한쪽을 입에 넣고 씹으며 농민 홍민의(48) 씨의 이야기를 들었다.

올해 2만 평 논농사를 지었다는 그는 "나야 아직 젊어 타지에 나가도 어찌 살아갈 수 있다 해도 단지 나 혼자 살고 죽는 문제가 아니거든. 무엇보다 대대로 살아온 마을을 어떻게 하루아침에 내버려두고 가냐고" 하고 말했다. 마을에서 쫓겨나더라도 당장 극빈의 상황에 놓이는 집은 거의 없다고 하지만, 마을 사람들의 공분은 정부가 국민을 바라보는 '비국민' 적인 시각과 행태에서 비롯되고 있다는 것이다. "와서 싹싹 빌어도 줄 땅이 아닌데, 종이 한 장 띄워놓고 내놓으라구?"가 가장 대표적인 표현이다. 우르르 몰려다니며 '협의매수' 라는 명목으로 주민들을 이간질

하고 모든 것을 돈으로 저울질하는 짓거리를 용서할 수 없다고
한다.

"참 너무 잘못 혀. 우리 정부가 너무 잘못 혀. 미국 사람 나무
랄 것 없어. 그놈들이 땅 달랜다고 넙다 갖다 바치는 게 정부가
할 일이여? 원래 살던 데서 쫓겨나서 그 죽을 고생을 했는데, 지
금도 그런 식으로 하려고 그래. 우리는 국민이 아니여. 나라 정
부가 이럴 수는 없어."

대추리의 최고령 할머니인 조선례(88) 씨의 말이었다. 중토위
의 결정으로 강제매수가 가능하게 되었고, 강제매수는 곧 예정
지 강제수용을 뜻한다. 강제수용이란 곧 강제철거, 그리고 기지
확장 공사라는 명분의 대대적인 절대농지 파괴행위를 뜻한다.
연말부터 단행될 거라는 강제매수는 어떻게 진행될까? 마을 전
체에 단전단수 조치를 취할까. 경찰 병력의 대대적인 결집 속에
마을을 고립시킬까. 주민들이 우물을 파고 가까운 데서 먹을거
리를 보급하면서 최소한의 자급 시스템으로 계속 버티면 어쩔
것인가. 빈민촌 철거처럼 용역업체 '깡패'들을 동원해 사람들을
끌어내고 집을 무너뜨리는 짓을 할 텐가.

걱정이 되어 문 신부에게 물어보았다. 문 신부는 "예측불허"
라고 말한다. "마을 사람들을 일일이 집에서 끌어내고 마을을
때려 부수고 할 거라 하지만, 그게 가능할까? 철거민 경우하고
는 달라. 그냥 한 마을이 당하는 일이 아니고, 전국에서 문제의

식 가지고 있는 사람들이 지켜보고 있는데, 세계적으로도 미군 기지가 문제가 되고 있는데 말야." 다른 데 가서 안 죽고 이 마을에서 죽겠다는 적지 않은 수의 주민들이 있기에 강제집행을 하기가 아무래도 쉽지 않을 거란다.

마을 주민들은 모든 경우의 수를 대비한 만반의 준비를 하고 있는 중이다. 그 대책은 나름의 보안 유지 사항이라 나는 알 수 없다. 아무튼 주민들은 이번 겨울의 고비를 넘기고 내년 봄에 모내기를 할 수 있기를 소원하고 있다. 모만 꽂으면 남은 한 해는 탈없이 넘길 수 있을 거라는 것이다.

쌀 비준안이 통과된 최근의 일뿐 아니라 이 땅의 농촌은 오래전부터 맥없이 무너져가고 있었다. "전체인구에서 농가 인구 8%는 GDP에서 차지하는 농업의 비중을 생각하면 과다하다. 농가 인구를 더 줄여야 한다"는 재정경제부 차관의 말처럼 오직 경제적 잣대로 농업을 바라보는 것이 당국자의 기본 인식이다. 그럼에도 한국농업에 대한 이 나라 백성의 애착이 있는데 미군기지를 확장한다면서 모를 이미 꽂아놓은 논을 감히 뒤집어엎지는 못할 거라는 것이다. 천상 농민들다운 믿음이다.

한국 현대사에서 온갖 사회 운동이 있었지만, '내년 봄에 우리 모두 모내기 합시다'라고 하는 평택 사람들의 구호만큼 아름다운 구호가 있었던가. "이앙기는 내버려두고 정말 옛날 두레처럼 줄 잡고 농악 치고 온 마을 사람들이 모여 모내기할 겁니다"

하고 홍민의 씨가 말했다. "내년에 모만 꽂을 수 있다면, 난 덩실 덩실 춤이라도 출 거야"라고 민병대 할아버지가 말했다.

지금 팽성의 겨울 들은 조용히 쉬고 있다. 간간이 매와 솔부엉이가 날고 멀리 이국에서 온 철새가 앉았다 간다. 저 말 없는 들은 무엇을 원할까. '예정지 면적에 2.5m의 흙을 덮고 다져 건물을 올리고 비행장을 만들 것이다'라는 미군사령부의 발표대로 전쟁무기 전쟁병사들을 들이고 싶을까. 기쁨에 찬 노동의 맨손으로 생명의 모가 제 넓고 축축한 가슴에 심겨지기를 원할까.

〈인권〉 2005년 12월호

# 4

# 산문

두 번째 이야기

# 산책과 벤치

먼저 '산책'을 찬미해야겠다. 가까운 국어사전에서 출발한다. 산책(散策) : 휴식을 취하거나 건강을 위하여 천천히 걷는 일. '散'은 흩을 산. '策'은…. 어? '채찍 책'이란다.

뜻이 더 있겠지, 커서를 아래로. '지팡이 책'이기도 하단다. 그러니까 산책은 지팡이를 짚는 노인의 걸음처럼 천천히 걷는 것쯤 되겠다. 걸음을 뿌리듯이 또 풀어헤치듯이 걷는 것이기도 하고.

지난겨울, 나는 이 산책을 참으로 자주 하였다. 효과를 톡톡히 보았다. 참으로 과도한 노동을 하였고, 내 인생을 통째 돌이켜보아도 지난겨울만치 '빡세게' 나 자신을 굴렸던 적이 없었던 것 같다. '노동'이라고 방금 말하였는데, 즉, 일을 하였다. 내게

'일'은 '글쓰기'가 된다. 겨울 내내, 나는 거의 미치다시피 하여 글을 썼다. 술을 마시느라 하루 이틀 건너뛸 때도 있었지만, 열흘 넘게 매일 14시간씩 쓸 때도 있었다. 이러다가 머리가 어떻게 되는 것은 아닐까, 겁이 날 정도로.

하루 14시간, 그러나 중간마다 반드시 쉬어줘야 했다. 일을 시작한 지 30분 만에 쉬어야 할 때도 있고 2시간 이상 계속 일이 잘되어나간다 해도 '이러면 안 돼' 하고 무조건 책상을 벗어나야 할 때도 있었다. 텔레비전 토크쇼를 보기도 하고 침대에 10분, 20분 누워 있기도 했다. 뭘 먹어보기도 했다. 다 효과가 있었다. 이것저것 해봤지만, 그러나 가장 좋은 쉼은 엠피쓰리로 음악을 들으며 집 밖의 길을 걷는 것이었다. 그러니까 산책이었다.

글쓰기에 몰입하였던 행복한 겨울은 가고, 봄이 왔다. A4 용지로 찍어놓은 시퍼런 상태의 장편소설이 지금 책상 한쪽에 놓여 있다. 출판사는 7월쯤 책을 내자고 한다. 나의 참 예쁜 자식! 세상으로 시집 보내기 전에 꽃단장을 할 일이 아주 조금은 남은 상태라고 할까.

소설을 쓰는 동안, 산책을 자주 하면서 '이렇게 좋은 것이었나' 감탄할 때가 한두 번이 아니었다. 산책, 아니 '걷기'에 대한 몇 줄 찬사가 소설의 본문에도 들어갔다. 이야기는 흘러가야 하고 지근거리의 것들을 이야기의 재료로 급히 써먹기 마련이다. 서울의 한 찻집에서 차를 마시는 장면을 그렸다면, 내 책상의 컵을 그 찻집의 소품으로 삼아 묘사해버리듯이 말이다. 본문의 몇 줄을 인용한다. 아직 발간되지 않았지만, 내 소설에서 내가 인용하는데 누가 뭐라 하겠는가. 주인공 '조경태'가 쓰는 편지 중에 이런 표현으로 되어 있다.

"생각을 정리하고 또 생각을 새로 버는 데에 걷기만 한 것이 없어요. 발이 하는 일이 걷기인데, 머리에서 제일 먼 게 발이죠. 걷는다는 것은 뇌를 발바닥까지 내려보내는 일이라고 나는 생각합니다. 뇌가 발바닥까지 내려오는, 즉 온몸을 통과하는 뇌, 그러면서 뇌가 온몸이 되는 일인데, 사실인즉, 뇌와 심장 사이로 오가는 짧은 회로 속에 갇힌 다량의 피가 걷기에 의해서 발바닥까지 내려가 지기(地氣)를 받고 뇌로 돌아가는 일인데, 어떤 까닭인지 모르지만, 심장만 돌고 올라온 피에 비해 발바닥까지 갔다가 온 피는, 즉 피가 온몸 구석구석까지 돌고 왔다는 것인데, 경험 많은 자가 지혜가 많듯이 풍성한 아이디어와 감정을 뇌에 담뿍 선사하는 것이었어요. 생각을 버는 데에 걷기가 최고라는 것은 이런 뜻입니다."

과장하자면, 이 성실한 피돌기의 '걷기'가 없었다면, 나의 두 번째 장편소설이 가능키나 하였을까나!

'앙꼬(팥소) 없는 찐빵'은 사절이다. 비슷하게 '벤치 없는 산책'도 나는 사절이다. 우리 집 아래쪽에 있는 부산경상대학의 한 벤치가 지난겨울 내 잦은 산책의 좋은 반환점이 되어주었다.

이제 벤치 이야기를 하자. 근처의 자판기에서 '프림커피'를 한 잔 뽑고(아, 150원짜리!) 벤치로 가 앉아 담배를 피우고 커피를 마셨다. "예수와 심청의 죽음이 사실상 똑같아. 둘 다 희생제물이었잖아. 어떻게 생각해?" 친구에게 전화를 걸어 소설의 한 장면을 놓고 자문을 구하기도 했다. 그러니까 벤치는 나에게 제2의 책상이었던 것이다.

세상 사람들이 아직 읽지 않은 내 소설에는 벤치와 나만이 아는 비밀 이야기가 꽤 담긴 셈이다. 길을 걷는 동안 더욱 풍성해지는 '생각'을 한 번쯤은 끊어야 한다고, 한 번 끊긴 생각은 참다참다 터지는 둑처럼 새로운 생각을 홍수처럼 몰아줄 것이라고 '반환점'과 '쉼'이란 이름으로 벤치는 나를 늘 기다렸다. 집 근처에 덜렁 놓인 벤치와 나 사이, 따뜻한 내 엉덩이살과 차가운 돌벤치 사이를 오간, 사람과 물건 사이 비밀스런 스킨십을 누가 아랴!

다시 말하지만, 좋았던 겨울은 갔고, 이제 봄이라니까! 소설과, 소설을 품고 하였던 나의 행복 가득한 산책도 과거가 되었다. 벤치는 내게 벌써 애틋한 추억처럼 다가온다. 한 권의 장편소설 속에 지난겨울이 아낌없이 투입되었고, 최초의 언어마다 따라붙는 최초의 기쁨이었던, 책상과 벤치를 휘감았던 시공간의 에너지도 다시는 반복되지 않을 것이다. 장강의 같은 물에 두 번 손을 담글 수 없는 것처럼.

이제 산책의 일반론을 말하려 한다. 두뇌노동에 종사하는 특수직종 말고도 누구에게나 해당되는 산책 이야기다. 당신이 지금 산책을 할 수 있다면, 아직 건강하다는 것이다. 무슨 일이든, 일을 할 수 있다는 것이다. 그런데 만일 산책마저 허용하지 않는 몸의 상태라면, 이번 세상의 인연들을 조용히 정리할 때일지 모른다. 몸이 아팠다가 건강을 회복하는 기쁨, 집 밖 공기를 오랜만에 쐬어보는, 조심스럽게 병석을 벗어나보는 몇 달 만의 산책에서는 가히 일생일대의 기쁨을 맛보게 되리라. 병에서 벗어나는 것만큼 복된 일이 우리 인생에 있으랴. 투병의 기억을 잔잔히 돌이키는 벤치야말로 이 세상 최고의 벤치일 것이다.

내 인생에 언젠가 마지막 산책이 있게 되리라. 마지막 벤치도 있게 되리라! 아, 슬픈 일이다.

그래서 오늘 이 벤치에서, 아니 이 글의 마지막에서는 '먼저 떠난 이'의 노래를 듣도록 하자. '천재적 보컬리스트'라고 불렸던 그의 목소리와 멜로디를 떠올리기 바라고, 혹 노래를 모르는 이는 그냥 노랫말만 즐겨주시기를. 고 김현식 형의 '그 거리 그 벤치'이다. 노래에 그려진 것처럼 순수한 감정의 자아로 우리, 잠깐이나마 돌아가 보자.


그 거리를
걷고 있으면

가슴에 불이 켜지고
사랑의 시를 쓰게 되지요

그 벤치에 앉아 있으면
가슴에 가리워졌던
잔잔한 평화
넘쳐 오지요

우리의 사랑이 시작된 그 거리
아픔과 기쁨이 때 묻은 그 벤치에

바람이라도 불어
추억이 스치면
먼 길을 먼저 떠난 너의 생각에
더 이상 참을 수 없어 왈칵
울어버리지

그 거리에 홀로 남아
그 벤치에 홀로 앉아

—김현식 5집 〈넋두리〉에서

김현식은 이 세상의 어느 벤치에 앉아 '먼 길을 먼저 떠난' 이를 생각하고 나는 경상대학 안의 한 벤치에 앉아 '먼 길을 먼저 떠난' 김현식을 생각한다. 다시 한 번, 나는 잘 알고 있다. 내 인생의 어느 날, 벤치에 가 앉았다가 집으로 돌아가고 그리고 다시는 벤치로 가지 못하게 되는 날이 오리라. 내가 앉았던 벤치는 홀로 있게 되리라.

'인적 있거나 없거나 항상 열려진 저 숲속길처럼'이라고 정태춘 형님은 노래하였다. 벤치도 숲속길과 같다. 내가 사랑하다 떠난 이 벤치를 다른 누군가가 와서 사랑하게 되리라. 벤치는 존재 조건상 사랑의 공공성을 품은 물건이다. '서 있는 사람은 오시오, 나는 빈 의자, 당신의 자리가 되어주리다'라고 노래한 장재남의 '빈 의자'가 '벤치'다.

산책과 벤치를 사랑하는 사람들은 이 세상의 끝날까지 반드시 있기 마련이고, 오늘 나의 이야기는 벤치에 얽히는 '네버엔딩 스토리' 중 하나의 작은 장(章)일 뿐이다. 숲속길과 도서관과 벤치를 우리는 사랑해야 한다. 공공성 속에서도 유일무이한 개인적 사랑이 발생하는 공간이니까. 생각건대, 천성산과 새만금갯벌만큼 귀한 벤치니까요.

〈부산일보〉 2008년 3월 20일

# 지역작가로 살아보니 알겠다

–내가 산지니와 손을 잡은 까닭

1

'지역작가' '지역문학'.

써놓고 보니, 마뜩찮다. 말값이 비싸 보이지도 않고 인기 있는 말도 아니다. 이 '키워드'를 가지고 재미있는 글을 쓸 수 있을까. 재미 빼면 시체인 인간들이 소설가 아닌가.

생산적인 언명도 아니다. 한국, 아니 아시아, 아니 전 세계의 독자를 생각하며 글쓰기의 나래를 펼치려 하는 야심찬 한 작가가 있다고 하자. 그를 일러 '지역작가', 그의 생산물을 '지역문학'이라고 한다면, 울타리를 친다 할까, 한계를 짓는다고 할까, 구석으로 몰아넣는달까, 누가 반기겠는가 말이다.

농민시인, 노동시인, 이렇게 불리는 당사자는 '독자 도망가는 소리가 들린다' 고 기겁을 한다. 지역작가, 지역문학도 그런 천덕꾸러기 신세다.

유감스럽게도 오늘 글쓰기의 키워드는 '지역-', 그리고 내가 꼼짝없이 '지역작가' 이다. 부언하여 '부산작가' 가 된다. 이유야 부산에 살고 있기 때문이다. 1997년부터니까 십몇 년째이다.

좋건 싫건 나는 확실한(?) 부산작가임을 밝힌다. 부산에 거주할 뿐만 아니라 부산 시민들을 상대로 집필활동도 한다. 부산에서 발행되는 일간지에 기고를 한다. 또 지역의 문학계간지에 에세이를 몇 편 발표했고 피 같은 단편소설을 발표하기도 했다.

내가 부산작가인 보다 결정적인 이유가 있다. 그것은… 이 글의 마지막에 밝히기로 한다.

그런데 생각해본다. '지역작가' 인데도 '지역-' 이 아닌 '서울문학' 을 하는 경우가 있을까? 지역작가가 서울의 출판사를 통해 책을 내면, 지역문학이 아니게 되는가? 지역에 거주하는 작가이고 지역의 출판사로 책을 냈다고 해도 서울 강남의 아가씨 또는 아줌마들의 연애 · 불륜 이야기를 소설로 썼다면, 그것을 '지역문학' 이라고 할 수 있을까? 부산 태생의 서울 사는 작가가 서울의 한 출판사로 부산에서의 어린 시절을 섬세하게 묘사한 성장소설을 출간했다면, 그것은 서울문학인가? 부산문학인가?

뭐, 이런 질문들이 떠오르지만, 글의 전개를 위해 억지로 자문해본 것뿐이다. 재미없다. 누구도 나열한 질문들의 답에 관심을 가질 성싶지 않다. 하여 답하지도 않겠다. 이 글은 '지역 작가', '지역문학'의 정확한 정의를 내리기 위해 쓰는 것이 아니다.

지금 내 마음은 하여튼 대단히 무겁다. 반복하지만, '문학적 비전'이라곤 쥐구멍에 볕뜰 날만치 희박한 케케묵고 비생산적인 이 화두에 사람들은 등 돌린 지 오래됐다. '돈 되는 문학'에 모두 눈 시뻘겋게 뜨고 질주하고 있다.

'돈 되는 문학', 정확히 말해, 그것은 문학이 아니다. '돈 되는 문학'은 말 그대로 문학이 아니라 그 정체가 결국에 돈이다. 문학이 문학으로 남지 않고 한껏 돈이 되고 나서는 생명이 끝나버린다. 사람들은 '돈도 되는' 문학이라고 적극적으로 착각을 한다. 돈도 되는 '문학'이 아니라 '돈'에 눈 시뻘겋게 뜨고 질주하는….

지금 한국 문학판이 그렇지 않나?


2


'지역'이란 화두로 정작 내가 어떤 이야기를 하게 될지, 솔직히 잘 모르겠다. '문제'는 진행 중이고, 그 답을 모르겠고, 여전히 찾고 있는 중이다. '확신' 없이, '비전' 없이 쓰는 글이 가장 곤혹스럽다.

무엇보다 거짓말을 용납하지 않기로 하자. '지역-', 여기에 말재간을 부려서 무슨 꿈칠을 하지 말자. 책임질 수 있는 이야기만을 하자. 즉 '개인적 체험'에서 1cm도 벗어나지 말자.

나는 문학적으로 생각하고 문학적으로 행동하는 인간이다.(이었다.) 대학생활은 서울에서 했는데… 대학 졸업 후 군대를 다녀와 역시 서울에서 직장을 구했으며, 뜻한 바 있어 퇴사하고 '잠만 자는 방'에서 글쓰기를 쓰다가 '탈서울'을 결심했다. 부산 가는 빈 트럭을 수소문해 짐을 실어 보내고 혼자 서울역으로 가서 기차를 탔을 때, 조금의 아쉬움도 없었다. '잠만 자는 방'에서 객사할 뻔했던 나의 마지막 서울생활이 아니었던가. 나는 작가가 되겠다는 놈이 아닌가, 하고 나 자신을 다그쳤다. 좋은 원고만 완성하면 되는 것이지 퇴사하고도 왜 몇 달이나 천리타향에 빌붙어 고생하고 있었을까! 1996년 겨울, 나는 낙향했다. 그 후 지금껏 고향 인근의 대도시에서 잘 살고 있다, 부모님과 함께.

부산이 좋았다. 시골에서 자란 촌놈이라서 성질에 맞았다. 사람들의 행동을 보면, (구태여 사례를 들지는 않겠다) '인정의 영악함이 서울보다 10년 느리구나' 싶었다. 낡은 대도시 속의 시골 기운에 푸근해졌다. 다시 서울에서 살고 싶은 마음은 눈꼽만치도 없다.

약력란에 몇 줄로 요약되곤 하는 '탈서울' 후 나의 십몇 년을 서너 문단으로 정리해보기로 한다.(이야기를 실감나게 하려니까, 구차스럽지만, 나의 소개가 필요해졌다.) 낙향 후 2년이 지났을 때다. 나는 서울의 한 신문사가 주최하는 문학상에 장편소설을 응모하였고, 당선자가 되었다. 당선작은 서울의 한 출판사를 통하여 책으로 나왔다. 나의 첫 책이다. 거봐라, 부산에 산다고 문학을 하는 데 무슨 지장이 있단 말이냐! 나의 선택은 옳았다. 책의 내용도 나이 들어 부모 곁으로 와서 부모라는 존재를 관찰하고 생각하고 기억하고 꿈을 꾸는 내용이었기에 더 그랬다. 낙향하지 않았다면, 나의 첫 장편소설은 존재할 수도 없었을 것이다. 문학상의 상금은 처음 만져보는 거금이었고, 출판사는 문학상을 주최한 신문사의 신문에 책 광고도 수차례 해주었다. 신인작가가 누릴 수 있는 최고의 호사였다. 나는 나의 거처와 불화를 겪지 않았다. 불화는커녕 행복하기까지 했다.

이 글은 한 지역작가의 허위의식을 까발리는 글이 될지도 모르겠다. '소개'라는 미명하에 내 두 번째 책 이야기를 하려니까, 그런 어두운 예감이 든다. 첫 책 이후 약 6년 만에 두 번째 책의 결실을 보았다. 소설책이 아니었다. '르포ㆍ산문집'이었다. 소설책이 아니어도 책은 모든 저자에게 자식과 같고 거의 목숨과 같으므로 첫 책과 똑같이 소중하기만 했다. 수백수천 개의 출판사가 서울에 있지만, 책은 대구의 한 출판사를 통해 나왔다. 직원이 3명뿐이니까, 작은 출판사라고 할 수 있다. 그러나 《녹색평론》이란 잡지를 발행하는 출판사였다. 즉, 녹색평론사였다.

책의 표지는 소박해 보였다. 녹색평론사의 책 같아 보였다. 그런데 판매는 부진했다. 출간 후 1년이 되기 전에 8천 부 정도 팔렸으면, 하고 바랐는데(왠지 나는 '8천 부'라고 생각했다), 3천 부를 겨우 넘겼다. 실망하지 않았다. 여러 지면에 이미 발표했던 글들이고 글마다 원고료를 알뜰하게 챙겼기에 인세 욕심은 애초에 별로 없었다. 파괴되어가는 이 땅의 산천, 그곳 저마다의 사람살이 사연을 묘사하는 것이 주된 내용이었다. 환경·생명운동 담론에서 최고 권위를 가진 출판사를 통해 책이 나왔다는 것이 나의 허영심을 만족시켜주었다.

그리고 가장 최근의 이야기를 하자. 이것이 문제적라면 문제적이다.

2007년 겨울, 나는 새 장편소설을 쓰기 시작했다. 초고가 중반을 넘어가면서 원고가 책이 될 운명임을 나는 직감했다.(책이 되지 못하는 원고도 세상에 숱하게 많다.)

나는 방금 '책이 될 운명'이라고 했다. 따옴표를 써서 재확인하지 않았으면, 독자들은 그저 무난한 문장으로 넘겼을 것이다. 그러나 나는 힘주어 '운명'이라는 단어를 썼다. 내게 책이란 그런 차원의 존재이기 때문이다.

생각해본다, 책이란 무엇인가. 소설의 경우, 하나의 이야기가 책이 될 때, 그 이야기는 왜 책이 되는 것일까. 아니 왜 책이 되어야 하는 것일까. 얼마나 가치 있길래 이야기가 책이 되는 것일까. 이 세상에, 이 더러운 세상에, 이 아름다운 세상에 꼭 알려져야만 하는, 그것도 (인간이 뜻깊게 발명한) 책이라는 형태를 갖춰 광범위하게 '배포' 되어야만 하는 것이라면, 그것이 보통의 이야기겠는가. 보통의 이야기가 아닌, 책이라는 거의 영구적일 수도 있는 존재의 발판을 가져야만 하는 그토록 값진 이야기라면, 이야기꾼의 인생에서 쉽게 생산이 되겠는가. 나는 첫 장편 이후 9년 만에 두 번째 장편소설을 쓴 것이다. 초고의 마지막 장을 썼을 때의 환희심을 잊을 수 없다. 9년을 기다렸던 보람이 있다고 감격했다. '운명' 이라는 말은 쉽게 쓰는 말이 아니다. 나는 쉽게 쓰지 않았다. 나의 원고는 책이 될 운명이었다!

이 세상에 오직 나만이 쓸 수 있는 소설이라는 운명의 직감 후, 내 고민은 다음 단계로 넘어갔다. 누가 이 뜨거운 이야기를 책으로 만들 것인가. 책 만드는 전문가들이 있다. 그들은 물론 '출판사' 라는 회사에 근무한다. 나의 이야기를 어느 출판사가 가장 반길까. 어느 출판사가 열렬히 나의 책을 전파해줄까.

다른 작가들의 경우는 알지 못한다.(집필 전에 계약, 선인세 등의 약속이 이미 되어 있는 경우가 있다.) 내 경우, 초고가 진행될수록 원고가 어느 출판사로 가야 할지 명확해져갔다. 퍼센트로 말하는 것이 우습지만, 내게 문학상을 주었던 H출판사로 원고가 가야 한다고 '50%의 확신'으로 나는 판단했다. 인간적인 예의이자 의무라고 보았고 그들도 옛정이 있어 반길 것이다. 혹 여 H가 아니라면? 나는 '창비'로 원고를 보내야 한다고 '30%의 확신(?)'을 가졌다. '창비'가 아니라면? 서울의 S출판사라고 29%의 확신(?)으로 판단했다. 그럼 도합 99%다. 나머지 1%는? 부산의 S출판사였다.

H는 중견 출판사이다. 눈 가리고 아웅하기, 신문사와 함께 십 년 넘게 장편소설 문학상을 주최하고 있는 뻔한 출판사를 왜 내 가 H라고 표기하는지 까닭을 모르겠다. 창비는 알다시피 창비 다.(왜 창비는 창비라고 밝혀놓는지 역시 까닭을 모르겠다.) 서 울의 S출판사는, 그렇다, 당신 마음속에 떠오른 그 출판사 맞다. 그런데 부산의 S는?

'부산의 S?' 하고 잘 모를 것이다.

내가 정녕 하고 싶은 이야기는 이 S에 대해서다. 아니 S가 자 리한 부산의 출판에 대해서다.

3

나는 '문득 맑은 눈으로'라는 표현을 좋아한다. 한 지인이 어 떤 술자리에서 벽초의 임꺽정 이야기를 하면서 '문득 맑은 눈으 로'라는 표현을 절묘하게 사용했는데, 그날 이후 내가 너무 좋아하는 말이 되었다.

문득 맑은 눈으로 세상을 보면, 세상은 너무 아름답다. 세상은 너무 기괴하다. 너무 따뜻하다. 너무 폭력적이다. 세상은 너무 이상하다. 문득 맑은 눈일 때, 나는 '너무'를 경험한다. 익숙하던 것들이 생경해지고, 불명료한 것이 명확해지고, 명확한 것은 흔들린다. 문득 맑은 눈은 내게 인식과 감정의 도약을 부르는 힘을 가졌다.

어느 날, 나는 문득 맑은 눈으로 내가 몇 년째 몸을 담고 살고 있는 부산을 보았다. 부산의 문학, 부산의 책, 부산의 출판을 보았다. 그렇다, 무엇보다 부산의 출판을 보았다. 지역작가, 지역문학이 있으면, 지역출판도 있을 터!

그런데 부산에는 출판이 없었다. 있다고 해도 있다고 할 수 없다. H, J출판사 등이 있으나 그들은 저자가 자기 책을 몇백 부 구매하는 식의 자비출판의 언저리를 맴돌고 있었다. 상업성을 경계한다고 하여도 그래도 어느 정도는 팔아보겠다고 최소한의 노력을 해야 하는데, '전국유통'이라는 잣대를 댄다면, 서울의 흔해빠진 출판사에 비해 거래서점이 1/10도 되지 않는 형편이었다. 표지나 책의 내부 디자인도 실망스럽기 그지없다. 자비출판이 어련하랴.

물론 자비출판이 무조건 비아냥의 대상이 되어선 안 된다는 것을 나는 안다. 한 친척아주머니가 나이 육십이 다 되어 시를 공부하기 시작하더니 첫 시집을 낸 뒤 그것을 소포로 보내주었을 때, 나는 감동했다. 출가한 자식들이 어머니의 환갑을 맞아 돈을 거두어 책을 내주었다고 하는데, 너무 아름다운 자비출판이었다. 그러나 부산의 출판사들은 상습적인 자비출판이었다.

부산의 출판을 보니까 문득 내 맑은 눈에 너무 이상하게 보이는 것이다. 인구 400만의 대도시가 아닌가. 롯데 자이언츠라는 프로야구팀이 부산에 있다. 1호선, 2호선, 3호선 지하철도 다닌다. 대단위 아파트도 있다. 법원도 있다. 50만 구독자에 육박한다는 석간신문도 있다. 그런데 자비출판을 하지 않고 최소한의 전국유통을 하는 출판사가 단 한 개도 없다. 어떻게 이럴 수 있을까.

사정이 이렇게 된 것은 온갖 복잡하고 필연적인 이유가 있을 것이다.

오래전 어느 토론회에서 '지역문학' 이야기가 나왔고, '지역문학이 잘 되려면, 좋은 작가가 지역에 살고 좋은 출판사가 지역에 있고 좋은 독자가 있으면 되는 것 아닌가' 하고 간단하게 누군가 말하던 것을 기억한다. 너무 간단한 말이라서 인상적이었다. 그러나 서울 수도권에 수백 개의 '좋은 출판사'가 있지만, 부산에는 단 한 개도 없다.

그런 중에 새로 S출판사가 나타난 것이다.

나는 S가 나타난 줄도 2년이 넘도록 몰랐다. 지인이 책을 내게 됐다는데, S라는 것이다. S? 처음 들어보았다. 부산의… S라고? 지인은 자비출판도 아니라고 하였다. 그리고 얼마쯤의 시간이 지난 후, 나는 S가 2년 동안 펴냈다는 20여 권의 책을 살필 기회가 있었다. 훌륭했다. '더없이'라는 말을 붙이고 싶다. 더없이 훌륭했다. 그런데 이 '더없이'는 기존의 부산 출판의 절망적인 현실을 염두에 두고 하는 '더없이'이다. 그러니까 수도권에는 S와 같은, 2년 동안 20여 권의 그럴싸한 책을 냈어도 직원 2~3명의 사실상 영세출판사일 뿐인 S와 같은 출판사가 널리고 널렸다. 그러나 내가 십몇 년째 살고 있는 부산에서는 최초의 존재였고 너무 귀해 보였다. S에서 대표직을 맡고 있는 사람(그를 's'라고 하자)을 찾아가 7시간 가까이 인터뷰도 했다. S는 종합출판사다. 인터뷰 자리에서 나는 S가 부산출판사답게 지역 이야기를 발굴하여 책으로 낼 뿐 아니라 인문사회과학서적을 의욕적으로 번역·출간한다는 사실에 몇 번이고 감탄해 주었다. 그 후 s와 나는 책에 있어, 출판에 있어, 문학에 있어 동지적인 관계가 되어갔다. 자주 만났고, 온갖 화제를 가지고 토론했다.

자, 수도권에는 '좋은 출판사'가 수백 개 있지만, 이제 부산에는 한 개가 있다. 그런데 내가 새 장편소설을 쓸 때, S는 나와 손잡을 출판사의 예상 순위에서 꼴찌였다.

# 4

이제부터 내가 할 고백이 얼마의 가치를 가지고 있을까. 내게
는 무척 뼈아픈 깨달음이었지만, 다른 이들에게 어떨지 짐작도
못 하겠다.

먼저(이것은 고백이랄 것도 없지만), 한 명의 작가로서 언제부
턴가 나는 (내가 직간접으로 경험한) 이 땅의 출판사들을 거의
존경하고 있지 않다는 사실부터 밝혀야 한다. (출판사를… 존경
한다? 말이 좀 이상하다. 다른 말로 바꾸면) 그러니까 과거에 나
는 어떠어떠한 출판사를 우러러볼 때도 있었다는 것이다. 존경
하지 않는다면? 나는 경멸하고 있었다. 각 출판사마다 저마다의
이유로. 작가는 평생을 살면서 몇 권의 책을 출판하고 남겨야 하
는데, 그 행위의 파트너들을 경멸한다는 것은 슬픈 일이다.

역시 고백이랄 것도 없지만, 학창시절, 나는 '창비'를 우러러
봤다. 늘 끼고 살다시피 했던 고 신동엽 시인의 전집이 창비를
통하여 세상에 나와 있었다. 계간 『창작과비평』을 발행하는 백
낙청 평론가의 데뷔평론 「새로운 창작과 비평의 자세」를 나는
이십 대에 6번이나 정독했다. '창비'는 내게 문학의 다른 이름
이었다. 그러나 어떤어떤 이유로 '창비'에 대한 마음은 식은 지
가 오래되었다.

창비만큼이나 문학판에서 크게 해먹는 다른 대형출판사는 말할 것도 없고 내 원고의 출판 예상순위에서 3순위였던 서울의 S 출판사에 대한 감정은? 그들은 오랫동안 책시장에서 너무 부진한 활동을 보여주고 있었다. 직원도 적잖이 해고해야 했다. 시장에서의 무능은 특별한 애정이 없으면 무조건 경멸의 대상이 되는 요즘의 세상이다. 그래도 S는 간간이 신문광고를 하며 존재를 알리고 있다. 나를 세상 한복판의 작가로 배출해주었던 H는… 존경도 경멸도 아니었다. 인간적으로 고마울 따름이다. 그래서 나는 앞서 '중견출판사'라는 애매한 호칭으로 불렀다.

원고를 쓰는 중간쯤에 나만의 출판예상 1순위 H에게 나는 미리 전화를 걸었다. 내 상황을 알리고 날짜를 정했다. 마감이 있어야 더 열심히 쓸 것 같다고, 그날까지 원고를 보내겠다는 것이 통화의 내용이었다. 그런데 통화를 마치고 수화기를 내려놓는 순간이었다. 나는 이상한 질문에 빠져들었다. 좀 더 나 자신의 상태에 정색하게 되었다. 왜 나는 H에게 원고를 보내려고 하는가. 그리고 왜 이렇게 전화까지 했는가. 나는 H를 존경하나? 책은 작가에게 목숨과 같다고 했다. H는 내 목숨을 받아줄 만한 집단인가? 왜 H는 50%, 창비 30%, 서울의 S 29%… 근데 부산의 S는 고작 1%의 가능성인가.

나는 내가 사기꾼이라는 느낌이 들었다. 왜 지역출판 S에게 원고를 보내겠다는 생각을 적극적으로 하지 못하는가. S와 만나

이야기를 나눌 때, '지역출판'의 당위와 그 의의를 입에 침이 마르도록 상찬하면서도 진행되고 있는 원고의 행로에 대해서는 일언반구 언급하지 않으며 혼잣속으로만 4순위에 S를 매달아놓았는가.

대학을 졸업하고 군대에 가기 직전이었다. 계간지 『창비』의 어느 호 머리말의 제목을 기억한다. 제목은 '문학하는 마음의 근본'이었다. 최원식 교수가 쓴 글이었다. 내용은 기억나지 않고 제목의 감동만은 아직 잊지 않고 있다. '문학하는 마음의 근본'은 사랑이겠지. 그런데 나는 무엇을 사랑하고 있는가. 출판사의 경우, 지금 '존경'이 사라진 자리에 들어와 앉아 주인 행세를 하고 있는 것들은 무엇인가. 출판사의 '덩치'가 가진 시장 장악력, '브랜드'의 영향력, 그리고 언제라도 그 능력을 현실화시킬 수 있는 '돈'. 이것이 우리 문학판의 주인님들이 아닌가. 내 마음의 근본자리에 있었던 약자에 대한 사랑은 어디로 가버렸는가. 왜 출판사를 사랑의 대상으로, 그런 사랑의 눈으로 보지 못하는가.

까놓고 말해 '서울의 출판사'란 내게 어떤 존재인가. 그것은 신문광고를 집행한 적이 있고 내 원고를 가지고도 광고를 집행할 가능성이 있어 보이는 '덩치'와 '브랜드'와 '돈'을 가진 집단을 의미했다. H와 창비, 서울의 S가 공통적으로 가진 메리트가 그것이었다. 부산의 S는 이 세 가지에서 다 미비했다.

그런데 왜 나는 H와 통화를 마치자마자 이런 내 속생각의 뼈대를 단번에 알아채 버렸을까. 잠재의식에 있었던 것이 그 짧은 통화에서 왜 갑자기 정체를 드러낸 것일까. 그것은, 부산의 S와는 이야기가 잘 통하는데, 방금 서울의 H와는 뭔가 서걱거렸던 것이다. 뭔가 불편했던 것이다. 내 자식을 낯선 사람들의 손에 맡기는 느낌이랄까. 전화 한 통화면 언제든 볼 수 있고, 격의 없이 이야기를 나눌 수 있는, 가까이에 있어 내 자식이 어떻게 매만져지는지 자주 확인할 수 있는, 그런 사람들, 그런 공간을 새끼를 밴 어미의 심정으로 나는 원하고 있었다. 작가는 산모, 편집자는 산부인과 의사라고 할 수 있다면, 산모는 부산에 있는데 의사가 근무하는 병원은 서울에 있다. 자식을 잉태해서 너무 행복하고 '사산하면 어쩌나' 하고 너무 무섭고 불안한 산모는 그 거리감에 주체하기 힘든 외로움에 빠져들었다.

겨울의 한가운데에서 나의 원고는 마지막 문장까지 갔다. 봄이 오기 전, 나는 미친 듯이 퇴고를 했다. 4월에 또 보름간 하루 열몇 시간씩 퇴고했다. 원고는 완성을 향하여 계속 가고 있었다.

그럴수록 나는 '문학하는 마음의 근본', 이 말을 자주 떠올렸다. 팔릴 만한, 팔릴 가능성이 조금이라도 있는 원고들은 죄다 서울로 가겠네? '셀러'로서의 매력을 찾기 힘든 원고들은 알아서 변두리로 흩어질 것이다. 모든 필자들이 자기 원고에 대해서만은 끔찍한 애정을 가지고 있다. 비싼 원고는 비싼 데로 가고

싼 원고는 후미진 데로 가고. 그럼, 한 번 잘 나가는 놈들은 계속 잘 나가겠네? 뒤처진 놈들은 계속 뒤처지겠네? 세상의 심보가 그렇게 되어 있다고 한들, 문학마저 그래야 하나? 오히려 원고가 좋을수록, 밑바닥에서 박박 기는 약한 출판사로 가서 힘이 되어줘야 하지 않나?

퇴고의 마력이 있다고 한다. 큰 탈이 있지 않는 한, 자기 원고의 상태가 갈수록 좋아진다. 퇴고를 할수록 나는 내 원고에 대한 사랑과 자신감이 더 강해졌다.

이후의 우여곡절은 대폭 생략한다. H에게 1차 퇴고를 한 원고를 보내긴 했다. 그런데 H는 문학전문 대형출판사를 권했다. 나는 2시간가량 집중적으로 고민했다. 창비 30%, 서울의 S 29%를 제쳐버렸다. 나는 당장 부산의 S에게 연락했다. 그리고 그해 7월. 나의 새 장편소설은 S를 통하여 출간되었다. 초판 1,000부를 찍었고, 한 달이 지났을 때 2쇄 1,000부를 찍었다. 그리고 2년이 지난 올해 3월, 3쇄 500부를 찍었다.(참, 정부기관에서 2천 부를 한꺼번에 구매해주기도 했다. 도서 · 산간벽지와 군대, 교도소 등에 책을 보낸다고 했다.)


5


나는 장사를 잘 모른다. 장사에 대한 나쁜 선입견 같은 것은 별로 없다. 아니 내가 아는 장사는 예쁘고 귀엽기만 하다. 작년에 영인본 『씨올의 소리』를 시간 날 때마다 읽었다. 몇 년 전 헌책방에서 구입하고 방치해두고 있었는데, 이상하게 손이 갔다. 어느 호에서 장준하의 수기를 읽었다. 잡지 《사상계》를 창간할 때의 이야기.(글을 다시 확인하지는 않겠다. 기억에 의지하기에 아주 정확하지는 않다.) 이런 대목이 있었다. 《사상계》를 창간할 때, 그때는 한국전쟁 중이었다. 장준하는 부산에서 《사상계》를 시작했다. 창간호를 3천 부 찍었다. 1,500부를 부산 시내의 서점에, 나머지를 그 외의 지역에 배포했다. 2주 후, 장준하는 고물 트럭을 타고 시내를 돌기 시작했다. 판매현황을 살피려는 것이다. 그런데 매진, 거의 매진, 매진, 거의 매진이었다. 그 기쁨과 감격을 장준하는 얼마나 솔직하게 표현하는지! 순수한 그의 모습이 사랑스러웠다.

나이 일흔의 고령에 『씨올의 소리』를 창간한 함석헌은 어떤가. 몇 호가 나가자마자 정기구독자를 모집한다는 알림을 잡지에 싣는다. 몇 호 더 지나자 평생구독자 모집 알림을 싣는다. '씨올의 소리'는 잡지이기도 하고 출판사이기도 하다. 자사의 단행본도 광고로 싣는다. 그 문구가 촌스럽기 이를 데 없다. 함 선생도 장사를 하기 위해 꽤나 애쓰셨구나, 나는 애정을 느꼈다. 작은 잡지의 작은 몸부림이었기 때문이다.

나는 아름다운 장사치의 모습을 영화에서 보기도 했다. 〈첨밀

밀〉이다. 중국인들의 설날, 사람들이 엄청 모이는 어떤 장소에서 여인은 가수 등려군의 불법복제 테이프를 남자친구와 함께 판다. 노래가 흐르는 동안, 영화는 여인의 모습을 슬로우로 잡는다. '등려군의 아름다운 노래예요!' 하고 외치는 장만옥의 모습은 새 같았다. 어미한테 먹이를 받아먹으려고 한껏 입을 벌리는 너무 예쁜 아기새….

오늘날 수완 좋은 장사치들의 정언명령은 '빨리'와 '많이'다. 빨리 팔리고 많이 팔리는 근래 몇 년간의 베스트셀러 소설책들을 나 또한 제목만큼은 잘 알고 있다. 다들 알 것이니까 운위할 필요도 없겠다. 장인이 공들여 물건을 만들고 그것의 마땅한 주인을 찾아내서 넘길 때, 자식을 시집보내는 부모의 마음과 뭐가 다를까. 우리는 열심히 일하고 열심히 장사를 해야 한다. 그런데 장사를 잘해야 한다. 문학이 이 세상에 꼭 필요한, 아직도 문학만이 줄 수 있는 어떤 감동의 가능성을 가진 존재라면, 문학장사판도 그런 문학다운 면이 있어야 하지 않을까. 문학이 가장 깊은 차원의 진실을 탐구하고 그 진실의 언어화라고 한다면, 왜 작가라는 장인의 물건을 대중에게 '널리' 알리는 대개의 방식이, 소위 '주례사 비평'에서 짜깁기를 한, 섹시한 카피라는 이름의 사실상 가장 타락한 언어로 분칠이 되고 마는 것일까.

가장 최근에 내가 접한 감동적인 장사는 김성환 삼성일반노조 위원장이 하고 있었다. 소개하겠다. 김성환 위원장이 감옥에 있을 때, '김성환 엮음' 이라고 하여 『골리앗 삼성재벌에 맞선 다윗의 투쟁』이라는 책이 나왔다. 책은 삼성재벌과 맞서 노조를 설립하는 힘겨운 과정과 투쟁, 탄압 등을 여러 필자들이 여러 지면에 쓴 것을 모았는데, 빡빡한 자료집의 성격이 강했다. '셀러'로서의 매력은 제로라고 할 수 있었다. 책이 나온 지 10개월여가 지난 2007년 12월 말, 김성환은 출소하였다. 그리고 부산에서 내가 그를 만난 것은 이듬해 늦가을이다. 그는 삼성계열의 회사에서 노조 설립 움직임이 있다면 어디든 달려가고 있었고, 수많은 노동단체 조직들과의 연대를 여전히 모색하고 있었다. 그런데 그는 그런 와중에도 '걸어 다니는 서점' 이었다. 『골리앗 삼성재벌에 맞선 다윗의 투쟁』을 배낭에 늘 몇 권 넣어 다니며 사람들에게 소개하고 있었다. 출소 후 봄 여름 가을 동안 그는 혼자서 7백여 명의 책 주인을 찾아내었다.

감옥은 아무나 가나. 감옥에서 단식투쟁은 아무나 하나. 한두 번도 아니고 다섯 차례나 단식을 했던 그는 국제엠네스티가 지정한 양심수였다. 그에게 삼성노조건립투쟁은 절실했다. 자신이 엮은 책을 사람들에게 직접 소개하는 것이 그는 조금도 창피스럽지 않았다. 그만큼 책을 낸 마음이 절실했기 때문이다. 요즘 한국문학의 절실함을 통째로 저울의 오른쪽 접시에 올리고 김성환의 절실함을 다른 접시에 올린다면, 나는 저울의 팔이 왼쪽으로 기울까 두렵다.

이렇게 말할 수 있을 것 같다. 그해 겨울, 나는 내 인생의 글쓰기 경험 중에서 가장 절실한 마음으로 새 장편소설을 썼다. 그리고 문학은 돈이 아니라 아직도 내 인생의 절실한 문제였기 때문에 나는 부산의 산지니 출판사와 손을 잡고 책을 낸 것 같다.('산지니'라고 이제 S의 이름을 밝혀놓자.) 생각할수록 내 원고가 너무 소중하고 진실해서 도무지 덩치와 브랜드와 돈으로 무장하고 있는 서울의 출판사와는 어울려 보이지 않았다. 목숨과도 같은 작가의 책은 또 다른 비유로 씨앗과 같다. 한국 땅 곳곳에 나와 산지니는 4천여 알의 씨를 뿌렸다. 4천여 권의 인세 수입은 보잘 것 없지만, 잠깐 돈을 제치고 문학만을 생각한다면, 내가 4천여 권의 책 대신 4천여 명의 사람 한 명 한 명을 만나 내 소설의 이야기를 직접 들려줘야 한다면, 평생을 바쳐도 다 못 할 만큼 4천여 권은 엄청난 숫자다. 그래도 욕심은 있다. 우리가 뿌린 씨앗이 부디 뿌리 내리고 줄기 올리고 가지를 사방으로 잘 뻗기를 바란다.

모두 어렵다. 서울도 어렵고 지역도 어렵다. 그러나 지역이 더 어렵다. 산지니의 건승을 빈다. 부디 성공하기를. 그러나 너무 크게 성공하지는 말기를. 큰 성공은 수많은 작은 실패들을 짓밟고 이뤄지는 것이다. 지역작가로 살아보니 알겠다. 큰 성공을 거두었다고 서울에서 울려 퍼지는 승리의 개가가 염치없는 괴성으로만 들린다. 모든 큰 성공은 부끄러워해야 할 사태이다. 산지니의 적당한 성공처럼 나의 문학도 그렇게 되기를.

　나는 지역작가다. 부산작가다. 확실히 그렇다. 부산의 출판과
내 목숨을 함께하였기 때문이다.


〈황해문화〉 2010년 겨울호

# 인생의 최대사건

군대에서 푹푹 썩고 있을 때다. 입대를 얼마 앞두고 읽었던 시 한 편이 생각났다. 생각은 갈수록 간절해졌다. 그 시를 꼭 다시 읽고 싶었다. 누님에게 편지를 썼다. 누구의 이런 시가 어느 책에 있을 텐데, 편지에 옮겨적어 보내달라고. 얼마 뒤 누님의 편지가 왔다. 내무반의 관물대 앞에서 시를 읽었다. 아, 아… 하고 말았다. 전율이 일어나는 것이다. 역시 너무도 감동적인 시였다.

오늘 이 자리서 그때 읽은 시 이야기를 하려는 것은 아니다. 그때의 전율 경험은 그 자체로 잊을 수 없지만, 이제 그 시는 별 흥미가 없다. 지금 돌이켜보면, 말이 좀 많은 시였다. 그 시를 썼던 시인이 나이가 들어가면서 계속 써내는 시들이 마음에 들지 않기도 했다. 무엇보다 시인의 삶이 마음에 들지 않았다. 시인은 몇 년 새 교사에서 교수가 되어 있었다. 지은이가 삶을 어떻게 살아가는지와 작품의 감동이 시만큼 직결되는 것이 있을까. 시인들은 삶을 잘 살아야 할 것 같다. 그게 자기가 쓴 시의 생명을 길게 하는 요체인 듯하다.

아무려나 예술 작품을 대할 때 나의 경우 '전율 경험'을 안겨 주는 것은 거의 늘 시와 음악이었다. 작은 전율은 안면 떨림에 그치지만, 큰 전율은 뱃속에서부터 올라와 얼굴을 드르륵 긁고 사라진다. 전율은 시와 음악 외에도 아, 영화를 볼 때 오기도 했다. 소설을 읽을 때는 경험한 적이 없다. 이상한 일이다.

이제 소개하려는 것은 이원규 시인의 「별똥별과 소원」이라는 작품이다. 이 시는 내게 전율을 준 것은 아니다. 그 이상이었다. 예술이 줄 수 있는 심적 체험의 단계를 '공감-감동-감명-죽음'으로 나눠볼 때, 전율은 감동과 감명 사이에 있는 것 같다. 문학 장르로 봤을 때 '서사시'라고 할 수 있는 성서의 4대 복음은 내게 '감명'을 주었다. 이원규 시인의 「별똥별과 소원」은 감동과 감명 사이에 있었다. 3연으로 된 짧은 작품이다.

지리산에는 첫눈이 오시느라 보이지 않지만
저 눈발 속으로 별똥별도 함께 내릴 것이다.

그중에 하나쯤은

칠선계곡에 깃든 산토끼의 머리맡에도 떨어질 것이다.

저를 향해 달려오는 별똥별을 보며

산토끼 저도 한 가지 소원은 빌 것이다.

"이대로 영원히 산토끼일 수 있기를!"

시인이 서울생활을 정리하고 지리산으로 들어가 살고 있다는 것을 걸러걸러 들어 나는 알고 있다. 지리산. 원시(原始)로부터 물려받은 깨끗한 흙과 풀의 기운이 일렁이는 곳. 높은 산, 깊은 계곡, 티없는 공기, 맑게 개인 밤이면 더욱 깜깜한 어둠에 잠기는 곳. 그런 밤에는 피아골에 수많은 사람이 죽어갔다는 역사의 기록도 잊어버려라. 그냥 순수 그 자체, 모든 것이 본연의 모습으로 돌아가 버리는 신비로운 생명의 집. 벌레와 풀, 별과 달, 물과 돌, 모든 것이 순수하여 차등이 없고, 모두 하느님의 축복을 만끽하는 곳. 다음 세상에는 사람 같은 높은 종자로 태어나길 기도하지 않는 네 발 달린 것들. 그러니까 펼쳐진 세계가 완벽하고 다람쥐도 산토끼도 매미도 벌레도 완벽하기 짝이 없는 존재라서 다른 존재를 욕심낼 이유가 조금도 없는.

그런데 생각건대 지리산 깊은 산중의 토끼만이 그럴까. 우리도 실은 산토끼와 같은 존재가 아닐까.

시를 읽고 자칫 문명으로 오염된 우리 세계를 비하하는 마음이 들 수 있는데, 난 그러지 않았다. 산토끼가 산토끼로 깨끗이 행복해 할 수 있는 '이유'가 지금 내 생활이 머무는 현실 곳곳에도 있다고 봤다. 시를 읽는 시간, 내 방이 지리산처럼 신비로워졌다. 모든 존재가 산토끼만큼 뜻깊은 존재라는 것을 명심하고 제대로 사랑하며 살고 싶다고 불같이 기원하게 되는 것이다.

어디선가 날아온 월간 잡지에서였다. 편집부가 다른 지면에 이미 발표된 것을 중복 게재하는 지면에서 시를 읽었고, 이 글을 쓴다고 다시 읽어보는 느낌은 처음 그때 받았던 강렬한 느낌에 닿지 못한다. 산토끼가 영원히 산토끼이길 기도한다 해도 진정 그럴 수 없듯이 단 한 번의 전율 어린 감동이 내 맘속에서 계속 변함없기를 바라는 것도 안 될 일 같다. 산토끼도 결국 늙어 죽듯이 감동도 시간을 탄다. 나의 감동은 늙어가는 것일까? 깊어지는 것일까? 질겨지는 것일까?

인터넷에서 검색을 하여 이 시를 찾아 옮겼는데, 마지막 연을 뺀 것은 약간씩 달라서이다. 시인이 발표작을 고쳐 새로 내기도 했는지 버전이 다른 시가 유통되고 있었다. 블로거들이 엉뚱하게 옮겨 썼는지도 모른다. 아무튼 시인은 자신의 소원을 덧붙여 말하는데, 3연의 마지막 행은 이렇다.

이대로 영원히 나는 나이기를!

살아 있는 시간, 내가 나라는 사실에 깜짝깜짝 놀라자. 내가 나라는 것이 너무 좋아 별똥별에 기도할 정도로 황홀하게 나 자신을 사랑하자. 인생의 최대 사건은 내가 나라는 것이다. 그럴 때 우리네 삶, 축복이어라. 노력하여 많은 사람들이 제발 그렇게 살도록 하자. 시인들부터 제발 그렇게 살자.

〈삶이 보이는 창〉 2007년 9~ 10월호

# 오래된 것들이 우리를 살게 한다

'환상특급' 류의 유치한 이야기임을 미리 밝힌다.

어느 날. 외계의 존재가 지구에 나타났다. 유엔본부 상공에 웅대한 모습을 드러냈다고 하자. 일대 사건이다. 전 세계 방송사들이 몰려들었다. 그런데 외계인들이 섬뜩한 메시지를 전한다. 지구생명과 인간문명을 멸하러 왔다는 것이다. 단, 조건이 있다. 시간 말미를 주겠다. 그동안, 세 가지 자랑을 내어보라고. 이런 빛나는 자랑거리가 있으므로 지구문명은 계속 존속해야 함을 설득해보라고.

세계의 다종다양한 인간들로 대책위원회가 꾸려진다. 외계인들이 놀랄 만한 우리의 자랑이 과연 무엇이 있을까. 대책위의 한 분파가 강력하게 주장하여 첫 번째를 결정했다. 그리고 외계인들에게 보여주었다. 그것은 자동차였다. 차의 잡다한 장점을 설명하고 자신 있게 말했다. "우리 지구인은 이런 멋진 차를 집집마다 가지고 있답니다."

외계인의 반응은? 저 먼 우주로부터 지구로 불가사의하게 건너온 그들에게 날지도 못하고 에너지 효율도 떨어지는 자동차는 놀랍기는커녕 콧방귀감도 되지 못했다.

지구의 대책위는 두 번째 자랑을 찾아내기 위해 고심하였다. 접근법을 달리하였다. 물건보다는 정신을 보여주자고. 문화를 보여주자고.

그것은 음악이었다. 난상 토론 끝에 'Sad But True'라는 곡을 들려주기로 했다. 이 강력한 드럼 소리, 군단 같은 기타 소리를 듣고도 반하지 않을소냐, 외계 촌놈들아! 메탈리카의 멤버들이 긴급 호출되었다. 메탈리카는 인류를 구한다는 사명감으로 혼신의 힘을 다하여 노래하고 연주하였다.

발장단을 맞추는 외계인도 있고 소리에 빨려들어 눈을 감는 녀석도 있었다. 메탈리카에 혹해버린 것이 분명했다. 공연이 끝나자 한참 웅성웅성거리는 것이다. 그러나 결론은 '자동차보다는 낫지만, 여전히 아니올시다'였다. 음, 녀석들은 지구를 멸해버리고 메탈리카 멤버들만 살려 자기 별로 데려갈 작심을 한 것이 분명하다. 대책위는 마지막 고심에 빠졌다.

마침내 최후의 한 가지를 결정했다. 생명체가 사는 행성이 이 우주에 꽤 있겠지만, 이것은 지구에만 있을 것이라고 판단한 것이다.

"자, 이것이요."

"돌하고 나무 판대기가 아니오."

"우리 인간들은 이것을 가지고 놉니다. 이 간단한 것만 있으면 몇 시간이고 즐겁습니다. 손자와 할아버지가 머리를 맞대기도 합니다. 이것은 5천 년 이상 된 것입니다. 누가 공간을 많이 확보하느냐로 승부를 가르는 간단한 게임이지만, 경우의 수가 이 행성을 이루는 물질 전체의 원자의 수만큼 많습니다."

음.

이제 이 바둑 이야기를 하겠다. 내가 바둑에 입문한 것은 지난 초여름의 일이다. 늦어도 너무 늦었다. 늦은 만큼 분발하였다. 여름 내내 빠져 살았다. 나는 말할 수 없이 감탄하고 말았다. 돌과 나무판만 가지고 하루 종일, 아니 한 달 내내 파묻혀 지낼 수 있다는 것에 경악하는 마음이 되었다. 인간의 활동 중 자연환경에 피해를 주지 않으면서도 오만 생각과 감정을 다 경험할 수 있는 것이 바둑이었다. 이것을 만들어낸 인간이라는 존재가 문득 신비스럽게 보일 정도였다. 돌의 움직임에 집중하다 보면, 온 세상이 차단된다.

내가 진심으로 하고 싶은 말은 대략 이런 것이 되겠다. 우리를 정녕 살게 하는 것은 현대의 산물들이 아니라는 것이다. 볼품도 없는 식물의 작은 열매들에서 생명의 유지를 가능케 하는 양질의 안정적인 먹을거리를 찾아낸 선인들의 지혜가 지금도 우리를 핵심적으로 살게 하고 있다.(벼와 밀 말이다.) 산을 다녀봐라. 길을 처음 내는 일은 정말 고역이다. 앞선 사람들이 열어놓지 않았다면, 인간의 본능이자 건강 유지의 관건인 걷기의 즐거움을 이리 쉽게 맛볼 수 없다. 우리를 결정적으로 살게 하는 것은 자동차와 스마트폰과 컴퓨터가 아니다. 하나같이 오래된 것들이다. 선인들한테 거저 물려받아 쓰는 것이 너무 많다. 눈과 정신을 어지럽히는 현대의 것들은 대개 가치가 부풀려져 있다. 현대 문명의 자기찬양은 현대인의 착각과 오만이기 쉽다. 노동자들을 불치의 직업병에 빠뜨리는 거대한 반도체공장이 다 뭔가. 그 비싼 기술로 작동하는 전자게임이 다 뭔가. 나무판과 돌이면 되는 5천 년 된 게임이 훨씬 훌륭하다.

외계의 존재가 이 돌놀이에 어떤 반응을 보였는지를 빠뜨렸다. 녀석들은 바둑판을 떠날 줄 모른다. 기재가 부족한지 수가 늘지 않는다. 18급을 벗어나지 못한다. 우주를 감탄시키는 오래된 것들이여. 하수 지도하러 가자!

〈부산일보〉 2010년 9월 29일

# 도대체 저건 뭐야! 하고 외칠 때가 있다

내가 어린이였을 때, 첫 경험을 했다. 마음이 때 묻지 않았던 때, 선입견과 편견이 되기 일쑤인 지식이 별로 없었던 때, 외계와의 조우와 같은 하느님과의 첫 조우를 했다.

나는 열 살이었다. 초등학교 4학년이었다. 봄날이었다. 수업을 마치고 쉬는 시간, 나는 무엇인가를 버리려고 교실 밖으로 나왔다. 교실 안에도 쓰레기통이 있지만, 거기에 버릴 수 없는 어떤 곤란한 쓰레기를 들고 신발을 신었다.(그 쓰레기는 무엇이었을까. 기억나지 않는다.) 교실은 남쪽을 보고 있었고, 1~3학년은 운동장과 같은 높이의 평지의 교실을 사용하고, 4학년부터 학교가 자리 잡은 산등성이의 높은 교실을 사용했다. 나는 건물 뒤편으로 갔다. 그러니까 북쪽이다. 그런데 그늘진 그곳에 있었다,

내게 첫 경험을 안겨준 그것이.

노란색이었다.

개나리였다. 교실 뒤편 길쭉한 공간에 개나리들이 떼 지어 자라고 있었다. 일제히 꽃을 터뜨리고 있었다.

아이야, 개나리를 처음 보니? 저게 개나리인 줄 잘 알고 있잖니. 개나리의 꽃이 노란색임을 또 잘 알잖니. 봄에 개나리가 여기저기 꽃을 피우는 것도 너무 잘 알잖니.

그러나 나는 사로잡혔다.

어떻게 말할 수 있을까. 최초로 노란색을 경험한 듯이. 최초로 꽃을 보게 된 듯이. 어떻게 노란색이 저렇게 노랄 수 있을까.

'도대체 저건 뭐야!'

살다 보면, 그렇다, 도대체 저건 뭐야! 하고 뜨거운 감탄을 지를 때가 있다. 평생 잊지를 못한다. 도대체 저게 뭔지, 누구도 진정으로 알지 못하기 때문인지 모른다. 의문의 기억이 가장 오래 간다.

대상은 다르지만 성격상 똑같은 경험을, 그러니까 두 번째 경험을 나는 스물세 살 때 하였다. 그때 나는 자대배치를 받은 이등병이었고, 소대배치를 받자마자 유격훈련을 떠나야 했다. 선임병들은 '이번 달 신병들, 완전 꼬였구나' 하고 놀려먹었다. 일주일간의 힘든 유격훈련을 마쳤고 군인들은 마지막으로 유격장을 청소하는 시간을 가졌다. 해안가의 산이 유격장이었다. 동해

하조대 인근이라고 했다. 산 전체로 흩어져서 휴지를 주웠다. 그런 중에 나는 어느 듬직한 바위로 잠깐 올라갔다. 바위는 벼랑이 되어 돌출되어 있었고 바위 끝까지 갔을 때, 바다가 갑자기 내려다보였다.

파란색이었다.

파란색이었다.

나는 가슴이 뻥 뚫린 사람이 되었다.

답답하던 가슴이 너무너무 시원했다. 파란빛이 너무 파래서 미칠 것 같았다.

도대체 저건 뭐야!

이렇게 아름다운 채로 바다는 언제부터 여기 이 자리에 계속 있었던 것일까?

마지막으로 하나만 더 간략히 말하겠다. 스물네 살 때다. 이등병이었던 나는 일병이 되었다. 야간독도훈련을 나갔다. 부대 근처의 논두렁과 야산의 산자락을 정신없이 뛰어다녔다. 그믐밤이었다. 자정을 넘길 즈음, 첫 휴식시간을 가졌다. 물을 마시려고 수통에 입을 댔다. 아니 물을 입에 흘려 넣기 위해 고개를 들었다. 나는 충격에 빠졌다.

도대체 저건 뭐야!

별들이었다.

밤하늘 가득 환타수가 엎질러지고 있었다.

너무 밝다. 너무 가깝다. 너무 많다!

나는 한 마리 순수한 짐승이 된 것만 같았다.

'도대체 저건 뭐야!' 하고 외쳐야만 했던 순간들은 그 후로도 꽤 있었지만, 더 이상의 나열은 이상한 반복이 되겠다. 하여튼 그 순간들은 정녕 무엇이었을까. 부산 만덕동의 한 작은 방에서 이 글을 쓰며, 순간들을 되짚으며, 새 마음이 되어 최선을 다해 표현해본다면, '신의 존재감'을 느낀 순간이라고 하고 싶다. 더 이상의 표현을 나는 할 수 없다.

돈이 되는 경험이 아니다. 험한 세상을 헤쳐나갈 수 있도록 도움을 주는 지혜의 경험도 아니다. 그러나 무슨 이유에선가 도대체 잊을 수 없는 경험이고, 두고두고 생각하도록 하는, 뭔가 중대한 경험이라는 것을 나는 본능적으로 안다. '신의 존재감'을 느끼는 경험을 많이 할수록 인생의 마지막 날에 잘 죽을 수 있을 거라는 이상한 믿음을 나는 가지고 있다. 잘 죽는다는 것은 편한 마음으로 죽는다는 뜻이다.

내가 본 것은 하느님의 아름다운 알몸이었다. 알몸의 한 부위였다. 하느님이 나를 터치하였다. 나는 오르가슴을 느꼈다. 더 이상 말할 수 없다.

〈부산일보〉 2010년 10월 6일